双葉文庫

14歳の水平線

椰月美智子

14歳の水平線

天徳島MAP

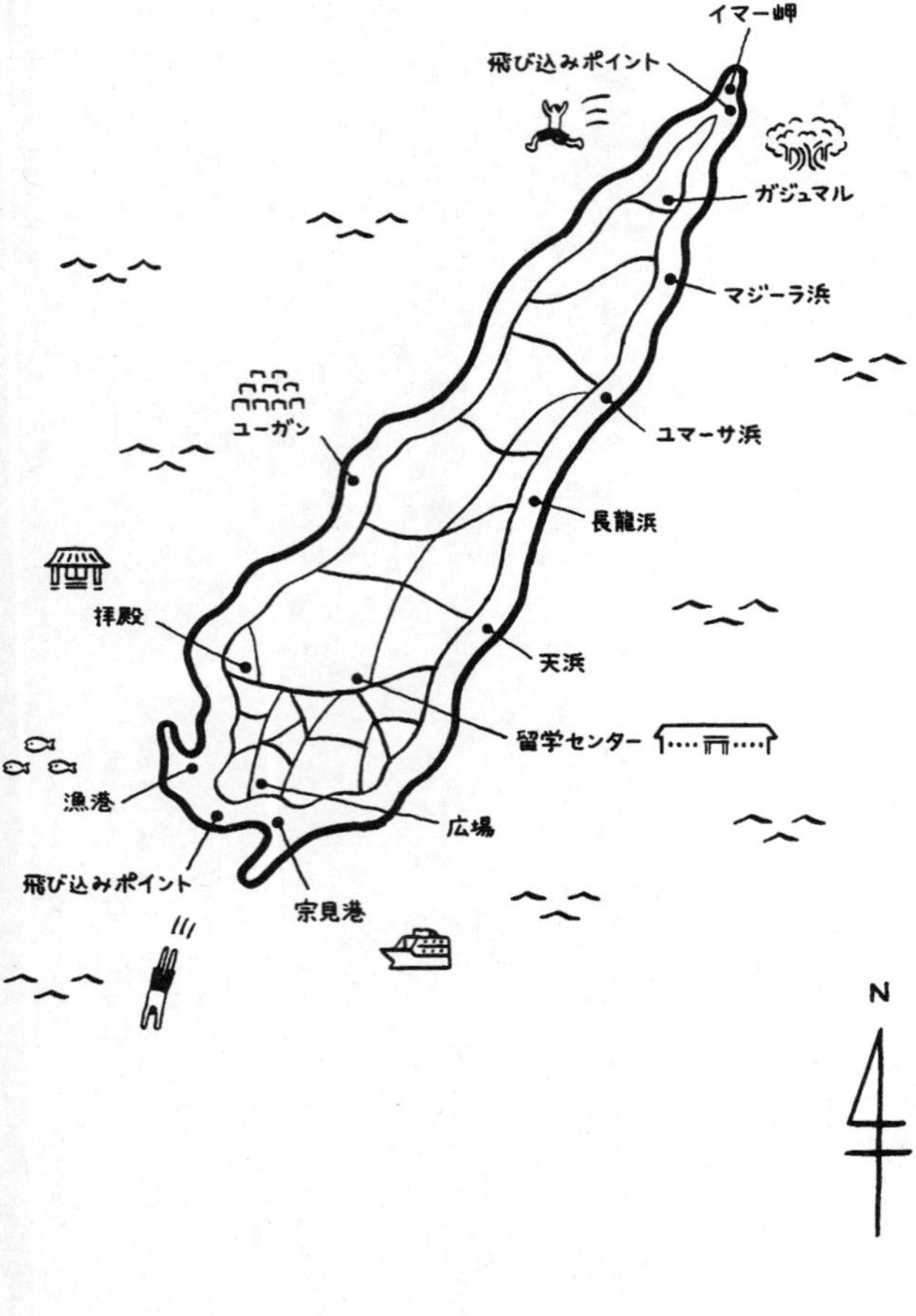

イマー岬
飛び込みポイント
ガジュマル
マジーラ浜
ユーガン
ユマーサ浜
長龍浜
拝殿
天浜
留学センター
漁港
広場
飛び込みポイント
宗見港
N

◆征人

携帯のアラームが鳴っている。目を閉じたまま、征人《ゆきと》は枕元に手をやった。硬い感触に当たったと思った瞬間、ピッと音がした。アラームはまだ鳴り続けている。指が触れたのは、エアコンのリモコンだったらしい。

目を開けるのがおっくうで手さぐりを続けるが、携帯は見つからず、アラームは鳴り続ける。しばらく無視していたが、エアコンが切れたせいか、しだいにむわっとした空気が身体にまとわりつく。征人は仕方なく目を開けて、ゆっくりと上体を起こした。

携帯電話は、ヘッドボードとベッドマットの間に挟まっていた。隙間に手が入らず、寝ぼけたままマットを動かす。

「うわっ……」

そこには文庫本や、本のカバーやボールペンやらが落ちていた。なぜかわからないが分度器まである。カーテンの隙間から差し込む朝の光がスポットライトのように当たり、埃《ほこり》やゴミを際立たせる。アラームを解除する。時刻は8：03。

今日から加奈太《かなた》は夏休みだ。六時起きから解放の四十日間。

トランクスとTシャツ姿のまま、征人は寝室の掃除に取りかかった。


汗だくになった身体をシャワーで流してから台所へ行き、浄水器の水をたて続けに二杯飲む。マンションの七階はうだるような暑さだ。結局ベッドまわりの片付けに一時間近くかかってしまった。

「加奈太。おーい、加奈太いないのかあ」

加奈太の部屋のドアをノックするも返事がない。見れば、部屋はもぬけの殻だ。

リビングのテーブルの上に、プリントが一枚置いてあった。

「三者面談？」

征人が慌てて目を通すと、『桐山《きりやま》加奈太／14時』と書いてある。日付は今日だ。

「うそだろ、おい。加奈太！　加奈太」

いないのがわかっていながら、息子の名前を呼んだ。もちろん返事はない。

今日の予定を確認する。今日は昼から担当編集者との打ち合わせが入っている。

「なんで早く言わないんだよ、ったく。どこに行ったんだ、あいつは」

担当者に電話をして、時間を早めてもらった。十一時ならば、打ち合わせがてら昼食をとっても十四時には間に合うだろう。必要なものを用意し、身支度をして家を出た。

〈学校で落ち合おう。二時までには着いてる。三者面談よろしくな。〉

　そう、加奈太にメールを入れた。


「おう」

　廊下にあるパイプ椅子に腰かけて、向こうからやって来る加奈太に手を上げる。これ以上やる気のない歩き方はないだろう、という歩き方だ。

「なんだ、気付いたのか」

　テーブルの上に置いてあった、三者面談のお知らせのことだろう。

「ああ、気付いたよ。残念だったな」

　加奈太はそれきりなにも言わないで、三つあるパイプ椅子に、征人からひとつ空けて座った。廊下の窓が開け放たれていて、セミの声が大きく聞こえる。風は入ってくるが、それでも暑い。

「夏だなあ」

「当たり前だろ」

　即座に反応が返ってきて、征人はとっさに加奈太を見た。ひとり言のつもりだった。征人の驚きを察知したのか、見る間に加奈太の顔が赤くなる。自分からの会話を待っていたのだと思い、征人は申し訳ない気持ちになった。

「夏休みの宿題あるのか」

「決まってんだろ」

「一人でできそうか」

「はあ？　誰かやってくれるわけ？」

「あ、ああ、そうだな。加奈太がやらなくちゃ意味ないよなあ」

「わけわかんねえ……」

セミの声が響く。征人は辺りを見渡す。リノリウムの廊下。掃除用具入れ。三十年前とほとんど変わらない風景だ。中学校の匂い。窮屈な箱に押し込められた、思春期の少年少女たちの匂いだ。

「打ち合わせだったんじゃないのかよ」

「え？　あ、ああ、うん、まあ、そうだ」

加奈太はそれきり黙っている。

「中学生が主人公の話を書いてくれだって」

「ダセえ……」

加奈太がうんざりしたようにつぶやいたとき、二年四組の教室のドアが開いた。男子生徒と保護者が出てくる。出てきたクラスメイトと加奈太が、互いに「よっ」と言葉を交わす。

「桐山さん、どうぞ」

なかから先生の声がしたので、腰を上げた。

担任の先生は三十代前半の数学担当の男性教師で、会うのは春先に家庭訪問があって以来だ。若々しく、生きるエネルギーに満ちあふれているように見える。

「よっ」

今出て行った男子生徒と同じ調子で先生が言い、加奈太が軽く手を上げる。征人は深々と頭を下げた。

「さて、いきなりで恐縮ですが、まずは成績のお話からよろしいでしょうか」

「はい」

加奈太はあらぬほうを見て、とぼけた顔で口をとがらせている。

「テストだけで判断するのはどうかと思うのですが、一応の目安として大事だと思いますので」

「はい」

「単刀直入に申します。数学、国語、英語。急降下です」

「は？」

加奈太はにやにやと笑っている。

「おい、笑い事じゃないだろ」

見せられたグラフは、主要三教科すべてが二十パーセントに満たない数字になっている。

「おい、なんだよ、これは……」

「一年生のときの成績がとてもよくて順調だったので、ちょっとびっくりしています」

思わず頭を下げてしまう。

「なにか心配事でもあるのかなー。加奈太くん」

きっと仲がいいのだろう。先生が加奈太に向かって、おどけた調子で声をかける。

「べつにー。頭が悪くなっただけっすよ」

加奈太は悪びれる様子もなく、今にも口笛を吹き出しそうな余裕顔だ。

「がんばっていたサッカー部も辞めちゃったしなあ……」

「えっ⁉　お前、辞めたのか！　サッカー部⁉」

先生が目を丸くして、征人を見る。

「……おい、加奈太。サッカー部辞めたこと、お父さんに言ってなかったのか。言わなきゃいけないだろう」

先生の、少なからず傷ついたような顔を見て、征人はなんとも言えない気持ちになった。

「おれたち、父子関係、薄れてますからー」

加奈太が笑い、妙な空気が漂う。

「ご家庭では、どのような様子ですか」

「はあ……、ええっと、まあ、変わりない感じでしょうか」

改めて聞かれると、なんと答えていいのかわからない。息子の日々の様子など、ほとんど知らなかった。食事をして、学校に行っているだけでよしとしていた。

「ご自宅では、あまり息子さんとお話しされるようなことはありませんかね」

「はあ……」

曖昧《あいまい》にうなずくと、先生はまた傷ついたような顔をした。

「すみません」

「いいえ、そんな。ぼくに謝る必要なんてないですよ。まあ、なかなか難しい年頃ですし……」

「そうっすよ、先生。十四歳ですよ、反抗期真っ只中の中二病っすよ」

自嘲《じちょう》気味に加奈太が笑う。先生の視線が征人に戻り、思わず目をそらす。

「夏休みはなにか予定あるのかな」

気を取り直して先生が言うも、なーんもないっす、という加奈太の言葉で、さらにしらけた雰囲気となり、その後も先生からの一方通行のやさしいアドバイスはあったものの、不毛な三者面談は終了となった。


学校帰り、加奈太は友達の家に行くと言って、征人は一人で帰宅した。そのあと加奈太と顔を合わせたのは夕飯の時間をだいぶ過ぎた頃だった。

「遅かったな。手洗ってこい。飯《めし》食おう。お前の好きな生姜《しょうが》焼きだぞ」

「もう食べてきた」

「は？」

「友達んちでごちそうになってきた」

「ええ？　なんで連絡しないいんだよ」

加奈太はそのままぷいと顔をそむけて、自分の部屋に入ってしまった。大きなため息が自然と出る。

冷蔵庫からビールを取り出して、征人はひとりで夕飯を食べた。加奈太の分の、水分の抜けた千切りキャベツと、脂《あぶら》が白く固まった豚肉がむなしい。

最近は加奈太と話すことも、ほとんどなかった。征人は児童文学作家で、たいていは低学年用の児童書や幼年童話などを書いているが、まれに中高生向きのヤングアダルトと呼ばれるものを書くこともある。小説となると、少年の心情も一歩引いて冷静に見られ、たのしく書けるが、自分の息子のこととなるとまるで距離感がつかめない。

妻とは、加奈太が中学入学後に離婚した。どちらも親権を譲れずに、結局は加奈太に選ばせることになってしまった。お父さん、と言ってくれたときのうれしさは、この先も目減りすることはないと征人は思う。最終的には、男の子には父親の存在が必要だからということで、妻も納得してくれた。月に一度は母親と会っているが、今となってはこれでよかったのかと不安にもなる。

中高一貫の私立中学を狙っていた加奈太には、離婚のことを悟られないようにしていたが、ある夜、妻と話し合っているところを聞かれてしまった。加奈太に問い詰められ、結局、離婚の方向で話を進めていると伝えることになった。

離婚することを知った加奈太は、あっさりと受験を取りやめた。二人がかりで説得したが無駄だった。加奈太が傷ついていることは、充分わかっていたがどうしようもなかった。

一般企業に働きに出ていた妻は如才《じょさい》なく家事全般をやってくれたが、征人は在宅している時間が多いこともあり、それまでも家事は率先して手伝っていたつもりだった。けれど、妻がいなくなってから、どれほど頼っていたのかを思い知らされている日々だ。仕事を持ちながら、一人ですべてをこなすのは並大抵なことではなかった。

仕事と最低限の家事をやるだけで一日はあっという間に過ぎていき、休みの日は身体を休めるために、ほとんど寝て過ごしている。そういえば、中学生になってからは加奈太をどこにも遊びに連れていってないなあと、今さらながら思った。

二本目の３５０ml缶を飲み干したところで、加奈太がやって来た。

「やっぱ腹減ったから食うわ」

「お、そうか。じゃあ、ご飯よそってく……」

と立ち上がろうとしたところで、自分でやるからいい、と加奈太にさえぎられた。

「いただきます」

つぶやくように言って、もくもくと箸を動かす。見ていて気持ちがいいほどの食べっぷりだ。

「は？　なに？　ジロジロ見ないでくれる？」

「食欲旺盛だな。もっと肉焼くか」

「いらね」

「お前、サッカー部辞めたんだな。知らなかったよ」

「聞かれないし」

「じゃあ、夏休みは練習なしか」

「ごちそうさま」

冷蔵庫からコーラを出して、立ったままごくごくと飲んでいる。

「てかさ」

「ん?」

「てかさー。おれの帰り時間、とっくに早かったでしょ。部活やってるときは毎日八時過ぎてたじゃん。夏休みだって、去年は練習あったから、ほとんど毎日弁当持ちだったじゃん。なのに、夏休みは弁当いらないって言ったわけだろ?　そこまでのヒントがあって、どうして部活辞めたことくらいわかんないわけ?」

返す言葉がすぐに出てこない。言われてみればその通りだ。

「……ごめん」

「それでも親かよ」

「悪かった」

「謝ればいいと思ってるんじゃねえよ」

言葉遣いの悪さと、怒りをはらんだ声音《こわね》に、こちらもついムキになりそうになったが、思いがけぬことに、加奈太は今にも泣きそうな顔をしていた。

征人は、今ここにいる息子が、「十四歳の少年」だということに改めて気付く。愚かで純粋で不器用で、常に怒りに満ちていて、自分だけの小さな正義のなかだけで生き、傷つけられることに敏感で、世の中の何者をも味方につけられない、矛盾だらけの十四歳なのだ。

「夏休み、どこかに行かないか？」

加奈太の額にニキビが三つできていた。ついこの間まで、つるんとした陶器のような肌をしていたというのに。

「そうだ！　おばあちゃんのところに行こう。どうだ？　ひさしぶりだろ」

加奈太の顔を見て、思いつきでそんな提案をしてしまったが、いざ行くとなるとためらいがあった。妻とのあれこれがあって以来、実家には顔を出していない。

「仕事いいのかよ」

加奈太の昂《たか》ぶりが収まったように見えた。

「仕事なんてどこに行ってもできるさ」

「……了解」

加奈太はそれだけ言って、そのまま部屋へひっこんでしまった。征人はこの段になって、加奈太は島に行きたかったのだということに思い至った。

まだまだ頼りない後ろ姿。薄っぺらでひょろっとしていて心もとない。三十年前、自分が十四歳のときも、こんなだったのだろうか。ふいに、遠い昔の景色が目の前に蘇《よみがえ》る。暑い夏。透明な青い海と水色の空。

あの夏。自分は確かに十四歳だった。父が亡くなった、あの暑い夏。

「よく来たねえ！　加奈太に会いたかったさー。全然帰って来ないからよー」

羽田から飛行機に乗って二時間半。そのあと一時間ほど車で走って着く港から、フェリーで三十分。生まれ育った故郷。天徳島《てんとくじま》。

「大きくなってえ！　前来たのいつねー？　五年生のとき？　三年ぶりねー。ほんとに大きくなったさー」

母は加奈太のそばから離れない。加奈太もまんざらでもなさそうだ。そういえば、こいつは小さい頃、おばあちゃん子だったな、と征人は思う。埼玉にいる元妻の母親にもかわいがられていたっけ。

「ご無沙汰してます……」

母親と一体どんなふうに話していたかを思い出せず、征人は軽く頭を下げて言葉を濁した。

「元気ねえ？　線香もあげにこないで、なにしてるねー。あんたはいいかもしれんけど、加奈太は毎年来させんと」

今年七十二歳になる母親が非難がましい目つきで、征人を見る。

「加奈太、はい、スイカ食べなさい。好きだったよねー」

「うん」

はにかんだように加奈太が笑う。こんな顔をして笑うんだな、と息子に対してかわいいような、申し訳ないような、それでいて少しつまらないような気分になる。

「征人、帰って来てるってえ？　だー、顔見しれ」

どかどかと家に入ってきたのは、幼馴染《おさななじみ》の孝俊《たかとし》だ。

「あい、お前、オジイなったやー」

いきなりそんなふうに言う。

「人のこと言えんだろ」

そうは言ってみたものの、孝俊は以前会ったときよりも、むしろ若く見えた。日焼けした肌にたくましい身体。いつまでも少年を引きずっているような表情。

「おっ、加奈太か。お前、背ぇ伸びたなあ。だけど、もっと太らんと」

加奈太はうれしそうに笑っている。前に来たときも、孝俊にさんざん遊んでもらった。

「孝俊、結婚はどうなんだ？」

「おれは生涯独身。彼女はたくさんいるけどさー」

そう言って、わははと笑う。

「そういうお前は、作家生活は安泰か？　売れっ子作家になったかー」

この島の人間は、児童文学作家というものを、得体の知れないお遊びのような仕事だと思っているふしがある。作家になりたての頃は帰省するたびに、顔を合わせた友人たちに「助けてあげたいけど、おれも先立つもんがないからさー」と言われたりしていた。

「まああだな。お前の仕事は？」

孝俊はこの島の振興にたずさわっていて、観光ガイドのようなこともしている。閉鎖的な島の年寄り連中を説き伏せて、新しいことをするのは容易ではないだろう。

「なんもない島やしが、観光客はちゃんと増えてるよ。ほんとはよ、ここ出てった人間に戻ってほしいけどさー」

肩身が狭い。征人には一人妹がいるが、宮崎県に嫁に行ってしまったので、征人同様、この島に戻ってくることはまずないだろう。

「征人帰ってるって聞いたけど」

顔をのぞかせたのは、保生《やすお》だ。人懐《ひとなつ》っこい顔でにこにこと笑っている。

「お前、仕事は?」

「あと一時間で終わりだから、まあ、いいさーな」

ぽりぽりと頭をかく。牧歌的なのは相変わらずだ。

「それより征人、お前老けたやー」

保生の言葉に、孝俊と母と加奈太が笑う。

「うるさい」

保生の童顔は変わらない。この島でのんびり暮らしていると年をとらないのだろうか。保生は島にある市役所の出張所で働いている。

「加奈太、会いたかったさー」

保生が加奈太に抱きつく。やめてよう、と言いながらも、加奈太はどこかうれしそうだ。

おれがあんなふうに抱きついたら、全身で拒絶されそうだと征人は思い、ちょっと距離のある他人の存在をありがたくもうらやましく感じた。

「征人、作家生活はどうね」

保生の質問に、またみんながどっと笑う。

「それももう聞いたさ。順調な印税生活ってよー」

「よかったさー。はい、いいもん持ってきたよ」

保生が泡盛の一升瓶を掲げた。

「おお！　古酒《クース》なあ。限定品やしぇ。よく手に入れたねー」

目を輝かせたのは孝俊だ。保生は職場から直接来たはずなのに、なぜ泡盛を持っているのかわからない。今日はこのまま酒盛りになりそうな予感だ。

「保生おじさん、ハブ酒はないの？」

「加奈太、お前、もう飲んでるんか」

「飲んでないよう。ハブを見たかっただけ」

「じゃあ今度持ってくるさー。たのしみに待っとけよ。そーいえば一樹《かずき》と佑樹《ゆうき》も加奈太に会いたがってたんだけど、昨日から本島の親戚の家に行ってるさー」

一樹と佑樹は保生の息子たちだ。一樹は加奈太のひとつ上で、佑樹はひとつ下だったたか。

「今日は飲むよ。加奈太も飲まんね」

「おいおい、よしてくれよ」

孝俊が泡盛を加奈太に注《つ》ごうとするので、慌てて制した。

「なんでよ、ひと口くらいいいさー」

止めるのも聞かず、コップに口をつけた加奈太が、うへぇえ、まじい、こんなの飲めねえ、と顔をしかめる。

「留学センターどうなってる？」

五年ほど前から、ここ天徳島では山村留学を開始し、内地からの小中学生を募集している。

「ああ、毎年定員には達してるさ。黒字はまだまだ先の話だけど、島の活性化にはなってるさ」

留学センターの建物を建てるまで、三年以上かかった。神様からの返事が来ないと言って、島のおばあたちが首を縦に振らなかったのだ。あのときの、孝俊や保生の疲弊しきった顔は、いまだに征人の脳裏に焼きついている。

年々過疎化が進んでゆく天徳島は、経済活動も停滞していて、表向きは島人たちも全面的に協力するという姿勢だが、なにを決めるのも「神様に御伺いを立ててから」ということで、新しいことをはじめるまでには、膨大な時間がかかってしまう。神様もすぐに返事をくれればいいのだが、数年間答えがないときもあるらしい。三十年前とほとんど変わらない島の風潮だ。

山村留学制度を立ち上げるまでには、相当な努力があったに違いない。

「あさってからまたキャンプがあるから、忙しくなるさー」

乾杯もせずに、すでに泡盛を飲みはじめている孝俊が言う。

夏休みの山村キャンプのことで、三年前から孝俊が中心となって活動している。留学生たちが自宅に帰る夏休み期間に開催する。公共事業だから、保生も携わっているのだろう。

「キャンプはいいよねえ。若い子がいると島も元気になるさー」

母親が加奈太のそばを離れないまま言う。二百人あまりの小さな島は子どもも少なく、ほとんどすべての島人が顔見知りという感じだ。内地から若い子たちが来れば、一時的とはいえ、明るく活気づくだろう。

「キャンプおもしろそうだね」

加奈太が言う。

「あ、加奈太。お前って中二だっけ？」

「そうだよ」

「今日急に一人キャンセルが出たわけよ。今回は中二男子限定のキャンプだけど、よかったら参加するか？」

「いいの⁉」

「ああ、いいよ。おれが責任者だから。征人いいだろ？」

「うん、まあ。加奈太が行きたいなら」

「行きたいっ！」

「じゃあ決まりね。こっちもよかったさ。必要書類持ってこよーな。でも人に言わんよ。あとキャンプ代は当然請求するよ」

　征人がうなずくと、母はとたんにさみしそうな顔になった。

「おばあちゃん。いいでしょ？　ちょっとの間だけだもん。キャンプ終わっても、しばらくはこっちにいるからさ」

　加奈太の笑顔に母は一気に破顔《はがん》して、たのしんでおいでえ、と肩を叩いた。

「たのしくなるよー」

「うん！　孝俊おじさん、どうもありがとう！」

「よかったさー、加奈太」

「うん！　保生おじさん、ありがとう！」

　孝俊や保生に対しても、従順ないい子じゃないかと思い、おれに対してだけか、と征人は肩をすくめた。

◇加奈太

『4泊5日ミステリーツアー　中学2年生男子限定6名』

渡されたプリントに目を通したが、日程や内容についてはなにも書かれていない。

「みなさんこんにちは！　天徳島へようこそ。今日から四泊五日のキャンプがはじまります。みんなでたのしく過ごしましょう！」

孝俊おじさんが、ホワイトボードの前に立って陽気な声を出す。ここでは、「タカさん」と呼ぶことになっている。

天徳島は南北に延びた全長八キロほどの島だ。集落は南側に集まっていて、留学センターも、この一角にある。平屋建ての白い建物だ。

五日間この六人で過ごすのかと、さりげなく様子をうかがう。それぞれの緊張が伝わってくる。かくいう、おれもだ。案外人見知りしやすいタイプなのだ。

「まずは自己紹介から。じゃあ、前列からね。前に出てきてちょーだい」

座卓タイプの長机の前に座っていた奴をタカさんが指名すると、そいつは親指を反らして自分の胸を指し、「ん？　おれから？」というジェスチャーをした。なんとなくキザっぽい。

「海江田竜一《かいえだりゅういち》です。横浜から来ました。サッカー部でボランチやってます。足の速さでは誰にも負けないと思います。四泊五日、たのしく過ごしたいです。みなさん、よろしく！」

やせ型の筋肉質で、いかにも俊敏そうだ。話すときに、片側の唇の端を持ち上げる癖があるらしく、ちょっと嫌味な感じがした。顔がかっこいいところも、地毛が茶色がかっているのもいただけない。

「はい、拍手」

タカさんの声に、みんなが慌てて拍手をする。

「じゃあ次の人」

「大垣至《おおがきいたる》です。静岡から来ました。自分もサッカー部です。キーパーやってます。腕力なら誰にも負けません。どうぞよろしく」

そう言って、半袖のTシャツをめくって力こぶを見せた。かすかなどよめきが起こる。百七十五センチはあるかもしれない。自信満々の大男だ。

「サッカー部つながりでよろしく」

最初に自己紹介をした海江田が声をかけると、大垣も笑顔で手を上げた。

「栗木裕也《くりきゆうや》です。札幌から来ました」

と、ここでタカさんが、本州飛び越えて三千キロかあ、とひと言挟んだ。

「北海道は涼しいの？」

「うん、涼しい。カラッとしてる感じかな」

タカさんに対して、いきなりタメ口の友達モードになっている。

「で、なんとおれもサッカー部です。フォワードです。ストライカーです。三年生が秋の試合で引退となるので、そのあとはおれが引っ張っていこうと思ってます。あ、春の試合ではおれが三点入れました」

小さな歓声が、前の二人のサッカー部からあがる。三点入れたなんて、相手がよっぽど弱かったに違いない。身振りが大げさで、ムードメーカーのお調子者という印象だ。

おもしろくないと感じるのは、この三人がサッカー部だからだろうか。もしそうだとしたら、己の器の小ささが情けない。

次に立ったのは、無愛想な顔をしたメガネだ。

「川口《かわぐち》ミラクルです。大阪から来ました」

名前を言ったところで、わずかな沈黙があった。

「ミラクル?」

「本名?」

「日本人?」

サッカー部三人が、見事な連携プレイで質問をする。メガネは無表情で、ホワイトボードに名前を書いた。見楽留。みらくる。

栗木が指笛を鳴らし、すげえ!　と笑った。海江田と大垣も「キラキラネームかよ」などとつぶやいて、ばかにするように笑っている。サッカー部三人の緊張は、早くもすっかり解けたらしい。

「兄と弟はサッカーやってますが、おれはやってません。むしろサッカーは、大嫌いなスポーツです。自分はテニス部です」

無表情のまま言い、ずり落ちたメガネの真ん中をぐいっと押し上げた。サッカー部三人が顔を見合わせる。

「はい、次。さっさと立ってー」

おれの隣の奴がちっとも前に出ようとしないので、タカさんが手を叩いて促した。デブがのろのろと立ち上がる。目が細く目尻がさがっていて、いかにも人の好《よ》さそうなデブだ。

「えっと、ぼく、平林光圀《ひらばやしみつくに》です。家は名古屋です」

そのまま下がろうとしたので、「それだけか?」とタカさんがたずねた。

「えっと、好きな食べ物は焼肉です」

だよな、と間髪《かんはつ》を容《い》れずに栗木が言った。嫌な感じだ。

次はラスト、おれの番だ。タカさんに目で合図されて、前に進み出た。

「桐山加奈太です。東京から来ました。父の実家がこの島にあって、今は祖母が一人で住んでいます。祖母の家に遊びに来がてら、このキャンプに参加しました」

もっとなにか言え的な視線を、タカさんが送ってくる。

「好きな教科は美術です。部活には入っていません。よろしくお願いします」

パラパラとどうでもいいような拍手を受け、なぜだかわからない敗北感に襲われながら腰をおろした。

次は施設内の案内だ。

「この施設では普段、小中学生の山村留学生たちが生活しています。夏休み期間は帰省するから、その間だけこうして、ここを開放してキャンプを開催してるわけね。今みんなのいるこの場所が共有スペース。いわゆるリビングね。食事したり遊んだり本読んだり、自由に使っていいです。で、すぐそこがキッチン。隣が図書室」

タカさんが歩き出したので、みんなでぞろぞろとついてゆく。

「ここが洗濯場。洗濯は各自の判断に任せます。毎日しても一日おきでもいいです。で、隣は風呂場。風呂場といってもシャワーだけだけど」

「ぼく、湯船に浸かりたい……」

と、つぶやいたのはデブだ。

「内地の子はそういう子が多いね」

タカさんが律儀に返事をし、そのまま反対側の南側に移動する。

「ここがみんなの寝室ね。二段ベッドが三つある。みんなで相談して、どこに寝るか決めるように」

八畳ほどのフローリングの部屋だ。

「クリアボックスのなかは、山村留学生たちの持ち物だから触らないように」

「ちょっと、質問いいですか」

海江田が人差し指を立てた形で、手を上げた。

「はい」

「留学生たちって、ここで全員が寝泊まりしてるんですか？　持ち物ってこれだけ？」

「そうだよ。ここが六人の男子の寝室。個人スペースはベッドの上だけ。勉強するときは、リビングの長机を使ってる。反対側の部屋は女子が六人。同じ八畳ね」

海江田が、うそだろ、おい、とサッカー部の二人に目配せした。大垣が「おれ、一人で八畳部屋使ってるわ」と大げさに目を丸くする。

簡単すぎる施設の案内が終わり、タカさんがつめたいお茶をいれてくれた。

「オエッ」

ひと口飲んでいきなりえずいたのは、メガネのミラクルだ。

「麦茶じゃないんですか」

「さんぴん茶だよ。おいしくないね？」

「なんやジャスミン茶の味がする……」

「そう、ジャスミン茶と同じ。ここではさんぴん茶って言うけどね」

メガネが気持ち悪そうに、喉元を押さえている。さんぴん茶が苦手なようだ。

「キャンプといっても寝泊まりするのはこの施設で、三食付き。四日目だけ野外でのテントキャンプがあって、そのときは自炊です。あとは自由。なにか質問がある人、手ぇ上げて。はい、竜一」

「ミステリーツアーということですけど、なにがミステリーなんですか？　日程とかなにもわからないんですけど」

「おっ、いいところに気が付いたねえ！　なにも決まってないところが、ミステリーってことです。さっきも言ったよね、自由だって。すべて自由行動。天国みたいでしょ」

一瞬の間を空けて、誰かが「手抜きだ……」とつぶやいた。タカさんは聞こえないふりを決め込んでいる。

「なにもしないことをたのしむのが、このキャンプの目的ね。都会に住んでいるみんなは普段からなにかと忙しい毎日を送ってるでしょ。たまにはなんにもない時間をたのしむことも大事だよ。というわけで、携帯電話、ゲーム、財布はこっちで預かります。この巾着に入れるように」

サッカー部たちが、ええ？　聞いてないし！　と声をあげるが、観念したのかそれぞれが巾着袋に入れてゆく。

「それと、ミステリーの意味はまだある。この島はなんて呼ばれているか知ってるかー」

「神様の島」

答えたのはデブだ。いちばん上までボタンをとめているポロシャツ姿が暑苦しい。

「そう、光圀の言うとおり。ここは神様の島です。どこにでも神様がいる。神様以外にも妖怪とか、目に見えない霊たちもたくさんいる。まさにミステリーだよー」

怖い、とつぶやいたのはデブだけで、あとのメンバーはしらけムードだ。妖怪を今どき怖がる中学生がいるとは思えない。

「神様の島という話が出たついでに、この島の説明をします。このプリントによく目を通すように」

タカさんが配った紙には、島の全形が書いてあった。島を一周するように海側に一本道があり、ところどころ東西を横断できる道が通っている。南側の集落以外、中央部から北側のほとんどの森林が聖域となっている。自転車で島を一周しても四十五分程の小さな島だ。幼い頃は夏になると毎年訪れていたので、だいたいの様子はわかる。

「東側の『長龍浜《ちょうりゅう》』、この浜だけは絶対に泳いだらだめね。神様が最初に降り立った神聖な場所だから」

バチが当たるから絶対ダメだよう、とデブがひとり言のように言う。

「あ、それと普段は寮母さんがいるけど、今は夏休みで不在です。だから三食の食事はおれが作ります」

またしてもサッカー部三人がそろって「えー」と声をあげる。

「大丈夫、大丈夫。これでもけっこう上手」

タカさんが胸を叩くが、ものすごく心配だ。食事は期待しないでおこう。

「それと、あと最後にひとつ。これがこのキャンプの肝ね」

タカさんのいきなりの真面目な顔つきに、メンバーも姿勢を正す。

「みんなに課題を与えます」

大きなため息のような、かすかなブーイングが起こった。自由と言っておいてそれはないだろう。

「最終日までに、各自なにかを見つけること」

全員が怪訝《けげん》な表情で、タカさんを見つめる。しばらくの沈黙のあと、ハイ、と手を上げたのは海江田だ。

「見つけるってのは、具体的に言うとどういうことですか？」

「確かに。わけわからんよね。おれはそういう抽象的なのが好きなんだわ」

「例をあげてください」

しらけた空気のなか、海江田がぴしゃりと言う。あーあ、タカさんの立ち位置、これでガタ落ちだなあと心配になる。タカさんはいつもこうだ。一人で納得して一人で喜ぶ。

「そうだなあ。例えば、新種の昆虫を見つけたってことでもいいし、もっとこう詩的に、愛を見つけた、なんてのでもいいよ。わっはっは」

これはもうタカさんの立ち位置、ガタ落ちどころか、地下マグマぶっちぎって日本の反対側のブラジルあたりに出たに違いない。

「最終日に一人ずつ発表してもらうから、そのつもりでねー」

誰からもなんの返事もないまま、オリエンテーションは終わった。


翌朝、すさまじい音で目が覚めた。

「なんだよ、この音……」

ガンッ、ガンッ、ガンッ、ガンッ、ガンッ、ガンッ。

タカさんが部屋の入口に立って、中華鍋の底を鉄のお玉で叩いている。

「まじかよ……」

「はいはい、起きてー！　日の出見に行くよー」

枕元に置いておいた時計に目をやる。朝の五時半だ。うそだろ、おい……。昨夜はほとんど眠れなかった。ジャンケンで決めたベッド割り。おれはデブの光圀との二段ベッドになってしまったのだ。

底が抜けると困るから、とデブが自ら下の段を選んでくれたのはいいが、予想通りデブのいびきは尋常じゃなかった。他のベッドからも「うるせえぞ」などと声があがったが、やはりいちばんの被害はデブの真上で寝ているおれだ。

みんなが寝しずまったあともなかなか寝付けずに、手が届くほどの近さの天井を見ながら、ひとり悶々《もんもん》と寝返りを打ちまくった。たまにデブのいびきが突然止まる瞬間があって、それはそれで気になった。一分近くいびきが聞こえないときは、本気で心配になってますます目が冴《さ》えてしまった。ようやくうとうとしはじめたのは明け方だ。つまり、ついさっきってことだ。

「顔洗っておいで。水とお茶はテーブルの上にあるから自由に飲んでいいよー」

みんながのろのろと起き、身支度をはじめる。

「はい、光圀！　起きる」

タカさんがデブの耳元で名前を呼ぶも、デブはいっこうに目を覚ます気配がない。肩をなんべんもゆすられて、ようやく目を開けた。

「……なんなんですかあ？」

「はい、朝だよ。起きて。みんなとっくに起きてるよー！」

「……すみません。ぼく、ぜんぜん寝られなかったんですよう。もう少し寝させてください……」

はあ？　ざけんなよっ！　と叫んだのはおれだ。ただし、心のなかで。小心者なのだ。

「ぐじゅぐじゅ言わんで起きる！」

タカさんにタオルケットをひっぺがされて、のろのろとデブが起き出す。まったくいい気なものだ。

「十分くらい歩くよ。目ぇ覚ます！　はい、さっさと歩く！　レッツゴー！　ミステリーツアー！」

タカさんのこのテンションは、一体どこから来るのだろう。父親と同じ四十四歳とはとても思えない。

外はまだ薄暗かった。それでも、天徳島の朝の空気のなかを歩くのは、気持ちがよかった。島の植物が発する、朝の濃密な酸素が身体中に行き渡る。

細い一本道を歩いてゆく。左右にさまざまな木が植わっている。右手は海岸で左手は森林だ。タカさんが先頭を歩き、そのすぐあとをサッカー部三人が横に並んでついてゆく。その後ろをメガネ、おれ、かなり距離をおいてデブの順で歩いていった。

なぜだかいつの間に、サッカー部三人はひとつのチームみたいになっていて、常に一緒に行動している。サッカー部たちとつるむのは嫌だけど、メガネとデブじゃなあ……。キャンプに参加しないで、おばあちゃんちで遊んでいたほうがよかったかもしれないと、気が滅入る。

「おーい、光圀。速く歩いて。置いてくよー」

タカさんが振り返って大きな声を出す。一本道だから道に迷うことはないけれど、あまりに遅い。おれは仕方なく足を止めて、デブを待ってやった。

「ごめんねえ、歩くのが遅くて。速く歩くの苦手なんだよね」

遠くにいて気が付かなかったが、デブは大量の汗をかいていた。

「日の出に間に合わなくなるから、急ごう」

「うん。あ、あの、桐山くん、待っててくれてどうもありがとう。やさしいね」

おれはびっくりして、まじまじとデブを見つめてしまった。やさしいね？　そんなこと、同級生男子に言われたことないし、まして言ったこともない。デブは汗を流しながら、一生懸命おれについてきた。

だいぶ先に行ったと思っていたメガネが立ち止まって、なにやら空を見上げている。灰色に混ぜあわせた水彩絵の具を、たっぷりの水で溶いたような薄い明るさのなか、目をこらして視線をたどると、そこには見たこともないような巨大なクモがいた。左右の木の枝をまたいで大きな巣を張っている。

「わあああ！　怖いいい！」

これまでゆっくり歩いていたのが嘘のように、デブは頭をおさえながら一目散にかけ出した。

「すごいでかいな」

「オオジョロウグモや。おれもこんな大《お》っきいのんはじめて見た。なんや、鳥も食べるらしいで。黄色と黒が鮮やかやなあ」

クモが鳥を食べる⁉　想像したくない。

「おーい、加奈太、見楽留！　なにやってるー」

タカさんの声だ。百メートルくらいの距離ができてしまった。

「急ごう」

「ああ」

走ると、あっという間に汗だくになった。

『天浜《てん》』。木で作った小さな立て看板に書いてある。木々をかきわけて足で踏みならしただけの道を抜け、浜に出た。ひさしぶりの天徳島の浜が懐かしい。

小学生の頃、両親と一緒に何度かここに来たことがある。ただなんにもしないで海を見つめていただけだったけれど、ふとした瞬間にその場面を思い出すことがある。あの頃のままの景色が、ここにあった。

「あと五分で日の出だよ」

水平線にかかっていた灰色の薄い雲が少しずつ色をつけ、東の空が徐々に明るさを増してゆく。オレンジ色が見えたかと思ったら、雲を抜けて、瞬《またた》く間に光が放射線状に伸びていった。みるみるうちに明るくなる水平線。力強く圧倒的なオレンジが広がる。ほんの二分前の光景とはまるで違う東の空。海が光を反射する。

「びっくりするほど、きれいやなあ」

メガネがつぶやく。デブがうなずきながら「きれいだねえ」と、ため息をつく。

「朝日浴びると頭よくなるよ」

タカさんが言い、サッカー部トリオが低い声で笑う。デブはいきなり四つん這いになっている。

「なにしてんの……？」

「え？　なにって、こうして頭に朝日を当ててるんだよ。頭がよくなるように」

デブが四つん這いの体勢のまま、あごを引いて頭のてっぺんを太陽に向ける。

「あ、あのさ、お寺の線香の煙じゃないんだから……」

「桐山くんもやったほうがいいよ」

な、なんなんだ、このデブ。超変わってる。

「おもろいやっちゃなあ」

メガネがデブを見てつぶやく。サッカー部トリオは、こちらを見もしない。どうやらおれたちを完全無視することに決めたようだ。

「そろそろ戻るか。朝ご飯にしよう」

タカさんが立ち上がり、おれたちも尻についた砂をはたいた。デブだけが最後までしつこく四つん這いのまま、頭をゆっくりと左右に振っていた。


「あっ！」

センターに戻る途中、先を歩くサッカー部トリオの一人が声をあげた。「すげえでけえ」などと騒いでいる。見れば、道の真ん中にこぶし大ぐらいの、筋目《すじめ》が茶色と白の巻貝が落ちていた。

「今、なんか見えたぞ」

海江田が言う。赤いハサミのようなものが見える。

「ヤシガニじゃね？」

栗木が手に取った。

「ヤシガニに殻はないやろ、ヤドカリやろ」

ぼそりと言ったメガネに、みんながいっせいに顔を向ける。栗木がおもしろくなさそうに、ヤドカリを振りはじめた。

「やめぇや。かわいそうやろ」

メガネを無視して、栗木が巻貝を高く放って大垣にパスする。

「バイバーイ!」

受け取ったヤドカリを、大垣がぶん投げた。ヤドカリは空に舞ったあと、木々のなかに吸い込まれていった。サッカー部トリオが笑いながらかけていく。

「ひどいことするな」

「なんや、あいつら。生き物を大切にせえへん奴は好かん」

愛想がなくつかみどころのないメガネだけど、大阪弁にはちょっと好感が持てた。

「行こか」

デブが手を合わせてなにやら唱えている。

「なにしてんの」

「ヤドカリに謝ってるんだ」

メガネとおれは無言で目を合わせた。

「置いてかれるぞ、行こう……」

行こうデブ、と言いそうになって、思わず口をつぐんだ。

「なんて呼べばいい?」

なんでもいいよう。じゃあ光圀で」

なんでもいいと言ったわりに指定してくる。

「あ、やっぱり、みっちゃんにしようかな」

「どっちがいい?」

「うーん、やっぱり光圀でいいや」

メガネに視線をうつすと、「ミラクルでええよ」と無表情で言う。今度はミラクルがおれを指差す。

「加奈太で」

「ぼく、友達のことを名前で呼び捨てにするの、はじめて。なんだかうれしいなぁ」

光圀が頰を紅潮させて言う。

どうやらこれで、サッカー部トリオとは、完全に三対三に分かれたらしい。

「行こう」

「うん」

光圀がどてどてと身体をゆすって走る。

「おーい、ちょっと待ってくれよ。……ミラクル」

いきなり名前を呼ぶのが照れくさくて、最後のところは小声になってしまった。

ミラクルの足が意外にも速くフォームも決まっていて、少し驚いた。

今日の誕生を見届けてやった太陽は、今やすっかり我が物顔で強い光を放っている。Tシャツの背中が湿る。

「暑くなりそうやなあ」

そう言うわりには涼しげな顔で走りながら、ミラクルが言った。

さんざん歩かされたあとの朝食は、イマイチだった。ホテルや旅館の朝食のようなものを期待していたおれとしては、テンションダダ下がりだ。

へんな豆を煮たものと、へんな野菜のおひたしと、甘くない卵焼きと、油揚げが入った味の薄い味噌汁という、精進料理みたいな朝食だった。タカさんいわく、この島で採れた食材による郷土料理とのことだったけれど、こんなのおばあちゃんちでも食べたことない。

とにかくなんでもいいから、十四歳男子には「カロリーを!」「肉を!」と、誰もが思ったはずだ。梅干があったので、とりあえずご飯だけは全員がおかわりをした。

「今日から自由行動だけど、一応一日の流れを言っておく」

一人元気なタカさんが大きな声を出す。

「洗濯は各自に任せるけど、掃除は当番制ね。寝室とリビングとトイレとシャワー室。毎日必ずやること。今日から四日間、ふたチームに分かれてやってもらいます」

そう言って、タカさんがおれたちをぐるりと見渡す。

「なんとなく二つに分かれたみたいだね。じゃあ、どっちからにするか。ジャンケンでいいな。勝ったほうが順番決める。代表者一人ずつ前に出て」

ミラクルも光圀もぼーっとしているだけで、まったく動く気配がないので、仕方なくおれが進み出た。サッカー部トリオからは海江田だ。

「最初はグー。ジャンケンポイッ」

パーを出してあっさりと負けた。光圀が「あーあ」と声を出したのでにらんでおく。

「じゃあ、おれたちが先にやります。今日はサッカー部が完璧にやりますよ」

海江田が快活に言い、大垣と栗木がイエーイと、手を叩く。

「十二時には昼食ができてるから戻ってこいよ。水筒は用意してある。中身が足りなくなったら、冷蔵庫から勝手に足してください。自転車は人数分あるから、自由に使って。夕飯は十八時。消灯は二十二時。起床は五時半ね。じゃあ、よろしく」

それだけ言うと、タカさんは麦わら帽子をかぶってさっさと外に出てしまった。畑仕事をするらしい。

「今日なんて、ほとんど汚れてないもんな。急いで掃除して遊ぼうぜ」

栗木が、なぜかおれたちに向かって言う。いちいち鼻につく奴だ。

ミラクルと光圀で部屋に戻って、今日の計画を立てる。ぼく、もう少し寝たい、という光圀の言葉は無視して、三人で島を一周することに決めた。


「加奈太がおるから心強いなあ。島のこと詳しいんやろ」

任せといて、とおれは胸を叩いた。

「おーい、もう少しスピードあげろよ」

身体を左右に揺らしながら、おそろしくゆっくりと自転車をこぐ光圀は、すでに汗だくだ。暑さと三食の質素な食事で、このキャンプ中に痩せることを祈る。

まずは南の港に向かう。

「来るときな、フェリーがものごっつ揺れて、吐きそうになったわ」

ミラクルが言い、光圀が「ぼくもぼくも」とうなずく。

港のベンチに、ステテコ姿の島の年寄りが二人座ってしゃべっていた。

「こんにちは」

ミラクルが声をかける。島には幼いときから何度も訪れているのに、自分から島の人に挨拶するということが、おれにはなかなかできない。

「こんにちは」

杖を持っているおじいさんが手を上げる。もう一人のおじいさんは、面倒はご免だといった感じで、おれたちを一瞥《いちべつ》しただけで去っていってしまった。

杖を持ったおじいさんがなにやら話しはじめるが、まったくといっていいほど聞き取れない。うちのおばあちゃんは、これほどの訛《なま》りはない。

かろうじてわかったのは「どこから来た?」だけで、おれたちはそれぞれ出身地を答えた。おばあちゃんの家がこの島にあることを話すと面倒そうだったから、「東京」とだけ答えておいた。

その後も、杖のおじいさんはごにょごにょと話しかけてきたけれど、見事に伝わらない。

「もう一度言ってもらえますか」

思い切ってそう言うと、おじいさんは驚いたように目を見開いて、顔をクシャッとさせ、

手と頭を大きく振った。それからおもむろに立ち上がって、

「この島にあるもんは、貝殻ひとつ、砂粒ひとつ持ち帰らんよ」

と、しわに包まれた目を再度大きく見開いて言った。今度はやけにクリアに聞き取れた。

おじいさんはそのまま杖をついて行ってしまった。

そういえば小さい頃、きれいな貝殻を見つけて東京の家に持ち帰ろうとしたら、おばあちゃんに止められたことを思い出した。

「おじいさん本気やったで。なんでやろ」

「この島のものを持って帰ると、それが『帰りたい』って泣くって、聞いたことがある」

おれは、昔おばあちゃんに言われたことをそのまま伝えた。

「はあ？　貝殻や砂がか？」

「うん。結局みんな気味が悪くなって、宅配便や郵便で送り返してきたり、また島に戻しに来たりするみたいだよ」

実際にそういうことがあったらしいのだ。

「なにそれえ、怖い……」

確かに持ち帰った貝殻が「帰りたいー」と声を出してしくしく泣いたら、怖すぎる。

「なんや、ほんま神秘的な島なんやな」

「やっぱり、お母さんが言っていた通りだ。天徳島自体が神様だって言ってたもん。うちのお母さん、信心深くて、毎年この島に来てお参りしているんだよ」

「へえ、そらまたマメなこっちゃなあ。それやったら、光圀にもええことあるでえ。よかったなあ」

光圀が、照れとうれしさが混じったような顔で頭をかく。

「ほな、行こか」

自転車にまたがったミラクルに続く。

空は気持ちいい青色で、刷毛《はけ》ではいたような雲が二本並んでいる。

「ここが、天徳島の小中学校」

「立派な校舎やな」

「小学生十五人、中学生二十一人だったかな」

「ええ？ それしかいないの？ だって留学センターには十二人の小中学生がいるんでしょ？ 引き算したら、ええっと、島の子どもは二十四人しかいないってこと？」

光圀が口をぱくぱくさせながら言う。

「過疎やなあ」

孝俊おじさんや保生おじさんが、島の振興にがんばっているのもうなずける。このままでは、天徳島に子どもがいなくなってしまう。

「あそこが島に一軒だけの診療所ね」

へえ、とも、ほお、ともつかない感嘆を二人が口にする。

集落をひと通り回る。おばあちゃんちに寄りたい気持ちを抑えて、二人を案内した。

「みんな平屋建てなんやな。家の前にある、あの石壁みたいなのはなんや？」

「おれもよく知らないけど、台風よけだとか、母屋の目隠しだとか、魔除《まよ》けだとか言われてるみたい」

怖いいい、と光圀が甲高い声を出す。

「コンビニとかないの？」

「日用品を売っている店が二軒あるよ」

れんげストアと、西銘《にしめ》商店を案内した。

「うそみたいやな」

「お菓子の種類少ない……」

トイレットペーパーや洗剤と一緒に、スナック菓子がほんの気持ちばかり置いてある小さな店だ。

「まあ、これはこれで趣あるな」

「どっちにしても、キャンプ中は自分たちで買い物できないんだから」

おれが言うと、「ポテトチップス食べたい」と、商品をガン見したまま光圀がつぶやいた。

「行こう」

光圀の背中を押して、自転車にまたがった。

島を囲むようにある白い一本道に入る。ここからは北のイマー岬までまっすぐだ。

「怖いいい！」

オオジョロウグモが巣を張っているところだけ、光圀が猛スピードで通り抜ける。

「クモがいるとこだけ、めっちゃ速いやん。光圀はおもろいやっちゃなあ」

光圀の背中を見ながら、おれはうんうんとうなずいた。

「ここが朝来た天浜。こういう浜がいくつかあるから、ひと通り回ってみようぜ」

「おおっ！」

「え？　なにミラクル」

「ぜ、って生ではじめて聞いたわ」

「はあ？」

「なんとかしようぜの、『ぜ』や。『ぜ』なんて言うの、漫画のなかだけか思っとったわ。東京っ子やなあ」

「もしかしてばかにしてる？」

まさかまさかと、ミラクルが首を振る。

「ばかにしてんじゃん」

「出たー！『じゃん』」

「うっさいわ、ぼけえ」

「お、なんちゃって関西弁。いいぜえ」

ミラクルがへんなイントネーションで言うので、おかしくなる。

「光圀は名古屋だから、にゃー、だろ」

「えー？　なに？　にゃんこお？　ぼくは犬が好きだからワンだよう」

少し先のほうから、大きな声で光圀が叫ぶ。

「なんや、ワンて？　あいつなに言うとるんや？」

こらえきれず噴き出した。ミラクルも笑っている。ミラクルの笑い顔をはじめてまともに見た。その顔を見たら、もっとおかしくなって、「ワンてなんだよー」と言いながら、腹をよじって笑った。

夏の空はどんどん濃い青に変わっていって、太陽の黄色い光線だけが天から降っていた。なんだかたのしくなってきた。すべてが開放されたみたいに自由で、道はずっと続いていて、きらめく群青《ぐんじょう》の海面がどこにいても見えた。


「ここが長龍浜だよ。降りてみよう」

海へ続く小径《こみち》を一列になって通る。

「ここって、タカさんが言っていた神聖な浜だよねえ。絶対に泳いじゃいけないって」

「うん、そう」

「日の出を見に行った天浜もそうやけど、この島の浜辺って、なんや野性味あふれてるなあ」

確かに南の島のリゾート的な浜辺とは、だいぶ趣が違う。珊瑚《さんご》岩がごつごつとそこらじゅうに顔を出しているし、雑草も茂っている。手を加えていない自然のままの浜辺の姿だ。

「もっとこう、ビーチっぽいとこを思い浮かべてたわ」

「神様が降り立った場所なんでしょ？　お祈りしなくちゃ」

光圀がいきなり正座をして、手を合わせて目をつぶる。なにやらぶつぶつと唱えている。

ミラクルと顔を見合わせたけど、尻がむずむずしてきたので、おれたちも手を合わせた。

そういえばこの浜に来ると、お母さんも必ず手を合わせていたっけ。あの頃、お母さんはなにを祈っていたのだろう。おれは手を合わせつつも、なんの言葉も浮かばなくて困った。とりあえず、ありがとうございますと言っておいた。

「なんか引っ張られるような気ぃするわ」

ミラクルが言い、気のせいじゃない？　と、おれは答えた。

「ううん、そういうのあると思うよ。ミラクルはなにかパワーを持ってるのかも！　だってミラクルだもん！」

光圀が言い、また目をつぶって手を合わせる。

「なにをそんなに祈ることあるの？　光圀は」

「このキャンプに参加できたことと、みんなに会えたことのお礼を言ったよ。あと、むびょうそくさい」

むびょうそくさい、が無病息災に変換されるまで少し間があった。

「光圀、お前は一体何者なんだ……」

光圀はにこにこと笑っている。

「ほんまおもろいやっちゃなあ」

ミラクルと光圀。これまでにないタイプの友達だ。

「お、ヤドカリ」

足元で白い小さな貝を背負ったヤドカリが歩いている。

「かわいいなあ」

ミラクルが手に取ると、光圀が、

「だめだよう。神様のものなんだからちゃんと挨拶しなくちゃ」

と真剣な顔で言った。ミラクルは「えろう、すんませんなあ」と言って、

「神様、ちょっとお借りしますわ」

と海に向かって頭を下げた。

「これでええか?」

「うん、いいよ」

おれはおかしくて、やっぱりまた噴き出してしまった。

そのとき、ふいに足音が聞こえた。振り返ると、サッカー部トリオが歩いてくるところだった。一気に気分が萎《な》える。

「おつかれさん」

ミラクルが声をかける。掃除当番のことだろう。

「これはこれは、おかしな三人組さんじゃないですか。どうもどうも」

海江田が唇の右端を持ち上げて言う。嫌味な言い方だ。

「おかげさまで掃除終わりましたよ、おおきに。ミラクルくん」

大垣が言って、栗木が爆笑しながら「ミラコー、ミラコー」と、外国人のような真似をする。おもしろくない。まったくおもしろくない。ミラクルが、まあいいじゃないか的な視線を寄こす。

「おっ、ヤドカリ！」

栗木が手に取って、海に向かって大きく腕を振りかぶった。

「ああ、やめてえっ」

光圀の叫びむなしく、ヤドカリは波間に吸い込まれていった。

「デブはオカマかよ。なにが、『ああ、やめてえっ』だっつーの。キモいわ」

栗木の言葉に、海江田と大垣が爆笑する。

「ひどいことする連中やわ」

ミラクルが悲しそうな顔で、海に吸い込まれていったヤドカリの行方を目で追った。

「ひゃっほー」

栗木がビーサンを脱いで、海にバシャバシャと入っていく。海江田と大垣も続く。

「だめだよう！」

光圀が泣きそうな声で叫ぶ。

「ここは神聖な場所だから、海に入っちゃいけないってタカさん言ってただろ」

思わず注意すると、

「泳いじゃいけない、って言ってただけだろ。入るのはオーケー。ていうか、お前らに関係ねえだろ」

海江田がすごんでみせ、栗木が大げさに笑う。

「行こか」

ミラクルが立ち上がって、おれも光圀も腰を上げた。一本道に戻ろうと歩き出したとたん、こつんと背中になにかが当たった。振り向くと、サッカー部三人がこっちに向かって貝殻を投げていた。

思わずカッとして足元にあった貝殻を拾う。投げ返そうとしたところで、

「やめてっ!」

「やめえや!」

と、同時に声がかかった。

「神様の大事な持ち物だよ」

「それ、貝殻ちゃうで。ヤドカリや」

光圀とミラクルに言われて、手の内をみると、小さなヤドカリが黒い目と白い足を出して、おれの手のひらでちょこちょこと動いた。

「ごめん……」

ヤドカリに謝って、砂浜に戻す。

「弱虫め！」

栗木が大きな声を出した。海のほうに身体の向きを変えたおれを、ミラクルと光圀が制す。

「相手にしなさんな。行こ」

ミラクルのふくらはぎに小石が当たった。

「あぶないだろっ」

思わず声が出る。

「ええって、ええって。ほな、行こか」

おれは自転車を押して歩きながら、沈黙していた。口を開いたら、胸のなかのムカムカが言葉になってあふれ出そうだった。あいつら一体なんなんだ？　おれたちがなにかしたか？なんであんな態度をとられなきゃならないんだ？

「まあ、世の中いろんな奴がおるからなあ」

ひょうひょうとした表情でミラクルが言う。

「ぼく、あの人たちのこと、神様にちゃんと謝ったから大丈夫だよ」

「は？」

「代わりに謝っといたから、神様も怒らないでいてくれるよ」

光圀のまんまるの顔を見ていたら、怒っている自分がばからしく思えてきた。

「よしっ！　次の浜行こう！」

気を取り直して自転車にまたがると、よっしゃー、とミラクルが元気のいい声を出した。

自転車をこぎ出した光圀は、頭上にオオジョロウグモを発見し、大きな悲鳴をあげて猛スピードで自転車を走らせていった。

ユマーサ浜。ここには二千年前の貝塚があるらしい。タカさんからもらった地図にそう書いてある。ここも野性味あふれる浜だ。

「この島って、不思議な感覚するわ」

「どんな?」

「なんや、中年のおばさんの腹の上におるみたいや。ぬるっと生々しくて、生きてるみたいやわ」

「エッチ〜」

と、光圀が顔を赤くする。おれは、ミラクルの感性にちょっと感動していた。そんな表現思い浮かばない。だけど言われてみれば、そんなような気もするのだ。

「島自体が生きてるんやなあ」

おれはただただ感心して、ミラクルの横顔を眺めた。

次の浜に向かう途中の一本道を、ヘビが横切った。

「うわあああああ!」

光圀が自転車を放り出して、元来た道を猛スピードで逃げてゆく。

この島ではよくヘビを見かける。今通ったのは細くて茶褐色のヘビだ。お腹のあたりが少し黄色みがかっている。

「リュウキュウアオヘビやろか」

ミラクルがつぶやく。

「ミラクルは生き物に詳しいなあ」

「うん、生物好きやねん」

おれはますます感心した。おれも生き物は好きだけど、名前や生態を調べたりしようとは思わない。

「光圀、あんな遠くまで行きよったわ。おーい！ 光圀！ 戻ってこいや。置いてくぞお！」

「もうヘビいないからー」

おれたちが叫ぶと、ようやくのろのろと戻ってきた。

「上には大きいクモがいて、地面にはヘビがいるなんて。ぼく一体どうしたらいいの」

でかい図体で泣きべそをかいている光圀を励まして、次の浜へ向かった。

「ここがマジーラ浜。星の砂があるところ」

この浜も岩肌がごつごつ顔を出している。波で叩きつけられたら相当痛いだろう。タカさんが用意してくれた水筒を開ける。

「わー、セーフ！ ジャスミン茶やったら死んでたわあ」

ミラクルが喉を鳴らす。水筒の中身はスポーツドリンクだった。

「光圀は信心深いよなあ」

光圀は、ここでもまた手を合わせている。

「うん。お母さんがそういうの好きだから、なんとなくね」

「加奈太は、この島に毎年来てるんか？」

「いや、三年ぶり。おばあちゃんが元気でよかったよ」

海面に宝石をちりばめたみたいに光が反射していて、思わず目を細める。

「加奈太は前にサッカー部やったんか？」

「え？」

「なんや、サッカーやってそうなタイプやから」

そんなふうに見えてしまうのが、なんだか悔しかった。サッカーは好きだったけれど、くだらない先輩が多くて、ついていけなかったのだ。

「サッカー部は辞めたんだ」

「ほうかー」

「ミラクルはテニス部かあ」

「なかなかたのしいでえ。腕の太さ、左右で違ってん」

左腕と比べると、右腕がちょっとだけ太い。

「光圀は部活入ってへんのか？」

「ぼくは帰宅部」

「ほうかー」

のんびりした自由時間。東京では、いつも忙しぶってた。実際なにも忙しくないのに。

ざっ、と音がして、三人でうしろを振り返る。サッカー部トリオがまたやってきたのだと思ったのだ。でも違った。そこにいたのは女の子だった。

「こんにちは」

一斉に振り返ったおれたちにびっくりした様子だったけれど、女の子はにこっと笑って挨拶をした。

「こんにちは」

三人そろって、明るい声で返した。だってそこにいたのは、ものすごくかわいい子だったから。顔が小さくて手足が長くて、栗色の長い髪が風になびいている。白い薄手のワンピース。足元は裸足《はだし》だった。まるでアイドルの写真集から抜け出してきたみたいだ。

「キャンプ？」

女の子がなんのてらいもなく、おれの横に腰を下ろす。

「う、うん、そう。昨日から。なっ、なっ、そうだよな」

ミラクルと光圀に同意を求めると、「う、うん」と、二人も挙動不審な感じでうなずいた。

「なにしてるの？」

「え？　ええっと、海を見てます」

そのままのことをおれはなぜか敬語で言い、二人ともうなずく。

「そ、そっちは？」

「わたしも海を見に来たの」

「そうなんだ」

「中二？」

なんでわかったんだろうと思いながらうなずいて、「そっちは何歳？」と聞いてみた。

「わからないの」

「は？」

「わたし、年齢がわからない」

「え？」

「あそこの三つ角にガジュマルの大木があるでしょ？　自転車に乗っている君たちを見つけて、そこから抜け出して来たの」

「えっ？　えっ？」

「じゃあ、また」

女の子はふわっと立ち上がり、まるで宙に浮くような足取りですうっと去って行った。

「なに、今の女の子……」

今が太陽降りそそぐ日中でよかった。これが夜だったら、一目散に逃げていただろう。

「お、おれたちをからかったんやろ」

そう言うミラクルの顔も、硬直している。

「そ、そうだよな。まさか本物の幽霊じゃないよな」

おれの言葉にミラクルはなんべんもうなずき、光圀は、怖いよう、と両腕で自分のでかい身体を抱きしめた。

「でも、めっちゃかわいかったな」

「ありえないかわいさだった」

「うん、最高にかわいかった」

薄気味悪さは残っていたけれど、とにかく女の子がかわいかったから、それでよしとすることにした。かわいいんだから幽霊でもいいんだ、という無理矢理な結論で。

「加奈太。ガジュマルの木ってなに？　どこにあるん？」

ミラクルが興味深そうに聞いてきたので、三つ角のガジュマルの木まで案内した。

「ほおっ……。はじめて見たわ。これはすごいわ。樹齢百年はいっとるんちゃうか」

ミラクルが感嘆の声をあげる。

「お化けが出てもおかしくないね。やっぱりさっきの女の子、幽霊だったのかも」

光圀が目をきょろきょろさせながら言う。

大きなガジュマルの木。幹の途中から何本も根を出し、それがどんどん伸びて地面に着いて、木を支える支柱根になるという。

「この根が他の木を包むこともあるらしいで。『絞め殺しの植物』とも呼ばれてるいうて、本に書いてあった」

ミラクルは植物にも詳しいらしい。

「ちょっと不気味だよね……。さっきの女の子、もしかしたらこの木に絞め殺されたんじゃない？　それで幽霊になったとか……」

光圀が真面目な顔で言う。一気にまわりの気温が下がったみたいに感じる。

確かにこのガジュマルは独特な凄みがある。根が複雑に絡み合い、異様な造形を作り出している。昔からここを通るたびに怖かった。ガジュマルはキジムナーの家なんだよ、と教えてくれたのは、おばあちゃんだった。

「キジムナーかも」

タイミングを見計らったような光圀のつぶやきに、思わずびくっとした。

「お母さんが言ってた。ガジュマルの木にはキジムナーがいるって」

「おれもちょっとだけキジムナーのこと調べてきたで。赤い髪の子ども、もしくは、赤い顔の子どもやろ。たまにいたずらするけど、基本は好意的やって」

「手がうんと長いんだって。魚が好きで顔はしわくちゃだって。火事を起こすこともあるらしいよ。木にいたずらしたりすると、末代まで祟《たた》られるって」

光圀が言った「末代」「祟られる」という言葉が胸にじっとり沁みこむ。

「いろんな説があるんやなあ。会《お》うてみたい気もするわ」

「やだよ、やだやだ。ぼくは絶対無理」

「それにしても、さっきの女の子。どこ行ったんだろ。姿が見えないな」

見通しのいい一本道なのに、影も形もなかった。三人で顔を見合わせて、それぞれ無言で自転車に乗る。なにか言ったら、さっきの女の子が、本物の妖怪とか幽霊に成り果てそうだった。

「なあ、加奈太。この角を曲がるとどこに出るん?」

島の外側を回る道以外にも、東西を横切る道が何本かある。

「ここを通っていけば西側の一本道への近道だけど、せっかくだから、このまま北のイマー岬まで一気に行こうぜ」

「行こうぜ」

ミラクルがわざと「ぜ」を使う。おれたちは立ちこぎでがむしゃらに走った。ミラクルも光圀も全速力だ。実際、ちょっと怖かったのだ。あの女の子も、なんでもお見通しだよ、という雰囲気のガジュマルの木も。

イマー岬は北の突端で広い崖になっている。視界はすべて空と海だ。おれたちはしばし言葉を忘れて、ぼうっと突っ立った。ここに来るのは本当にひさしぶりだった。訪れたのは確か小学二年生のときだ。お父さんとお母さんと三人で来た。あのときは眼下に広がる海が巨大すぎて崖も高すぎて、足がすくんで近くまで行けなかった。おれは一人で、遠くからお父さんとお母さんの後ろ姿をただ眺めていただけだった。

――イマー岬をもう一度見たかったなあ。

お母さんが家を出て行くとき、そう言ったのを覚えている。

——加奈太は怖がっていたものねえ。

そう言って笑った。

——見たいなら、また行けばいいじゃん。

おれが返すと、なかなかそうもいかないわねえ、とまた薄く笑ったのだった。

「どうしたん？　ぼけっとして」

「あ、ああ。なんでもない。すげえ景色だなあと思って」

「うんうん！　これはすごいよ。まるごと地球って感じがする！」

光圀が興奮気味に言う。

くっきりとした水平線がなだらかな曲線を描いていて、地球が丸いことを証明している。

「足元は見ないほうがいいね」

崖の岩肌が鋭く尖《とが》っていて、もし落ちたら、海にたどり着く前に血みどろになりそうだ。

岩に白いしぶきが当たって跳ね上がる。左右はどこまでも海で、天はどこまでも水色の空だ。

おれたちは芝に寝転んで空を見た。まぶしくて目を開けていられない。まぶたを閉じると、ちかちかと光の残像が浮かぶ。

「なあ、ところでさ。父親のことってなんて呼んでる？」

「なあに、急に。ぼくのお父さんは死んじゃっていないんだけど、お父さんはお父さんだよ。生きてたら、お父さんって呼ぶよ」

光圀の答えに、しまったと思った。そういう可能性だってあったのだ。自分の気の回らなさにうんざりする。でも謝るのも違うと思って、そっか、とだけ答えた。

「おれは、おとんやな。加奈太は？　てか、なんで急にその話題なん？」

「いやあ、今ちょっと迷走中なんだよな。これまではずっとお父さんって呼んでたけど、なんだか子どもっぽい気もするし、どうかなあって。結局、『ちょっと』とか『ねえ』とかでごまかしてる。ほら、おれ、反抗期だからさー」

光圀とミラクルが笑う。

「ほな、おかんのことはなんて呼んでんの？」

ぼくは、お母さん、と光圀が言う。

「うちは離婚して今は一緒に住んでないけど、やっぱ『お母さん』かなあ。いや、『お』を取って『母さん』のほうがかっこいいかな」

母とは月に一度しか会わないせいか、「お母さん」でも「母さん」でも、特に違和感はない。呼びづらいのは父親なのだ。

「『お母さん』でも『母さん』でもどっちでもええわ。同じやん！」

ミラクルのツッコミに、我ながらあほらしくなる。それにしても両親が離婚したことを、こんなふうにさらっと言えるなんて、自分自身にびっくりだ。

「光圀はきょうだいおらんのか？」

「もう働いているお姉ちゃんがいるよ。十歳離れてるんだ。おじいちゃんとおばあちゃんと、ひいばあちゃんも一緒に住んでるよ」

「ひいばあちゃん何歳？」

「九十七歳かな」

すげえなあ、とミラクルと声がそろう。

「ミラクルんちは？」

「うちは両親と兄貴と弟と、妹がおる。うちは……妹はまだ小学一年生や」

「二人ともにぎやかでいいなあ。うちは……」

とそこまで言って、言葉に詰まった。

「なに言いよどんでんねん。『お父さん』でええやろ」

ミラクルがツッコむ。父親のことをなんて呼ぼうか迷ったことが、バレていたらしい。

「おれは一人っ子だから『おやじ』と二人きり。って、どう？『おやじ』って言い方、かっこよくない？」

かっこいい、と光圀が言い、なんでもええよ、とミラクルが脱力気味に返事をする。

「よし、これから『おやじ』って呼ぶことにする！」

半身起き上がって言うと、二人は寝転んだまま横目でおれを見て、ぱらぱらと拍手をしてくれた。おれはなんだかおかしくなって、その場で側転をして、また二人にどうでもいいような拍手をもらったのだった。

「そろそろ昼だな。西側はさらっと流してセンターに戻ろうか」

イマー岬から西側の一本道に入る。おれ、ミラクル、光圀、と一列になって、白い一本道を南に向かって戻ってゆく。

「あっ、ちょっと止まって。ここ、イラブーの燻製《くんせい》小屋だよ」

小さな小屋。近くに寄ると独特の匂いがある。

「イラブーてエラブウミヘビのことか」

「うん。ここに数百匹のイラブーがいるらしいよ。生きたままいぶして燻製にするんだ」

「一年くらいエサを食べんでも生きとるらしいなあ。驚くべき生命力や」

ミラクルは本当に詳しいなあと、つくづく感心する。

「生きたまま殺されるなんてかわいそうだね」

光圀が言って、また手を合わせる。光圀が手を合わせた瞬間に、イラブーの尊厳が急激に目減りしたような感覚になって、おれはすばやく背を向けた。人間の勝手で捕らえられて殺されて食われるなんてひどい話だけれど、かわいそうというのとはちょっと違った。どちらかというと、「偉い」という感じだった。

三人で自転車を必死でこぐ。単純に腹が減ったのだった。昼飯はなんだろうか。タカさん、ちゃんと作っているだろうか。

「加奈太。これ、なんや。遺跡か？」

大きな石でできた家のようなものを指して、ミラクルがたずねる。おれたちは自転車を止めた。

「これはお墓だよ」

「ええ？　こんなに大きいの？　ぼくの部屋より大きいよ」

「昔は風葬だったらしいよ。だから大きいんじゃないかな」

おれもよくは知らないけれど、本州のお墓とはまるで違うことは確かだ。土地がない東京では絶対にありえない。

「……ドゥヤーギー」

「は？　なんて？」

突然思い出したのだ。この島に棲《す》む妖怪、ドゥヤーギーのことを。

「キジムナーとは反対で、マジでやばい妖怪なんだ。死体を食べると言われてる」

と、ここまで言ったところで、ぶわーっと強い風が吹いた。

「怖い……」

「その話はまた今度。とりあえずセンターに戻ろう」

「ドゥヤーギー……」

ミラクルがぽつんとつぶやいたとたん、ぶるっと寒気がして、おれはがむしゃらに自転車をこいだのだった。

◆征人——三十年前

「ドゥヤーギー？　そんなもん、いるかー」

孝俊がばかにしたように、保生に言う。

「タオが見たってよ」

「タオなー、インチキやしぇー」

「だけど、ドゥヤーギーは本当にいるかもよ」

おれが思わず発した言葉に、孝俊の目がつり上がった。

「はあ！　征人はタオの味方か！　タオの父ちゃんみたいな人間のせいで、おばあは見世物になったさ！」

「それはタオの父ちゃんじゃなく、べつの人だろ。一緒にするなや」

ムキになって、おれは返した。

「ここを荒らす人間はみんな一緒！　お前の家も、しょせんは元々天徳人《てんとくんちゅ》じゃないからな」

天徳人《てんとくんちゅ》じゃない。そんなこと、どうでもいいと思っているくせに、面と向かって言われると、喉が詰まったようになってすぐには言葉が出ない。

「保生のところも、結局は本島の人間やしぇ。なにが新しい風か。ばかばかしい」

孝俊の言葉に、保生が視線を落とす。

「もうドゥヤーギーの話をするな。タオの話も」

孝俊ににらまれて、おれと保生はおとなしくうなずいた。

八木橋《やぎはし》タオが転校してきて三ヶ月。話題には事欠かなくて刺激があるが、孝俊のタオ嫌いには、ほとほと困っている。思えば転校初日からまずかった。

ふつう転校生というものは、先生と一緒に教室に登場して紹介されるのだと思うけれど、なぜかタオは先に一人で教室にいて、しかも孝俊の席に座っていたのだった。これにはみんな驚いた。男子三人、女子三人しかいない中二クラスだ。

早く目が覚めたから先に来た、とタオは言っていたけれど、先生はタオが行方不明になったと大騒ぎだったし、平然と孝俊の席に座っていたタオは、机に彫ってあった孝俊お気に入りの穴をシャープペンの先で広げているしで、机の主である孝俊は怒りを沸騰させた。

それでも最初のうちは孝俊も我慢していた。学級委員だし、迎える側にとってもはじめての転校生の面倒を見なければと考えていたと思う。けれどタオは、ことごとく孝俊の機嫌を損ねることをしでかした。

孝俊から借りた教科書をどういうわけかなくしてしまうし、クラスで飼っていた金魚に鉛筆の芯を食べさせて死なせてしまうし、女子たちが目を輝かせてたずねる、東京という未知の地の質問にも「ぼくにはよくわからない」の一点張りだった。クラスメイト全員が幼馴染でもある教室は微妙な空気に包まれた。

きわめつきは期末試験だった。孝俊の得意科目である社会科のテストで、タオが満点を取ったのだ。孝俊は八十六点だった。孝俊が怒るのはあきらかに筋が違ったが、本人はかなりこたえたようで、これを機に孝俊はタオに関するあらゆることを放棄した。たった三ヶ月のうちに、タオは孝俊にとって、もっとも敵意を抱かせる人間となったのだった。

けれど、おれと保生はタオのことを気に入っていた。タオははじめて見るタイプのクラスメイトだった。誰かとつるむこともせず、一人でも決してつまらなそうではなくて、逆にたのしそうにも見える。自分の興味のあることに関しては夢中になるけれど、どうでもいいことには心底どうでもいい態度をとった。

おれはそれをかっこいいと思ったし、ひそかに尊敬していた。父親が学者だというのも尊敬する理由のひとつだった。タオの父親は民俗学者で、天徳島の神事や歴史について調べるために移住してきた。母親はいない。

この島では個人による土地所有が禁じられていて、大昔のままの地割《じわり》制度によって分配、管理を行っているため、新しい住人の移住なんてめったにない。新しい住人を受け入れるかどうかは、島の組頭《くみがしら》たちの話し合いで決まる。孝俊と保生の父親も組頭の一人だ。多数決では二票差で、タオ親子の移住を認めることになった。孝俊の父親は反対派で、保生の父親は賛成派だ。結局、保生の家が管理している空き家を、タオ親子に貸すことになったのだった。

閉鎖的な島は年々人口が減少していて活気も失われつつある。天徳島をもっと広く世間に知ってもらい観光客を増やすべきだという意見と、由緒ある神事は島人《しまんちゅ》が守り抜き、外の人間に土足で踏み荒らされてはならないという意見とで、組頭をはじめ、住人の意見が割れている。

孝俊が怒っているのには、べつの理由もある。おれたちが生まれる少し前に、内地からある雑誌の記者が来て、風葬された遺体の写真を無断で掲載したらしいのだ。その遺体は孝俊の曾祖母で、記事を見た娘である孝俊の祖母は、ショックで床《とこ》に臥《ふ》せってしまったと聞いた。

その写真が掲載されてからしばらくは、興味本位の観光客が多く訪れ、風葬場に勝手に入り、木棺《もっかん》を開けてなかを覗《のぞ》いたり、写真を撮ったり踏み荒らしたりと、大変な騒動だったらしい。以後、風葬の習慣はなくなったと聞く。

でも、それとタオんちのおじさんは関係ない。そもそも、タオんちのおじさんは記者じゃなくて、学者なのだ。まったく違う職種なのに、孝俊にかかるとみんな同じ類に分類されてしまう。

「じゃあな、また明日」

「うん」

「バイバイ」

各戸が石垣に覆われた南の集落。どの家も似たような造りだ。平屋建てで、玄関の前に外部からの視線をさえぎる、ヒンプンと呼ばれる目隠しの石壁がある。魔除けのためともいわれている。そして塀には石敢當《いしがんとう》がある。以前タオに、これはなんだと聞かれたことがあった。

——いしがんとう。魔除けさ。T字路とか三叉路とかに置いてるよ。魔物は曲がりきれんで真っ直ぐ進むだけだから、石敢當にぶつかって粉々になるわけよ。

そう教えてあげると、タオは「すごい」と感極まったようにつぶやいて、ズボンの後ろポケットからメモ帳と鉛筆を取り出して、おれが言ったことを書き記した。

「ドゥヤーギーかあ……」

思わずつぶやいた。タオが嘘を言っているとは思えない。

東京から来たタオ。東京という大都会に、思いをはせる。この島とはまるで時間の流れが違うのだろう。上等な服を着て、おれが見たこともないような料理を食べて、電車で移動する人たち。

「おかえりー。じき夕飯だよ」

ただいまも言っていないのに、野菜を刻みながら、背をこちらに向けたままの格好で母ちゃんが言う。妹の由真《ゆま》は、アニメ番組の再放送を見ている。

「父ちゃんは?」

いつもはもう寝ている父ちゃんの姿が見えなかった。

「集まり行ったさー。大城《おおしろ》さんところ」

孝俊のところだ。またなにかもめているのだろうか。

「タオの家のこと?」

「さあねー」

母ちゃんはいつもこうだ。島の問題は一切知らぬ存ぜぬで、絶対に口を出さない。

「ねえ、母ちゃん、生まれは東京さー。東京ってどんなところね?」

父ちゃんがいないのをいいことにたずねた。寡黙な父ちゃんがいると、こっちまで口が重くなってしまう。

母ちゃんは中学生まで都内で過ごし、その後、家族で宮崎県に越したらしかった。結婚のときになにやらもめたそうで、母方の親類とは一切連絡を取っていない。

「東京っていっても、田舎のほうだからねー」

「でもさ、ここ とはぜんぜん違うでしょ」

「どこでもおんなじさー。働いて、ご飯食べて寝るだけさー」

語尾を伸ばして話す母ちゃんは、必死にこの島の人間になろうとしているようで、うっとうしく感じるときがある。この島で生まれ育って、この島で死んでゆく人しか、「天徳人《てんとくんちゅ》」と名乗ってはいけないのに。

「母ちゃんは天徳に来てよかったね?」

「なに言ってるねー、あんたは。はい、できた。早く運びなさい」

台所と二間しかない小さな家。妹と部屋を分けてほしいけれど、物理的に無理な話だ。

「ねえ、母ちゃん、なんで父ちゃんと結婚したの? どこがよかったの?」

話を聞いていたらしい由真が口を挟む。

「あんたまでなに言ってんね」

「いいさー、教えてー。父ちゃんとかけおちしたんでしょ？　宮崎で知り合ったんでしょ？」

かけおち、という言葉に母ちゃんが目を丸くする。由真は小学六年生だ。

「あんた一体どこからそんな話聞いてくるね」

「みんな知ってるよ。なんで父ちゃんとの結婚、反対されたの？　ねえ、なんでね？」

なーに言ってんの、と母ちゃんは笑ってはぐらかした。話すつもりはないらしい。

「今度東京に連れてってよ」

そう言ってみるが、母ちゃんはなにも答えない。

「にいにい、そんなに東京に興味あるなら、東京の学校行けばいいさ」

「いらんこと言わんよ」

母ちゃんが由真をにらむ。天徳には高校がないから、再来年の春には、どのみちここを出ていかなければならない。多くの子どもたちが辿るように、本島での寮暮らしとなるだろう。

「にいにいが高校生になって出ていったら、うちが一人で部屋を使えるね。やったー」

「ぐだぐだしゃべってないで早く食べなさい」

母ちゃんの本気度が混じった声に由真と目を合わせ、急いで二人で箸をとった。

天徳島の南端の宗見港《そうみ》はフェリーの発着所で、すぐ西側には漁港がある。宗見港と漁港の間に、飛び込みポイントのひとつがあり、海面までは四メートルほどだ。

小さい頃から数え切れないほど、飛び込みをしてきた。娯楽施設がなにもない島での長い夏休みは、ここで過ごすことも多い。

「征人！」

海面に顔を出し、孝俊が声をあげる。孝俊は前方宙返りをしてからの飛び込みに成功した。宙返りは簡単だけど、そこからまっすぐに海に入るのは難しい。横っ腹を打ち付けたり、顔面から落ちたりすると、かなり痛い。

島の人間は水着なんて着ない。おれたちもTシャツと短パンだ。たまに観光客が来て泳いでいるのを見かけるけれど、よくもまあ、あんな小さな水着を着られるものだと思う。半日で日焼けどころか火傷《やけど》状態になってしまうし、そもそもはずかしい。

「だー！　いくよ！」

ひと声気合を入れてから、うしろに下がって助走をつけた。防波堤のコンクリートの角に土踏まずを合わせて踏み込む。

「うりゃあ！」

身体を丸めて頭から飛び込んだ。

バッシャーン。

「あがぁ……」

腹を思いっきり打ってしまった。孝俊が爆笑している。次の飛び込みの準備をしている保生も笑っている。

「征人、よく見とけよ！」

保生が防波堤からピースサインを送る。そのままうしろに下がってから、助走をつける。

タンッ！

高い！　保生はのんびりしているようで、実は運動神経が抜群にいいのだ。クルッと身体を小さく丸めて回転し、見事まっすぐに足の指先から着水した。

「すごいなあ！」

海に浸かったまま、孝俊と二人で拍手を送ると、保生はうれしそうに手を振った。

「よし、練習しないと」

錆《さ》びた鉄のはしごをのぼって、定位置につく。

タンッ！

「うりひゃあ！」

おれたちは延々と飛び込みを繰り返した。夏の日差しが暑くて、海水の程よいつめたさが気持ちよかった。

「お昼食べたらイマーのほうに行かんか？」

もうひとつの飛び込みポイントだ。イマー岬の手前にあるその場所は、自然の岩が飛び込み台みたいに突き出ていて、海面までの距離も、港の一・五倍以上はある。

「そーだな、行くか」

孝俊の提案に、保生がうなずく。イマーでの飛び込みのほうが、断然スリルがある。高さはもちろんだけど、潮の流れがけっこう速いので、飛び込んだあと、ぼやぼやしていられないのだ。

昼食を食べるために、各自家に帰った。母ちゃんは、海ぶどうの養殖場で働いている。昼間だけのパートだ。お膳の上に、ラップをかけた大きなおにぎりが置いてあった。由真はいなかった。学校で友達と宿題をやると言っていたから、おにぎりを持って出かけたのかもしれない。

すだれの隙間から、夏の日差しが差し込んでいる。何度も見ている夏の光景。薄暗く陰になっている家のなかに差し込む、ひと筋の光。

寝転びながら、おにぎりをほお張る。梅干がすっぱくて、こめかみが縮こまったみたいになった。なんだか急にむしゃくしゃした。勢いよく起き上がって、梅干の種をぷっと庭に飛ばす。

最近、こういうときがたまにある。なにがきっかけかはわからないけれど、胸のあたりがもやもやするのだ。そうなると、自分が一体何者なのかがわからなくなる。自分はどこから来て、どこへ行くのか。このままで正解なのか。正解とはなんなのか。考えれば考えるほどわからなくなる。

二年に進級してからは特にそうだった。父ちゃんや母ちゃんや学校の先生にイライラして、でもそれをぶつけることもできなくて、自分のなかに巨大ななにかがたまっていく。まるで心のなかに、手に負えない獣でも飼っているような感覚だ。

ふたつめのおにぎりも梅干で、また種を吹き出した。思ったように飛ばなくて、すぐ近くに落ちた。

今、自分に魔法が使えたら、種からすぐに芽を出して生長させて、この家を覆い隠すのに。どんどんどんどん大きくなって、枝を伸ばして葉っぱをふんだんにつけて、この島ぜんぶを覆ってしまえばいい。島の全部を飲み込んで、梅の木だけになればいい。

おれは梅の葉っぱに包まれて、消えてしまった天徳島を想像して、少しだけ気持ちが楽になった。


外は、午前中とは比べものにならないくらいの強烈な日差しだ。太陽が近い。熱の光線を押し付けられて、身体の表面がかあっと熱くなるけれど、海から吹いてくる風がそれをやわらげてくれる。

「よっ、行くか」

集落の中心付近にあるベンチに行くと、すでに孝俊と保生がそろっていた。ここに来ればたいてい会える。同じ場所に住んで、同じような家で生活して、同じようなものを食べて、同じような行動パターンで動く。この島は全員が親類みたいだ。なんて窮屈なんだろう。

「映画観たいなあ」

「なんの映画?」

おれのつぶやきに保生が反応する。

「『インディ・ジョーンズ』か『フットルース』。もう本島には来てるかなあ」

「『フットルース』は、うちのにいにいが観たって。おもしろかったってよ」

保生の兄は大学生だ。大阪に住んでいる。

「いいなあ」

大阪も未知の世界だ。保生は春休みに大阪に遊びに行き、それはもう、おもしろくて仕方なかったと言った。おいしいものがたくさんあって、ゲームセンターがそこらじゅうにあって、みんな陽気に笑っていて、保生は自分も大阪の大学に行きたいと息巻いた。そのとき、口を挟んだのが孝俊だ。大学なんて行ってもしょうがない、と語気を荒らげたのだ。

――大学なんて遊びに行くだけだろ。ここに住むんだったら大学必要ない! 高校もほんとは行かんでもいいくらいさ。

そんなふうに言った。孝俊はこの島が好きだ。それはわかる。由緒ある家だし、家業であるイラブー漁も盛んだ。でも本当にずっと一生、ここにいたいのだろうか。どこかに行きたいとは思わないのだろうか。

「孝俊も映画観たいだろ? 休み中にみんなで行かんか」

声をかけると、そうだなあ、と返ってきた。レンタルビデオだって、わざわざフェリーに乗って本島に行かなければ借りられない。映画上映といったら、小中学校の体育館で、つまらない品行方正な旧《ふる》い映画を観るか、最近のものでもせいぜいアニメだ。

「父ちゃんに頼んでみるさ」

保生が言い、「頼む」と、おれは保生の肩を叩いた。


三人で北のイマーまで自転車を走らせた。乾燥した、白くて細い一本道。道の脇には、フクギやアダン、イタジイ、クバ、ヒラハグサなどが旺盛に葉を広げている。

この風景をいつか懐かしく感じるときがくるのだろうかと、ふと思う。なにもない島。因習にとらわれた神の島。

「今日はひねり飛び込み、成功させるからな」

孝俊が自転車をこぎながら叫ぶ。ひねり飛び込みというのは前や後ろに回る宙返りではなく、身体を斜めにして回転させることだ。簡単そうに見えて、着水のタイミングが難しい。

「おれは一回転半!」

保生は、前方宙返りの一回転半だ。飛び込んで宙返りしたあと、頭から着水するのだ。すでに一回転半はできるが着水時に身体が斜めになってしまうのを気にしている。おれからしてみたら、孝俊も保生もすごい。

保生は陸上部で、短距離、長距離、幅跳び、高跳びと、なんでもこなす。孝俊も同じく陸上部だけど、得意なのは短距離だけで長距離はてんでだめだ。ペース配分が苦手なのか、マラソン大会ではいつもドンケツで、先生たちに「本気出せ」といつも怒られている。

おれは、バドミントン部だ。中学校には、陸上部とバドミントン部の二つしかなく、必ずどちらかに入らなければならないことになっている。

天徳島小中学校は小中併置校で、小学生三十人、中学生十八人だ。十年ほど前までは二百人以上の生徒がいたらしいけれど、ここ数年は、小中学校合わせても五十人に満たない生徒数が続いている。子どもの人数がこれからもっと減っていったら、閉校の可能性もあると聞いた。

「保生、今日は部活じゃないんか」

孝俊がたずねる。

「明日だろ。陸上部は、月、木、金。いいかげん覚えれ」

ハの字眉にして、保生が答える。

「なあ、天徳で飛び込みのプロ選手を育てるってのはどうか？　自然の飛び込み台があるから、うまくなるさ！」

出た。孝俊お得意の天徳島振興プロジェクト。

「ここからオリンピック選手が出る。一気に有名になる。観光客も増える」

孝俊のなかには、島を有名にしたいという思いと、内地の人間に勝手に踏み荒らされたくないという思いが、いつでも複雑に同居している。おれは半ば呆れながらも、孝俊のこの島に対する熱意に、畏《おそ》れのようなものを感じていた。

イマーの飛び込みポイントに着いた。水平線がきれいに見渡せる。あの向こうは外国だ。地図帳を見ると、世界の広さに目がくらみそうになる。それに比べて、ここはなんて小さいのだろう。

「征人、暗いなー」

ぼうっと水平線を眺めていたおれに、孝俊が声をかける。

「よし、飛ぶよ」

「おれからや」

保生が身体をならしてからTシャツを脱いだ。これだけの高さがあると、服が風をはらんでバランスがとりにくくなる。

保生がタンッ、と岩を蹴った。頭からの飛び込みだ。きれいなフォーム。まっすぐな着水。しぶきもほとんど上がらない。海面から顔を出して、保生が手を振る。波もなくて、今日は飛び込みに絶好な状態だ。

「征人、怖いんか?」

孝俊に聞かれて、とっさに首を振った。

孝俊が、じゃあ、おれから、と言うやいなや、ぐいっと右足を踏み込んだ。足から降りて身体をひねる。

バッシャーン。

背中をかなり打ったように見えたけれど、顔を出した孝俊は笑顔だった。最初に飛び込んだ保生が、岩場をつたって上がってくる。

「怖い?」

すでに後ろで準備している保生の問いに、今度は正直にうなずいた。この高さにはいつまで経っても慣れない。恐怖心が、さあーっと足元からせり上がってくる。

「ほんの一瞬だよ」

そうなのだ。海まではあっという間だ。なにかを考える時間などない。

「頭から？　足から？」

「とりあえず足から」

「うん。行け、征人」

保生が穏やかな表情で、ひとつうなずく。さっき飛び込んだ孝俊は岩場にたどり着いて、よじのぼってくるところだった。孝俊が来ると、背中を押されかねないので、戻ってくるまでに飛び込まないと。そう思いつつ、なかなか踏み出せない。

「できるよ」

うん、そうなんだ。わかってる。一回やってしまえば、あとはもう楽勝なんだけど、最初の一回を飛ぶまでに時間がかかるのだ。

孝俊は岩の上で休んでいる。今がチャンスだ。

「よしっ、やるよ」

心のなかで、せーの！　と自分にかけ声をかける。せーの！　せーの！　三度目のせーの！　で、両の頬をぴしゃりと叩いた。なにやってんだ、おれ。しっかりしろ。

「いくよっ！」

せり出している崖の上で右足を海の上に一歩出し、左足の土踏まずで崖の先端を押した。

ザッバーン！

ほんの一瞬だった。左足を踏み込んだ次の瞬間には、もう海のなかにいるという感じ。

「ぷはっ」

海面に顔を出して足で海水をかく。

「できるさあ！」

保生が叫ぶ。手を上げて岩場までたどり着き、海から腰を引き上げたとたん、保生が飛び込んだ。空中ですぐに膝を抱え込む、前方宙返りだ。足から垂直に着水。きれいなフォーム。間を空けずに孝俊が岩を蹴る。同じく前方宙返りだ。

ドワッシャーンッ。

足を不格好に広げたままの、足からの着水だった。すさまじい音がした。相当痛かったに違いない。顔をしかめながら孝俊が泳いで、岩場によじのぼる。

「あがーひゃあ！　腿《もも》が真っ赤！」

見るからに痛そうだけど、孝俊は愉快そうに笑っている。鼻の頭にしわが寄る、いつもの笑顔だ。

よし、今度は頭からいこう。これができれば恐怖心はなくなる。今度もまた、せーの！を三度繰り返したあと、ピシャリと気合を入れて、左足を踏み込んだ。手を伸ばしてあごを引く。

ザップーン。

成功！　うまく海面に入れた。気持ちいい。ものすごく気持ちいい。平泳ぎで海水をかいて顔を出すと、保生と孝俊が拍手をしてくれた。

おれたちはその後も、飽きることなく飛び込みを繰り返した。保生は、前方宙返りの一回転半で頭からの着水を見事成功させ、孝俊は今日は調子が悪いのか、ほとんどの着水に失敗して派手なしぶきをあげていた。おれは、足からのひねり飛び込みと前方宙返りを、なんとか一回ずつ成功させた。


体育座りをして、濃紺の海と水色の空の境目を見つめる。孝俊と保生は草の上に大の字になって、顔に帽子をかぶせて陽をさえぎっている。つかの間の休憩だ。

おれは自分の手足を動かして、それを不思議な気持ちで眺める。こうして動くのがなぜか突然おかしなことに思えてくる。自分の心と身体がぜんぜん一致していないような、奇妙な感じだ。

あ、まただ。理由もなくむしゃくしゃする。心というものが、使い古しの歯ブラシのように、てんでばらばらにあらゆる方向に向かってささくれ立っている感じ。

炭酸水のプールに飛び込みたいと思う。身体中からシュワシュワと気泡を出して、すっきり、しゃきっとしたい。今ここから思いっきり飛び込めば、もやもやする気持ちは消えるだろうか。炭酸水ではなくて海水だけど、少しはまともになるだろうか。

おれは、一度着たTシャツを脱いで立ち上がった。そのときだ。

「こんにちは」

突然の声に、思わず肩が持ち上がる。振り向くと、そこにはタオがいた。驚いた。まったく気が付かなかった。

「飛び込み？」

捉《とら》えどころのない、なんの感情もないような表情で聞いてくる。

「あ、ああ、そうだよ」

声が裏返ってしまった。気配を察したのか、孝俊と保生が上体を起こす。

タオの姿を見て、孝俊が眉根を寄せた。保生は困り顔だ。タオは二人の様子におかまいなしで、崖の先端まで行き、

「ここから飛び降りるの？　すごいなあ」

と、質問なのかひとり言なのかわからない一本調子で言った。それから崖を見下ろして、遠くの海を見て、手をかざして空を見て、また海面に目をやるという動きを何度か繰り返した。

気まずいのはおれたちのほうだった。なにを話していいかわからないし、孝俊がイラついているのも伝わってきた。タオは暑いなあと言って、首に巻いたタオルでのんびりと額の汗を拭《ふ》いたりしている。

「お前もやってみ」

突然、孝俊が口を開いた。

「え？」

「飛び込みだよ。簡単だよ。ここではみんなやってる。ここに住んでるなら、お前もやれ」

タオは涼しげな表情で、どうかなー、厳しいだろうなー、と誰にともなくつぶやいている。

「やってみーって」

「えー、やるなー、孝俊」

思わず声をかけた保生を、孝俊がにらむ。

「港のほうでよくやってただろ。同じさー」

孝俊があおる。午前中にやった宗見港のほうの防波堤では、タオが飛び込みをしているのを何度か見かけたことがあった。タオは飛び込みよりも、シュノーケリングが好きな様子で、シュノーケルと足ひれを着けて、海面をバチャバチャと泳いでいるのをたまに見かける。この人間で、泳ぐときにシュノーケルや足ひれを着ける奴なんていないから、いやでも目立つ。

「飛び込んでみー。気持ちいいよ。泳げるんだろ」

「いや、ぼくはあまり泳ぎは得意じゃないよ。フィンがないと無理だと思う」

ああ、足ひれのことをフィンって呼ぶんだ、とおれはそんなことを思った。

「無理しないほうがいいよ」

保生が言い、

「そうだよ、この高さはきついよ。やらん方がいいよ」

と、おれも加勢した。海で無理をしてはいけないことは、身体がよく知っている。

「お前たちは黙れ。どうか、タオ。やらんのか」

タオは少し考えるような素振りを見せてから、「やめておくよ」と言った。

「港のほうで練習して、もっと泳げるようになったらいつか挑戦したい」

「使えんな。だから東京人《んちゅ》はダメなんだよ」

タオは、意味がわからないといった顔で首をかしげた。その表情でまた孝俊がイラついたのが見てとれた。

「ここ、何メートルあるの?」

「七メートルくらいじゃないか」

と、おれは答えた。タオは崖の下を興味深そうに覗き込んでいる。

「高いなあ」

しみじみと言う。

「高くない。やってみー」

孝俊がタオの後ろに立った。

「足をここにかけて、一歩進むだけ」

タオが崖に足をかける真似をした。孝俊がもう一歩近づく。

「孝俊、やるなよ。わかってるよな」

保生が少し大きな声を出した。おれは、まさかと思っていた。いくら孝俊だって、そんなばかな真似はしないだろうと。孝俊がほんの一瞬、おれたちのほうを見た。

「孝俊」

保生が再度、声をかけた。その次の瞬間、孝俊がタオの背中にすっと手を伸ばしたのが見えた。

「やるなっ！」

保生の声と、タオの破裂音のような短い悲鳴が聞こえた。タオが手をばたつかせ、海に吸い込まれていくのがスローモーションのように見えた。

「タオッ！」

保生が叫ぶ。長い時間に感じられた。突然、盛大なしぶきがあがり、タオが浮かんで、また沈んだ。大きなしぶきが立つ。おぼれているのだ。

保生がすぐさま飛び込んだ。考える間もなく、おれも続いた。タオは無様《ぶざま》に手足を動かして、必死に保生にしがみついた。

「タオ、大丈夫！　落ち着け、落ち着け！」

タオは無我夢中で手足を動かす。完全にパニックになっている。このままでは、こっちまでおぼれてしまう。

「大丈夫やさ！　落ち着け！」

おれもタオにしがみつかれて何度も顔が沈み、海水を飲んだ。鼻が痛い。目がしみる。

保生と二人で、なんとかタオの左右の脇に肩を入れ、必死で岩場まで連れていった。

「タオ、大丈夫かっ」

タオは激しくむせている。その顔は真っ青だった。眼球が泳いで白眼になった。

「タオッ！　しっかりしぇ！」

タオはそのまま意識を失った。


「お前はなにをしてるかっ！」

孝俊は、父ちゃんに大目玉を食らい、おれと保生の前でガツンと二発ぶん殴られた。

今回のことはあっという間に知れ渡った。気絶したタオをどうしたらいいのかわからずに、大人たちを呼びに走ったから、当然といえば当然だった。

タオの意識はそのあとすぐに戻ったけれど、ひとつ間違えれば、大変なことになっていたかもしれないのだ。

なぜ一緒にいたのに止めなかったのかと、保生もさんざん父ちゃんに怒られ、おれも母ちゃんにこっぴどく叱られた。夏休みだというのに校長先生にまで話がいき、おれたちは学校に呼び出され、こんこんと説教をされた。転校生のタオだったから、というのもあったと思う。島の子ども同士だったら、ただのおふざけで終わっていたかもしれない。

「父ちゃんからも言ってください」

漁から帰ってきた父ちゃんをつかまえて母ちゃんが言い、おれは黙って下を向いた。すでに父ちゃんの耳にも入っているのだった。

「もう十分怒られただろ。征人はちゃんとわかってるさ」

父ちゃんは、おれにではなく母ちゃんに向かって言い、おれの肩に軽く手をやって、そのまま風呂場に行ってしまった。なんともいえない気分だった。


翌々日、三人でタオのお見舞いに行った。タオはすっかり体調がよくなったのか、いつも通りの様子で、本を読んでいた。

「タオ、ごめんな」

「本当にごめん」

おれと保生は頭を下げた。孝俊は口をつぐんで、一緒に頭を下げただけだった。タオは首を振って「いい経験させてもらったよ」と、唇の端を持ち上げた。笑ったのだと思う。タオんちのおじさんも、男の子は仕方ないよなあ、とにこにこ笑っていた。

タオの家は本だらけだった。本棚に入りきらない本が、そこらじゅうに無造作に積み重ねてあった。ここだけ別世界のようで、おれはちょっと興奮した。

夢中で眺めていたら、おじさんが、「読みたいものがあったら持っていっていいよ」と声をかけてくれたけど、そもそもどれが読みたい本なのかすらわからなかった。

帰り際、おじさんが、

「タオとまた遊んでやってください」

と急にかしこまって言い、おれたちはへどもどして頭を下げて、タオの家をあとにしたのだった。

「孝俊、ちゃんとタオに謝るまでおれは許さん。命にかかわることだ」

タオの家からの帰り道、保生が厳しい口調で孝俊に詰め寄った。こんな保生を見るのははじめてだった。これまでも孝俊はどこか、おれと保生を子分のように扱っていたし、リーダーシップのある孝俊の言うことは、おれたちも自然と受け入れる態勢になっていた。孝俊に面と向かって歯向かうなんて、これまで一度もなかったことだ。

「……冗談のつもりだったんだけどよ」

父ちゃんに殴られて目の下を紫色にした孝俊が、ぼそりと言う。

「冗談ですむか。わかってただろ」

保生の言葉に孝俊は黙っていたが、保生はかまわず続けた。

「そもそもお前の考え方におれはついていけん。新しく来た人がなんで悪い。ここに住むんだよ。天徳の人間はどんどん減ってる。感謝するんじゃなくて、いじめるんか。おかしいだろ。内地人《ないちゃー》も、本島の人間も、ここの人間もみんな同じ。差別するな」

しばらくの沈黙のあと、孝俊が口を開いた。

「……天徳を勝手に荒らされてもいいんか。これまでの神事がなくなってもいいんか」

「荒らされていいって言ってない。内地人《ないちゃー》が間違いするのは、決まりを知らないからさ。立ち入り禁止の場所とか、ここの決まりをちゃんと教えればいいだけさ。それもしないで文句だけ言うのはおかしい」

「おばあたちが許さんからしょうがないだろ。看板ひとつ立てるのも、神様がいいって言わんし」

「神様の答えを何年も待っている間に、なにも知らん内地人《ないちゃー》が来て問題になってるわけだろ。神様も大事だけど、生きてる人間がなにかするほうが大事っておれは思う」

「保生はここの神様とか、おばあたちをばかにしてる」

「してない！　逆、大事にしてる」

今まで見たことのない、おれの知らない保生だった。保生はいつでも穏やかに笑っていて、争いごとを好まないいし、小さい子や女子にだってやさしい。学校で先生に指されてもぼけっとしていて、しばらく気が付かないこともあるくらいののんびりした奴だ。

「征人はどう思う」

孝俊に急に振られて、どう言おうかと一瞬悩んだ。孝俊の気持ちもわかる。孝俊は天徳島が大好きで、とても大事に思っているということはちゃんとわかっている。でも、それでも、今回の件は見過ごせなかった。

「……保生に賛成」

孝俊の目つきが鋭くなる。

「そうか。確かに、タオのことはおれが悪かった。だけど、天徳のこととは話がべつ！」

「べつじゃない！」

保生が間髪を容れずに返す。

「もういい。おれが嫌なら、一緒に遊ばんくていい」

孝俊が背を向けて歩き出した。

「待って。まだ話終わってない」

保生の声を無視して、孝俊は自転車に乗って行ってしまった。保生と顔を見合わせる。

「なんでよー」

保生は怒っているのではなく、悲しんでいるのだ。

保生と二人で、ぶらぶらと天浜まで自転車をこいでいった。最近は飛び込みばかりで、この浜で泳ぐことも少なくなった。

朽《く》ちたサバニが一艘《そう》、打ち捨てられている。三メートルほどの、杉材でできた小さな船だ。かつて、大海原で活躍したサバニ。ずいぶん昔からここにある。

ザーン　ザザーン。

夕焼けに染まった穏やかな波が、浜に寄っては海に帰ってゆく。おれたちは岩場に腰を下ろした。

「孝俊はなんであんなにタオのこととか、天徳のことが気になるんかな」

おれは、そう切り出した。タオのことを嫌いなら放っておけばいいのに、いちいち突っかかるし、島の問題なんて大人たちが考えればいいことだ。

「征人」

「ん？」

保生が真剣な顔つきで、こっちを見る。

「……なあ、征人は、孝俊のひいおばあの写真が雑誌に載って、問題になったのは知ってるよな」

「ああ、うん」

「タオのことがあったからだと思うけど、昨日父ちゃんが話しよったさー」

そう言っておれから視線を外し、夕暮れの水平線に目をやった。

「ひいおばあの写真が出てから、孝俊のおばあは、大変だったたって。頭がおかしくなって、毎日わけのわからん言葉をわめーて、家のなか、めちゃくちゃだったみたいよ。神人《かみんちゅ》のおばあたちが毎日孝俊の家に来て、いろいろやったけど無理だったたって。最後は、夜中に一人でユーガンの崖に行って、飛び降りて死んだって……」

おれはびっくりして、保生の顔を見つめた。初耳だった。ユーガンというのは、先祖代々の島人《しまんちゅ》たちのお墓がある西側の一帯のことだ。

「孝俊はまだ小さかったけど、記憶がしみついているんじゃないか。だから、あそこまで外の人間嫌がるんじゃないか」

「……そうか」

孝俊のおばあは、ただ体調を崩して病気で亡くなったのだとばかり思っていた。

「だからさ、孝俊の気持ちもわかるさ。でもさ、タオは関係ないさー。タオはちょっとへんだけど、おもしろいさー」

「うん。おれもそう思う」

いろんな感情がぐるぐると渦巻いていた。今ここで言葉にするのは難しかった。

「あ、あのさ、さっきの保生、かっこよかったよー。見直した。尊敬する」

「どこがよー。なに言ってる」

「ここのことちゃんと考えてるんだなって思ったさ。おれは保生の言う通りだと思うけど、孝俊も、あれはあれで天徳のこと考えてるんだよな。どっちもすごいさー」

おれだけだ。おれだけ、なにも考えていない。早くこの島から出て、新しい景色を見てみたいとだけ思っている。

「おれはただ、みんな仲よくしたいだけ。天徳のことなんて正直興味ないよー。でもさー、そのために、内地から来たタオがいじめられるんだったら、ここの問題を解決しないと」

保生の言葉に、自分でもわからないなにかが喉元をせり上がってきて、鼻の奥がつんとした。とっさに鼻が詰まったふりをしてごまかした。

「保生は大きくなっても、ずっとここに住むんか?」

「わからんけど、おれはここが好きやっさー。ずっと住みたいさー。だけどとりあえずは、高校行って、それから大学かな。父ちゃんは、絶対大学行けって言ってるし。うちのにいにがいる大阪もおもしろそうだし、東京もかっこいいし、北海道も行ってみたい。そのときになって考えるさー」

「そっかあ」

「征人は東京行きたいんだろ？」

東京に行きたいなんて、誰にも言ったことはなかった。言葉に出したら、魔法がとけて夢が消えてしまいそうな気がしていた。

「東京、いいよなあ」

なにも言ってないのに保生が続ける。

「……おれは、ここ出たい。父ちゃんと母ちゃんが、大学行かすかわからんけど、一生懸命勉強して、どんなやっても東京の大学行きたい」

おれの口からは、堰《せき》を切ったように言葉があふれ出ていた。

「そうかー。征人は頭いいし、大丈夫やさ。応援するよ」

また鼻の奥がつんとした。ごまかそうと、立ち上がって後ろを向いて石を蹴ったら、アダンの木にぶつかった。夕暮れの空と同じ色をした熟《う》れたアダンの実が、悠然とこっちを見つめていた。

保生の父ちゃんが、本島に連れていってくれることになった。映画を観たいと、保生が頼んでくれたのだ。母ちゃんに伝えると、由真も一緒に連れていくならいいという返事だった。

妹を連れていくなんて冗談じゃないと思ったけれど、それを差し引いても映画は魅力的だ。孝俊に声をかけたけど、家の用事があるからと言って断られた。この前のことが気になっているのだろう。意地っ張りの孝俊らしい。

朝起きたとき、父ちゃんの姿はもうなかったけれど、お膳の上に茶封筒があって、なかを見るとお金が入っていた。

「父ちゃんが置いていってくれたさー。ちゃんとお礼言っときなさいよ」

「……うん」

父ちゃんはサバニの漁師だ。今はエンジン付きが主流だけど、昔は櫂《かい》一本で荒波に挑んでいたという。波を切り開いてゆくサバニ。エンジン付きとはいえ、小さな船に乗って広大な海に一人で繰り出してゆく父ちゃんは、たくましい海の男だ。自分にはとても真似できない。

毎日、夜明けまでずいぶんとある、まだ暗い時間に家を出る。もとから口数が少ない人だけど、最近はさらに話すことが減った。小さい頃だって、遊んでくれた思い出はあまりない。

小学生のとき、クラブ活動でバドミントンをやりはじめた頃に、何度か一緒に練習してくれたのが、数少ない思い出のうちのひとつだ。打ち負かそうと強く打ち込んだり、左右を狙ったりすると、決まって父ちゃんは、

「相手の打ちやすいところに返せ」

と言った。

「それじゃ、負けるさー」

と言うと、おれの目をしずかに見て、それきりもうなにも言わないのだった。

父ちゃんとは生活の時間帯も違うし、自分も友達と遊ぶことに忙しくて、ほとんど話すことはない。寡黙でなにを考えているかわからない父ちゃんを、近寄りがたいと感じることも多い。家では新聞を読んでいるか、テレビを見ているかのどちらかだ。

テレビは将棋や囲碁の番組が好きで、他人がやっているのを見てどこがたのしいんだろうと思う。島のおじいたちと指せばいいのに、仕事から帰ってきたらほとんどずっと家にいる。なにがおもしろくて生きているんだろうか。なんにもないこの島で、誰ともつるまずに、ただ魚を獲《と》ってくる毎日。

「じゃあ、行ってくる」

「由真の面倒見てよ。上原《うえはら》さんにもよろしくよ」

上原さんというのは、保生の父ちゃんのことだ。宗見港で待ち合わせしている。いつもより少しだけいい服を着て、由真と家を出た。

フェリー乗り場で保生がおれたちを見つけて、大きく手を振る。

「あっ」

思わず声が出た。保生から少し離れたところにタオがいたのだ。相変わらずの無表情で、突っ立っている。

「もしかしてタオも行くんか?」

タオがうなずき、保生も笑顔でうなずいた。

「おじさんが誘ったさー。昨日タオのおやじさんと会ったから、聞いてみたさ」

保生の父ちゃんがにっこりと微笑《ほほえ》む。正直びっくりしたけど、おれはうれしかった。タオとようやくゆっくり話せると思ったのだ。

「映画うれしいです」

タオが言う。うれしそうにはとても見えないけれど、本人が言うのだからうれしいのだろう。おれたちはフェリーに乗り込んで、青い海の上を走り、本島に渡った。

島と本島では空気がまったく違う。こんなに近いのにいつも不思議に感じる。天徳島に比べると大都会だ。街は電気で明るくて、欲しいものがすぐに手に入って、観たい映画はいつでも観られる。これまで過ごしていた天徳島を、まるで幻のように感じてしまう。

バスに乗って映画館のある街まで向かった。タオは落ち着きなく、キョロキョロと辺りの景色を眺めている。

「映画はなに観るって？」

おじさんがたずねた。

「インディ・ジョーンズ！」

「キン肉マン！」

「フットルース！」

おれと保生と由真の三人で顔を見合わせる。

「なんでよ、保生。『インディ・ジョーンズ　魔宮の伝説』に決めただろ」

「いや、やっぱり『キン肉マン』のほうがいいかなあって思ってさー」

「二人ともなに言ってるの？　『フットルース』に決まってるさ。ケビン・ベーコン様がわからんね？　子どもじゃない？」

由真のセリフに、おれと保生は声をあげて笑った。

「子どもはお前！　なにが、ケビン・ベーコン様か。お前は今回、発言権ないよー。勝手についてきたんだから」

「なんねそれー。頭くるー」

「『インディ・ジョーンズ』と『キン肉マン』だったら、どっちがいいか？」

「どっちも好かん、フンッ」

「じゃあ、タオが決めれ。タオはなにがいい？」

保生が聞くと、タオはぼそりと「13日の金曜日 完結編」と答え、しーんとなった。それだけは絶対に嫌だった。だって怖いじゃないか。

「タオ、『インディ・ジョーンズ』か『キン肉マン』かどっちかで決めてよ」

おれが手を合わせると、

「究極の選択で、『インディ・ジョーンズ』でいいよ」

と、タオじゃなく由真が答えた。お前に聞いてないだろ、と言う前にタオが、

「『インディ・ジョーンズ』かな」

とつぶやいたので、三対一で『キン肉マン』は却下された。

封筒の金を出そうとすると、おじさんが制して「子どもが気ぃ遣わんでいい」と言い、こういう場合どうしていいかわからなくて困った。結局、由真と二人でお礼を言って封筒はリュックにしまった。

映画は最高だった。ジョーンズ博士と一緒に空を飛んで、業火《ごうか》をかわし、放水から走って逃げた。虫や蛇に囲まれて敵と戦いながら、クールなフリして猿の脳みそのシャーベットを食べた。

文句を言っていた由真は、ケビン・ベーコンから、ショート役のキー・ホイ・クァンに鞍《くら》替《が》えしたらしく、「キー様！」と胸の前で指を組み、歳が近いから結婚できるかも！　と半ば本気で言っていた。

おれたちは、映画館を出たあとも自分がまだ冒険の続きにいるような気分で、必要のないところで走ったりジャンプしたりして、おじさんに、危ないよとたびたび注意された。頭のなかでは、ずっと『インディ・ジョーンズ』のテーマ曲が流れていて、今なら、自分がどんなものにでもなれそうな気がした。

それから食事をして、おじさんの買い物に少し付き合った。本島はどこもかしこもものすごい人だった。内地からの観光客だ。航空会社のテレビコマーシャル以来、本島には年々多くの観光客が訪れている。世間は好景気で、それなのに、いや、だから、なのか、天徳島からは人がどんどん流出してゆく。

「こんなに人が多いと、めまいするなー」

保生がつぶやく。

「保生のにいにいの大阪はもっと人が多いだろ」

「うん。だけどさあ、なんか落ち着かんよな。天徳にいると、出たいって思うけど、出たらすぐに帰りたくなる」

おれは驚いて保生を見た。

「帰りたいって思う？」

「うん、そう思う。なんでかな」

おれはまったく違う。島に戻りたいなんて思わない。ずっと本島にいたい。いや、もっと都会に行きたい。東京に住みたい。早く島を出ていきたい。

「タオはどう？　東京に帰りたいって思うか」

「ぼくはべつに。住むところはどこでもいいよ。ただ自分がいればいい」

おれはタオの顔をじっと見つめた。タオの言うことはよくわからない。

「タオ。ドゥヤーギー見たって本当か？」

保生が唐突にたずねた。タオは記憶をたどるような顔をしてから、ああ、うん、とうなずいた。

「どこで」

「西側のお墓があるところ」

「ユーガンか」

ユーガンは昼でもなんとなく暗くて、おれたちが普段ユーガンに近寄ることはほとんどない。

「いつ行った?」

「夏休み入ってすぐくらい。夜だよ。懐中電灯持っていったけど真っ暗で、道もよく見えなかった」

思わず唾を飲み込んだ。夜にユーガンに行っただなんて! うそだろ、信じられない。島の人間は絶対にそんなことはしない。ふいに、孝俊のおばあがユーガンの崖から飛び降りたことを思い出した。

「緑色の毛むくじゃらの、小さい人間みたいなのがいたんだ。ぼくに気付いて、こっちを振り返った」

タオが平然と話す。

「そ、それで……?」

「よく見ようと思って近くに行ったら、逃げていった」

「ええっ⁉」

おれたちは大声を出した。話を聞いていた由真も一緒になって叫んだ。近づいていったなんて、タオの神経は一体どうなってるんだ。

ドゥヤーギーは、死体を食べるといわれている妖怪だ。風葬の習慣があった頃は、目撃談も多かったと聞く。

「タオ、ユーガンに行ったとき、どっちから回った?」

おれたちの話を聞いていた保生の父ちゃんが、タオにたずねた。タオは意味がわからないというふうに、首を傾げる。

「つまり、北側のイマー方面から回ったか、近道して南の集落側から回ったか」

「集落のほうからです」

この答えに、おれたちはまたどよめいた。

「おやじさんは教えてくれなかったか。天徳では、ユーガンに行くときは北側から入らないといけないんだよ。昔からそう決められている。南側から入ると、へんなものを見ると言われている」

保生の父ちゃんが、言い含めるようにゆっくりと言う。

ユーガンに行くときは、必ず北側から入ることになっている。そんなことは、当たり前にみんなが知っていることだった。

よそから来たタオが知らなかったのは当然のことかもしれないけれど、おれは自分の失敗のように感じてしまった。保生も苦い顔をしている。こないだ保生が孝俊に言っていたことと、似ていると思った。島の人間がきちんと教えないから、問題が起こるのだ。

帰りのフェリーからは、夕暮れ間近の空が大きく見えた。遠ざかる本島が名残惜しく、近づいてくる天徳島にはなんの感慨もなかった。保生はうれしそうだった。由真とスナック菓子を食べ、買ってもらったパンフレットを眺めて、今日の映画のことを話している。

「タオ」

海を見つめているタオに声をかけた。

「タオは天徳好きか」

タオはしばらく考えるようなそぶりを見せてから、

「嫌いではないよ」と言った。

「いろんな歴史があっておもしろいし、妖怪もいるみたいだし」

「妖怪なんてほんとにいるんかなー。おれは見たことないや」

「いるんじゃないかな。ぼくは実際この目で見たし。それに、普段目に見えないからと言って、いないという証拠にはならない」

紺色の海に、フェリーが白いしぶきをあげている。

「タオは将来の夢ってなんか？」

「写真家」

即座に答えが返ってきて、聞いたこっちが口ごもってしまった。

「切り取られた写真の、そのまわりを想像できる写真を撮りたいんだ。例えば、この写真の横にはドゥヤーギーがいるって想像できるような写真」

驚いた。そんなことを考えていたなんて。

「世界中を回ってみたい。未開の地に行って、いろんな種族の人たちに会いたい。その風景を撮ってみたい」

自分と同じ十四歳のタオ。タオの小さい身体には、未来の夢がぎゅうぎゅうに詰まっているのだ。

一方でアイドルたちに騒いでいる島の子どもたちを思い浮かべた。自分だって東京のテレビ番組に釘付けになって憧れている。将来の夢なんてなにもないし、目的もなく、ただ都会に行きたいだけだ。

「カメラ持ってるんか？」

「大きくなったら働いて自分で買うよ」

「……そっか」

タオの横顔は、なんだか輝いて見えた。おれはタオと友達になりたいと思った。本物の友達に。

オレンジ色の強烈な夕焼けが西の海に落ちてゆく。なんだかわからないけれど、あせるような、逆に勇気づけられるような、ちぐはぐな気持ちだった。

タオとは映画以来、よく遊ぶようになった。タオは同じバドミントン部だけど、これまでほとんど練習に来なかった。おれが迎えに行くようになってからは、ちゃんと参加するようになった。

タオのバドミントンの腕は悲惨だった。でも、打ち損ねた羽根を文句ひとつ言わずに淡々と拾い続ける姿は、少しかっこよかった。

「なあ、思ったんだけど、タオの父ちゃん民俗学者だろ？　ジョーンズ博士は考古学者。似てるよな。すごいよなあ」

タオが、ふっ、と笑う。

「考古学者と民俗学者はまったく違うし、それにジョーンズ博士とうちのお父さんもぜんぜん違うよ。お父さんは虫も苦手だし、高いところも水も火も無理。女の人にももてないしね。お母さんにも愛想つかされて出て行かれちゃったし」

「そ、そうなんだ」

なんて言っていいのかわからない。

「午後から宗見港行く？」

そう提案すると、タオはうん、とうなずいた。

宗見港での飛び込みと泳ぎの練習は、最近のおれたちのお気に入りだ。保生が一緒だと、飛び込みや泳ぎを丁寧にタオに教えてあげるから上達も早いけれど、保生は午後から陸上部の練習がある。

孝俊はあの事件以降、相変わらずの距離感でおれたちと接している。タオと一緒にいると、さりげなく無視するけれど、孝俊だって本当は一緒に遊びたいのだと思う。意地っ張りで頑固だけど、人一倍さみしがり屋で、心根は思いやりのある奴なのだ。

宗見港で、おれは飛び込み、タオは泳ぎの練習をした。タオは足ひれがなくても、少し進むことができるようになった。おれは前方宙返りがきれいに成功できて、満足だった。

そのあと西銘商店でアイスを買って、集落のベンチに座って二人で食べた。アイスはべたべたして甘くって、夏の味がした。

「征人っ！」

自分を呼ぶ声に顔を上げたら、孝俊が遠くから手を振っていた。タオと一緒にいるのに声をかけてくるなんて、なにかあったのだろうか。

「なんかあったんか？」

「すごい美人がいた！」

「はあ？」

「さっき、家の近くを歩いてた」

「はあ？」

「すごくかわいくて美人！」

孝俊が早口で言う。思わず笑ってしまった。そんなことを伝えたくて、わざわざタオと一緒にいるところに来たのだろうか。孝俊は学校では女子に人気があるけれど、実はものすごく面食いなのだ。

「孝俊、陸上部の練習じゃないんか」

「いい、いい。とにかくすごい美人！　芸能人かもしれん」

「観光で来たんかな」

「わからん。まだそのへんにいると思う。一緒にさがそう」

「なに言ってる」

「な、頼む」

孝俊が両手を合わせて頭を下げる。タオのことは眼中にないらしい。

「タオが一緒ならいいよ」

と、おれは言ってみた。タオに目を向けると、タオはどうでもいいように小さくうなずいた。

「いいよいいよ。タオも一緒でいいよ。早く行こう」

まったく、なんて単純な奴なんだ！

おれたちは集落をぐるりと回って、美女をさがした。どうしてこんなことをしなきゃならないんだと思いつつ、なんだかおかしかった。

「さっき見たとき、なんで追わんかった？　話しかければよかっただろ」

「できるかー。それじゃ変態だろ」

つい爆笑してしまった。タオも笑った。

「なに笑う」

「変態は違わんかー？」

くっく、と笑うタオに、孝俊がいきなり向き直る。

「タオ」

急に真面目な顔つきになった孝俊に見つめられて、タオはぽかんとしていた。

「この前は悪かった。ひどいことをしました。ごめんなさい！」

孝俊が身体を折り曲げるようにして、頭を下げた。

急展開の孝俊の行動に、実は美女がいたなんてのは嘘で、本当はタオに謝る機会を狙っていただけなんじゃないかと、おれは思った。不器用で融通が利かない孝俊のやりそうなことだ。

「なんのこと？」

タオが無表情で孝俊に聞くので、おれは慌てて、ほら、イマーの崖で、と小声で伝えた。

タオは、ああ、とようやく思い出したような声を出した。

「崖から海面までがものすごく長い時間に感じられたよ。興味深い体験だった」

「えっ？」

孝俊が聞き返し、飛び込みはいつもほんの一瞬だけどなあ、と続けた。

「でもさ、落ちてくタオはスローモーションみたいに見えたよ」

おれが言うと、タオは、

「……時間感覚の圧縮。もしくは精神と肉体のカイリ」

と、意味不明の難しい言葉をつぶやいた。

「タオ。とにかく本当に悪かった。反省してる。ごめん」

孝俊が再度頭を下げ、おれはこのことを早く保生に伝えたいと思った。

それから、おれたちはまた集落をぐるっと回って、フェリー乗り場まで行った。観光客なら最終フェリーで帰るはずだ。けれど、美女はフェリー乗り場に現れなかった。

「もういいだろ」

「もうちょっといーさー。頼む!」

孝俊がまた手を合わせて、おれを見る。

「本当に見たんか? 嘘ついてないか?」

「嘘じゃない。ひとめぼれさー、ひとめぼれ」

そんなこと、よくも堂々と言えるものだ。

そのあとも美女をさがしたけれど、結局見つからなくて、おれとしては半信半疑だった。孝俊は名残惜しそうにしていたけれど、日が暮れてきたので解散することにした。

「じゃあな、タオ。また明日」

タオの家の前で、孝俊と二人で手を振った。これからは、四人で遊べるんだと思うと文句なしにうれしかった。

「うん」

と、タオがうなずいたときだった。タオの家から女の人が出て来た。とてもきれいな人だ。

「あい、もしかして……」

孝俊を見ると、耳を真っ赤にしている。どうやらこの人が、さがしていた美女らしい。

美女はおれたちの見ている前で、いきなりタオに抱きついた。

「うわあああ！」

と、絶叫したのは孝俊だ。

「あれ？　お姉ちゃん、いつ来たの？」

「お姉ちゃん⁉」

孝俊と声がそろった。

「こんにちは。タオの姉のアンナです」

呆然《ぼうぜん》としているおれたちをよそに、タオは、じゃあねと家に入っていった。

◇加奈太

「なあ、これ、絶対わざとだろ」

「あきらかにそうやろな」

シャワー室の惨状を見て、おれとミラクルは顔を見合わせた。大きなため息が出る。

「え、でも……」

「なんや、光圀」

「もしかして、豚が入ってきたのかもしれないよ」

「はあっ⁉」

おれとミラクルで声をそろえて、光圀を見る。

「豚ってなんだよ？　豚がどこにいるんだよ」

頭を振って言うと、光圀は自分が言い出したにもかかわらず、

「ぼく、豚って呼ばれることある……」

と、悲しそうな声を出した。

「とりあえず掃除せな、な」

おれたちがいるのはシャワー室だ。昨夜使ったときは変わりなかったから、今朝やったの

だろう。もちろんサッカー部トリオの仕業に違いない。床は泥だらけで、タオルやら雑巾やらも泥まみれのぐじゃぐじゃになって、そこらじゅうに散らばっている。

「わざわざ外から土を運んだんやろな」

「朝飯食ったあとの、ほんの少しの時間にやったんだ。ったく、こんなことにどんだけの労力使ってんだ?」

「その労力をほかに使えっちゅうねん。見てみ。壁に見事な手形までついとるわ。アホはほんま、おっとろしいわ」

「ふつう、こんなこと思いつかないよね。すごいよねえ。感心しちゃう」

おれとミラクルは脱力して、光圀を見た。そんなことを言う光圀もふつうじゃないだろう。

三日目の朝。今日の掃除はおれたちの番だ。それがわかったうえでの、サッカー部トリオの仕業だろう。こんなことをしてなにがおもしろいのか、さっぱりわからない。なぜこれほどまでにおれたちに突っかかってくるのか、意味不明だ。

「昨日の加奈太のことが、相当悔しかったんちゃうか」

「え?」

「ほら、広場であいつらに会《お》うたやないか」

ミラクルに言われて、ああ、と思い出した。それが理由かと思ったら、あまりのくだらなさに大きなため息が出た。

昨日は午後から天浜に行って、おれとミラクルは水遊び程度に海に入った。泳げない光圀は波打ち際で、幼児のように波からたのしそうに逃げていた。

そのあと集落のほうに戻って、宗見港の北側にある広場に向かったところ、サッカー部トリオを見つけた。奴らは三人でサッカーボールを蹴っていた。ボールはタカさんに借りたのだろう。

面倒なことになりそうだったので、知らんぷりして場所を移ろうと思ったとき、誰かが受けそこねたボールがおれの前に飛んできた。おれはそれを条件反射で蹴り返してしまったのだった。思いがけず勢いがついて、ボールは栗木の前を猛スピードで抜けていった。

「おいっ！　なにしてんだよ！　勝手に蹴ってんじゃねえよ！」

海江田が怒鳴った。大垣も、

「一体どういうコントロールしてんだよっ」

と、声を荒らげた。コントロールに関してはよかったはずなので、この場合、なんで栗木はちゃんと止めないんだよ、と言うほうが正解だったが、海江田も大垣も、まさかの栗木本人まで、どんだけ下手なんだよ！　ちゃんと蹴れないのかよ！　どこ見てんだよ！　と、次々とおれに向かって文句を言ってきた。

「悪い」

と、おれは頭を下げた。面倒はご免だ。

「おい、それで謝ってるつもりかよ」

「謝ってるようには見えないよなあ」

「悪いと思ってるなら土下座しろよ」

サッカー部トリオはそれでも飽き足らず、口々に言いがかりをつけてきた。

「もうええよ。行こ」

ミラクルがおれの背中を押した。

「また逃げるのかよ！」

「弱虫！」

「ちゃんと謝れないなんて、人としてどうなの？」

おれたちは無視して先へ行こうとした。歩き出したとき、いきなり腰に衝撃があった。

「ってえ……」

誰かがボールを蹴ったのだった。サッカー部トリオはげらげらと笑っている。

「すみませーん！　こっちに蹴ってもらえますかあ？　お願いしまーす！」

海江田が笑いながら叫ぶ。

おれは海江田めがけて、思い切りボールを蹴ってやった。海江田はとっさに足を出したが、ボールは勢いよくはじけ、海江田の後ろにいた大垣が、スピードの落ちたボールをワンバウンドさせてから両手でようやくキャッチした。

「口ほどにもない奴らやわ。サッカー部のくせに、ボールもまともに捕れんのかい」

ミラクルがぼそりとつぶやき、

「わあ、加奈太すごいねえ！　さすが元サッカー部！　かっこいい！」

と、光圀が無邪気に大きな声を出した。

ミラクルのつぶやきは届かなかったようだが、光圀の声は聞こえたようで、サッカー部トリオが一斉におれを見た。

「今なんか聞こえたなあ？」

「元サッカー部ぅ？」

「元ってなによ？　ダッセえなあ」

奴らはさんざんおれをおちょくって、大きな声でいやらしく笑った。

「加奈太、気にすんなや。行こ」

「ごめんね。ぼくが余計なこと言ったせいだね……」

「なんの問題もないよ。大丈夫だ。行こう」

サッカー部トリオがあおってくるのを背中で受けながら、おれたちはしずかにその場を去ったのだった。

それからの自由行動では奴らには会わなかったけれど、センターに戻ってからはずっと険悪な雰囲気だった。互いにひと言も口を利かずに、三対三にくっきりと分かれた。夕食後のオリエンテーションや、タカさんが提案してくれたゲームも、チーム外の奴がいるとまったく盛り上がらず、結局各チームのまま過ごし、就寝時もお通夜のようなしずけさのまま、それぞれが眠りに就いたのだった。

光圀のいびきは相変わらずの破壊力だったけれど、少しだけ慣れた。サッカー部トリオはどこで手に入れたのか、ちゃっかりと耳栓をしていた。


それで今朝のこの有様だ。やることが陰湿だしガキすぎる。

「ほな、まずはこのタオルを洗わなな」

「先に手洗いしてからじゃないと、洗濯機に入れられないなあ」

おれたちは手分けして、タオルをごしごしと手洗いしてから洗濯機を回した。スポンジで汚れた壁をこすって、床を水で流して、排水口にたまった土を搔《か》き出した。

「排水口の奥、すごく汚れてるよ。ついでだからきれいにしちゃうよ、ぼく」

光圀が排水口のなかに手を入れて、なにやらどろどろしたものを出した。思わず目をそむける。排水口がこんなことになっているとは驚きだった。うちの風呂場もこんなに汚れているのだろうか。それとも、おれが知らないうちにお父さんが掃除してるのだろうか。

「おれ、家の掃除なんてしたことなかった。せいぜい部屋に掃除機かけるくらい」

「ほんまやなあ、排水口なんてよう触らんわ」

「ぼくはたまに手伝うよ。トイレやお風呂場の水回りは、いつもきれいにしとかなくちゃね」

てきぱきと率先して排水口の掃除をする光圀に、後光が差している気がした。

「おお、めっちゃきれいになったやん！」

機敏に動く光圀に触発されて、おれとミラクルもはりきって掃除をしたせいか、風呂場は新品みたいにきれいになった。とても気持ちがいい。今晩、シャワーを浴びるのがたのしみなほどだ。

「あれえ？　まだ掃除してるんか」

タカさんがシャワー室に顔をのぞかせ、ぴかぴかじゃないか！　と、完璧な仕上がりを見て喜んだ。

「掃除をちゃんとやる人間は、みんなから信用してもらえるよ」

そう言って、おれたちの頭をぐりぐりとなで回した。まんざらでもない気分だった。

身支度をして外に出ようとしたとき、タカさんがおれをじっと見つめているのに気が付いた。おそらく、サッカー部トリオとのことを心配しているのだろう。おれは、タカさんに対して申し訳ない気持ちだった。せっかくの天徳島のキャンプ。たった六人の参加者なのに仲《なか》違《たが》いしているなんて、主催者のタカさんとしては残念な気持ちだろう。

おれは心のなかで、大丈夫だよとつぶやいた。子どものケンカに大人が出ると、さらにややこしくなることは、これまでの経験上わかっている。念力が通じたのか、タカさんは小さくうなずいて、おれたちを送り出してくれた。

「今日もいい天気だねえ」

光圀がのどかに言う。

「みんな、夏休みの宿題終わった？」

おれは無言で首を振り、ミラクルは、

「読書感想文あるんやった……」

と、顔をしかめた。

すっかり忘れていたけれど、おれも読書感想文の宿題があるのだった。あとは数学の問題と、理科の自由研究と、あとはなんだっけ。家から一式持ってきて、おばあちゃんの家に置いてある。

「ぼくはもう、感想文書いちゃったよ」

「ええ!?　もう？」

「うん、簡単だよ。読んで感想書くだけじゃない。あらすじちょっと書いて、それについて思ったことを書けばいいんだよ」

「光圀は賢いなあ。おれ、感想文がいっちゃん苦手や。読むのも面倒やし、人様に伝えたい感想なんてなんもないし」

「『幻の猫』っていう本がおもしろかったよ」

「えっ？」

思わず声をあげた。それって、うちの父親の書いた本じゃないだろうか。

「もしかして、作者は桐山征人？」

「うん、確かそうだったよ」

「……それ、うちのお父さんが書いた本だ」

「ええっ⁉」

今度は二人が声をあげる。

「加奈太のおとん、小説家なんか？」

「うん、まあ」

「すごい！　サインして！」

光圀が興奮したように言う。

「ほんなら、加奈太も文才あるんやないか。読書感想文なんてちょろいやろ」

本を読むのは大の苦手だ。国語もまったく得意じゃない。そう言うと、

「まあなあ。親と子どもはちゃうねんもんな。兄弟かてまったくちゃうし」

と、ミラクルが前言撤回してうなずいた。そういえばミラクルの兄と弟はサッカーをやっていると、自己紹介のときに言ってたっけ。

「そもそもさ、国語の文章問題とかって、わけわかんなくね？　なんで登場人物の気持ちを、おれが当てなきゃいけないっての。好き勝手に自由に読ませてほしいよ、まったく」

おれの言葉に、ミラクルが再度深くうなずく。国語の文章問題は本当に苦手だ。実際、正解なんてあるのかと思う。主人公の気持ちなんて、その本人しかわからないんじゃないだろうか。きっと問題に出てくる登場人物たちだって、お前らにおれたちの気持ちがわかってたまるか、と感じているに違いない。

「ぼくのオススメの『幻の猫』をぜひ読んでみてよ。感想文書きやすいと思うよ」

父親の書いた本を光圀にすすめられて、その本を読んだことのないおれは、ただ苦笑いするしかなかった。

夏の日差しをふんだんに浴びながら、おれたちはのんびりと自転車を走らせた。頭上ではオオジョロウグモが狙っているし、元気のいいヘビはおれたちの前にときおり顔を見せる。見たこともないようなトカゲや蝶にも出くわす。スリリングなサイクリングであることは間違いない。

今日は海で泳ぐ予定だ。海パンにTシャツ。光圀はうきわを用意してきた。

「マジーラ浜まで行ってみようか」

「うん、そうしよう」

サッカー部トリオのことはさておき、おれは純粋にたのしかった。夏が味方してくれているような気がした。ペダルをこぐ足も軽快だ。

マジーラ浜に着いて、誰ともなく腕を広げて深呼吸をする。

「波が穏やかで泳ぎやすそうだよ」

言いながら、光圀がうきわに空気を入れはじめる。大きなうきわだから、なかなかふくらまない。間接キッス！ と幼稚に騒ぎながら、三人で交互に空気を入れた。頬の内側が痛くなる。うきわがすっかりふくらんだ頃には、ひと仕事終えた気分だった。

待ってましたとばかりに海に入ろうとしたところ、準備運動はしっかりと、と体育教師のようなことを光圀が言うので、光圀を真似してミラクルと一緒に身体を動かした。

それから波打ち際から少し離れた場所に立って、波が打ち寄せてくるのを三人で並んで待った。大きな波があがって、足の指先からかかとまでをゆるやかに濡らす。つめたい海水にびくっとしたあと、もう一歩そろって前に進んだ。

白いしぶきが立ち、今度は足首まで勢いよく波がやってきた。波が海に戻っていくとき、足の裏の砂を持っていかれて、足をすくわれそうになる。夏の海の感覚。足の裏が過去の夏を蘇らせてくれる。

「ウェーイ」

ミラクルが海水をすくって、その手を大きく振った。

「よせよー」

「やめてえ」

いつの間にか三人で水をかけ合っていた。あっという間にびしょぬれになって、おれはそのまま、ミラクルはメガネを浜に置いてから、海へ入った。光圀はうきわを装着して、そろそろと腰を沈めている。うきわのサイズがぎりぎりぴったりだから、抜け出ることはないだろう。野性味あふれる天徳島の浜と、光圀の巨大なうきわがあまりにも似合わなくて、思わずにやけてしまう。

つめたいと感じた海の水も、慣れてしまえば当たり前の常温に感じる。海水をかきわけてどんどん進んでいく。途中急に足がつかなくなる場所があって、そこではじめて手足を伸ばす。

　全身が解放される感覚。気持ちいい。身体の隅々まで伸びてゆく。小学生の頃まではスイミングクラブに通っていたけれど、中学に入ってからは学校の体育の授業で泳ぐ程度になってしまった。けれど身体は、泳ぐことをきちんと覚えている。

　ふいにしぶきが顔にかかって、見ればミラクルがバタフライをしていた。天徳島の海で、本気でバタフライをする人間はミラクルぐらいなものだろう。

　遠くに見える水平線が、ゆるやかな弧を描いている。ああ、今、おれは自由なんだなあと思った。小さな水槽から大海原に飛び出した魚の気分だ。

　身体を反転させて仰向けになった。太陽がまぶしくて、目を開けていられない。光の残像が、まぶたにちらちらと不明瞭な模様を残しては消えてゆく。自由。おれはこれからなにをしてもいいし、どんなものにでもなれる。そんな根拠のない自信のようなものが湧いてくる。

　昔はいつだってそう思っていた気がする。昔といっても小学生の頃だけど。ただ自分が好きなことをして、それが正解みたいな。なにをしたって肯定されている気がしていた。

　一体いつからおれは、こんなに窮屈さを感じるようになってしまったのだろう。小さな水槽に、自分から入っていってしまったのはいつからだろう。

「なんや、加奈太。たそがれてるやないか」

　いつの間にかミラクルが隣にいて、立ち泳ぎしながらにやにやとこっちを見ていた。

「まあな、中二病真っ只中だからな」

そう答えると、なんやそれえ、とミラクルは笑った。

「ミラクル、メガネかけないほうがいいんじゃないか。ナイスガイだぞ」

「なんや、ナイスガイって。昭和かっ！」

なんで昭和なのかよくわからなかったけれど、おれはおおいに笑った。

「掃除に手間どったから、あっという間に昼やな」

「そうだね、もう少ししたら戻ろうか」

おれも立ち泳ぎをしながら光圀を見ると、一人でたのしそうに浮いている。目が合うと、手をかわいらしく振ってきた。

「ほんまおもろいやっちゃ」

「なっ」

おれは、この二人の新しい友達を気に入っていた。学校の友達とはまるで違う。

波打ち際を見るともなく眺めていると、光圀が浜に戻ろうとして、後ろから来た波にもまれて前のめりになっていた。うきわをしたままぐるっと半回転して、波に押されて無様に浜にたどり着き、立ち上がろうとあたふたしている間に、今度は引いていく波に海へと戻されては四苦八苦している。そのうち光圀の悲愴な声が聞こえてきて、おれたちは浅瀬に戻って、波に弄《もてあそ》ばれている光圀を救出した。

浜で身体を乾かして、なにもしない時間を堪能する。光圀のおしゃべりは、誰かの返事を求めるものではなくて、しかもほとんど自己完結していたから、耳を流れてゆくその声は心地よかった。

「頭をからっぽにするのって、難しいな」

「ん？　なんやて」

おれのつぶやきに、ミラクルが耳をそばだてる。

「なんにも考えないように、頭のなかをからっぽにしようと思ったんだけど、なかなかできないんだ。気が付くと、なにかを考えてる」

ミラクルと光圀が目を閉じた。おれも目を閉じて、各自が無言で頭をからっぽにすることに専念した。

「うわっ、ほんまや。『なにも考えない』って、それだけを強く思うとる間はなんも浮かばへんけど、気ぃ抜いた瞬間に、なんや、しょうもないことがどんどん浮かんでくるわ。しかも浮かんできたことすら、しばらくの間気が付かへん」

「そうそう、そうなんだ。いつの間にか『なにか』が流れ込んできて、気が付かないうちにそのままずっと『なにか』が浮かび続けて、終わりがないんだ」

「ほんまやなあ。これまで、こんなこと考えたこともなかったわ。おもろいなあ」

そうなのだ。ふと気付くと、延々と「思考」しているのだ。タカさんのこと、サッカー部トリオのこと、おばあちゃんのこと、お父さんのこと、お母さんのこと、学校のこと、辞めてしまったサッカー部のこと、宿題のこと、女の裸のこと……。とりとめなく、頭のなかはなにかに占領されている。

「どんどん流していくんだよ」

光圀が言った。

「え？　どういうこと？」

思わず問い返す。

「思考って、次から次へと出てくるでしょ？　それを片っ端から流していくんだよ」

「わからへん。どういうこっちゃ」

「浮かんだものをどんどん追っ払っていくの。ぼく、お母さんと一緒にヨガ教室に通っていたことがあるんだけど、そこの先生が言ってたよ。そうやって脳を休めるんだって」

「へえ」

「やってみよう」

おれたちはまた目をつぶった。気がゆるむと、新しいなにかが次々と浮かんでくる。それを今度は自らの力で流してゆく。流しても流しても、いつの間にかべつのなにかが浮かんでくるけれど、それをさらにどんどん追いやっていくと、頭のなかがかなりすっきりする感じがあった。

「なんや、頭の中身が整理されてきれいになった気ぃするわ」

「掃除したみたいな感覚だよな。すごいなあ、光圀は」

「ほんま物知りやなあ、光圀は」

おれたちの褒め言葉になんの反応も示さない光圀に目をやると、光圀は口を開けたまま寝息を立てていた。

「なんちゅうやっちゃ」

「マジ、尊敬する」

おれとミラクルはそれからも、思考を追いやる訓練を続けた。

「なあ、思ったんやけど」

「ん？」

「流していく作業かて、『思考』に入るんとちゃうか？」

言われてみれば、その通りだ。

「結局、脳は常になにかを考えとるっちゅうことやな」

「頭をからっぽにするって難しいなあ」

「ま、せやからおれらはこない生きてるっちゅうわけや」

「だね」

「そろそろ戻ろか」

腕時計を見て、ミラクルが立ち上がった。

「光圀、行くで。起きる時間やで」

光圀は薄ぼんやりと目を開けたあと、勢いよく跳ね起きた。

「学校、遅刻しちゃう！」

「なに寝ぼけてるんだよ。ここ、天徳島だよ」

光圀は、ぼんやりと辺りを見渡してから、ほっとしたように、夢かあ、と言った。

「焼肉食べてる夢を見てたよ。ご飯おかわりしてたら、もう一時間目がはじまってる時間だったんだ。あせったよう」

「焼肉の夢かいっ！　ほんま、おもろいやっちゃ」

「だけど、焼肉食いたいのわかる。おれも食いたい」

「あー、お昼ご飯なにかなあ」

どうか肉が少しでも入っていますように、と願いながら自転車にまたがった。

「なあ、センター戻る前にガジュマルの木ぃ見に行かへん？」

ミラクルが提案した。おれは昨日の女の子のことを思い出した。同時にキジムナーやドゥヤーギーのことも頭に浮かんだ。

「あ、ぼく、わかっちゃった。もしかしてミラクル、あの女の子のことが気になるんじゃない？　好きになっちゃったとか？」

「ちゃ、ちゃうわ！　なに言うてんねん！」

光圀の推理を必死で否定するミラクルの顔が、少し赤いような気がした。

「せっかくだから寄ってこうよ。でもさ、加奈太は実はちょっと怖いんでしょ」

上目遣いで光圀が、今度はおれに振ってくる。

「な、なに言うんだよ。怖いもんか」

自分のほうが怖がりのくせに、こんなときばかり強気な光圀が憎たらしい。

「じゃあ、寄っていこう。決まりね」

光圀がさわやかに言う。おれとミラクルは一瞬顔を見合わせて、互いにすぐにそらした。おれは怖がっていたのがバレたのがはずかしかったし、ミラクルはミラクルで図星だったのかもしれない。

「……光圀には太刀《たち》打ちでけへんわ」

ミラクルがぼそりと言い、ほんとその通りだとおれも深くうなずいた。


ガジュマルの木は、おれたちの思惑など我関せずといった感じで、威厳に満ちて立っていた。けれど、絡まる根はやはりグロテスクで、この三つ角一帯がミステリアスな雰囲気に包まれている。

「やっぱすごいわ」

ミラクルが、感心したように腕を組む。

「不気味だね……」

光圀がつぶやく。

「なんべん見ても飽きひんな」

「あの女の子はいないみたいだね」

「芸術的やなあ」

「女の子がいなくて残念だね」

「この根っこ、どうなっとるんかな」

「女の子、どこにいるんだろうね」

ぷっ。

つい噴いてしまった。ミラクルと光圀で、てんでばらばらな会話をしている。

「なんや、加奈太」

「い、いや、なんでもないよ。そろそろセンターに戻ろっか。お昼食べ損ねたら大変だ」

おれが言うと、二人はうなずいて自転車にまたがった。ミラクルが、なんとなく名残惜しそうに見えたのがおかしかった。


「遅かったなあ」

タカさんが言い、おれたちは急いで手を洗って席に着いた。サッカー部トリオの姿はなかった。

「あれたちはとっくに食べて、もう出かけたさー」

三人で無言で目配せする。遅れて来てよかった。嫌な気分で食べたくない。

お昼のメニューは鶏の唐揚げで、おれたちは狂喜乱舞した。光圀はご飯を大盛り三杯もおかわりして、タカさんは「おれのご飯がなくなったわ」と笑った。

「タカさん、昨日、すっごくかわいい女の子に会ったんです」

食べ終わったあと、そんなことを言い出したのは光圀だ。ミラクルは知らん顔で、机の上にあった図鑑を急にめくり出している。わかりやすい。

「女の子？」

「はい。すごく不思議な子でした。マジーラ浜にいたら、いきなりすーっとやって来たんです」

「ガジュマルの木から抜け出してきたって言ってました。自分の年齢もわからないって」

おれも思わず加勢した。

「女の子ねえ……、ガジュマルの木……」

タカさんは腕を組んで、なにか考えるような素振りをした。

「なんや、宙に浮くような足取りで歩いていきよったわ」

我慢できなくなったのか、ミラクルが口を挟む。

「幽霊かもしれんな」

タカさんの言葉に、おれたちは三人そろってびくっとした。

「んな、アホな」

ミラクルがことさら明るく言い放つ。

「ドゥヤーギーって知ってるか。死体を食べるっていう妖怪」

おれたちは小さくうなずいた。

「ドゥヤーギーは、死んだ人を生き返らせることもできる」

「んな、アホな……」

ミラクルが、今度は力なくつぶやく。

「……タカさんは見たことあるんですか」

「おれはないなあ。昔、友達が見たって言ってたけどなあ」

タカさんの友達。もしかして、保生おじさんのことだろうか。それともお父さんのことだろうか。

「ここには不思議な話ならたくさんある。いつでも聞かせるよ」

ミラクルは首を傾げてどっちつかずな素振りを見せ、光圀はぶんぶんと頭を振った。おれも、どちらかというと聞きたくない。

「ははは。まあいいさ。午後はどこ行く？」

「まだ決めてません」

「宗見港のところで飛び込みができるよ。行ってみたらどうね。加奈太、場所わかるか」

タカさんに聞かれてうなずいた。その場所は知っている。保生おじさんの子どもである、一樹くんと佑樹くんに何度か連れていってもらったことがある。おれはただ、どぼんと飛び込んだだけだったけれど、二人ともいろんな飛び込み技ができた。

「昔はイマーのほうでも飛び込めたんだけどなあ。今は禁止になったさー」

タカさんがつかの間、遠いところを見るような目で言い、

「おもしろそうやないか。行ってみようや」

と、ミラクルがパチンと指を鳴らした。

センターから港は近いので、歩いていくことにした。

「こういうところのほうが落ち着くな。浜はなんや、ソワソワするわ。座っとると尻の底から得体の知れんもんが這い上がってくる感じがしよる」

ミラクルが言う。コンクリートの防波堤は、海のある地域ではよく見かける光景だ。見慣れたものは安心できる。

「浜でぼくはなにも感じなかったけどなあ。やっぱりミラクルは、なにか持ってるのかも！　ドゥヤーギーにも会えるかもよ」

「……その話はようせんわ」

おれもドゥヤーギーの話は避けたかった。

「さあ、飛び込みしようや」

メガネを置いて言うやいなや、ミラクルが足からいきなり飛び降りた。盛大なしぶきが上がる。

「めっちゃ気持ちいいでえ！」

海面から顔を出して、ミラクルが手を振る。なんて奴だ！　なんの迷いもなく飛び降りた。おれはひさしぶりに目にする高さにびくついていた。小学生の頃、我ながらよくも飛び込んでいたと拍手を送りたくなる。あの頃のほうが怖いもの知らずだった。

「二階くらいの高さがあるんじゃない？　ぼくは絶対無理ー」

光圀が手をひらひらと振る。

顔を持ち上げたままの軽快なクロールでミラクルが泳いで来て、錆びた鉄のはしごをのぼってくる。

「加奈太、やらんのかい。めっちゃたのしいでえ。やらんなら、おれがまた先に行くでえ」

ミラクルが少し後ろに下がって助走をつけて、コンクリートを蹴った。右手と右足を突き出した空手チョップみたいな格好での飛び込みだ。そのままの形でバシャンと落ちる。

「なんだそれえ！」

おれと光圀は腹を抱えて笑った。

「腿打ったわあ。めっちゃ痛い」

そう言いながらも、たのしそうに立ち泳ぎしている。よしっ、おれもやろう。Ｔシャツを脱いで海パン一丁になる。身体をぐるりと回して、屈伸する。準備体操のふりをして、時間を稼いで気持ちを落ち着けているのはバレていないだろうか。ミラクルは少し横に移動して、海のなかでおれが飛び込むのを待っている。

「加奈太！　こいやあ！」

ミラクルが叫ぶ。

「恐怖心を克服するのだあぁ！」

おれはそう叫びながら、足を宙に繰り出した。

ざっぶーん！

ほんの一瞬だった。海水のつめたさが気持ちいい。

「な？　やってみたら怖ないやろ」

おれは大きくうなずいて、海の上でミラクルとこぶしを合わせた。

「光圀はどうやー？　うきわしたままで飛び込んでみい！」

うきわをつけた格好のまま、こちらを見下ろしている光圀にミラクルが声をかける。

「おぼれたら、すぐに助けるから大丈夫だよー！」

立ち泳ぎしながら、おれも声を張りあげる。

「高いよう。無理だよう」

内股で立ちながら、泣きそうな声を出す。泳げない光圀にはハードルが高すぎるだろうと、戻ろうとしたところで、豪快な音とともに白いしぶきがあがった。

「み、光圀っ⁉」

見れば光圀がぷかぷかと浮いていた。

「うそだろっ⁉　すげえじゃん！　光圀！」

「めっちゃ度胸あるやん！　泳げへん奴、ふつうでけんで！」

光圀は半ば放心したように口を開けている。

「なんか間違えて落っこっちゃったんだよう。あー、びっくりした」

光圀の言葉に、ミラクルが海中でずっこける。

「でも意外とおもしろかった。それにしてもうきわの威力ってすごいね。飛び降りても、沈まないで浮かんだままだもの」

光圀は本当におもしろい。光圀といると自然と口元がにやけてしまう。

「え？　なにここっ！　全然足が着かない！　ひゃあああ！　嫌だよう、助けてえー」

海の深さに今さら気付いたのか、光圀が急に騒ぎ出す。おれたちは苦笑しながらうきわをつかんで、はしごまで光圀を運んでやった。

「ぼく、ここで見てるから二人は飛び込みしててね」

「オッケー。少ししたら、また島を回ろう」

うきわを枕にして、打ち上げられたトドのように寝そべっている光圀に声をかけて、おれとミラクルは飛び込みを続けた。

おれは、さっきミラクルがやったように手足を突き出したまま飛び込んで、架空の敵を倒すことを繰り返した。飛んだ宙の先に、得体の知れないなにかがいるという設定だ。おれはそれをぶっ飛ばす。見事当たれば、そのもやもやしたなにかは砕け散って、海の藻屑《もくず》となって消えていくのだ。

「とおっ！」

「やあっ！」

パンチが当たった。

今度はキックだ。お次はヘッドロック！　見えない敵に向かって、おれは飛び続けた。

「ねえ加奈太、さっきからなにしてるの？　ずっとおもしろいポーズで飛び込んでるよね」

海から上がったおれに、光圀がたずねる。

「あ、いや、その……」

寝ていると思っていたのに、光圀に見られていたとは不覚だった。

「誰かを倒そうとしてるの？　うふふう」

光圀は意外と鋭い。おれは少し休憩することにして、光圀の隣に腰を下ろした。ミラクルはいつの間にか、宙返りしながらの飛び込みをマスターしている。

「なあ、光圀はさ、イライラすることとかない？」

光圀がのっそりと身体を起こす。寝ていた場所が黒く湿っている。

「ぼく、怒ることとか、イライラすることとか、あんまりないいんだよね」

「そっかあ」

おれだけなんだろうか。特に二年になってからは、すべてがウザくて仕方ない。

「いわゆる思春期ってやつじゃない？　保健体育で習ったよ」

「し、思春期……。う、うん、まあ、そうかもなあ」

思春期なんて言葉、今日はじめて使った。光圀はなんというか、本当におおらかだ。

「なんや、なんの話や」

海から上がったばかりの、しずくを垂らしたままの顔にメガネをかけて、ミラクルがおれの隣に座る。海水に浸かった身体から、ひんやりとした空気が伝わってくる。

「加奈太が思春期で悩んで、見えない敵と戦ってるって話」

おいおい、と心のなかで光圀に言いつつ、その通りなのでなにも言えない。

「加奈太はバリバリの中二病やもんなあ」

ミラクルが言う。

「本物の中二なんだから、中二病で正解だろ」

「開き直ってるでえ、加奈太の奴」

「なあ、ミラクルはイライラむしゃくしゃすることって、ない？」

「そらまあ、多少あるわな。加奈太は例えばどんなときに、イライラすんねん？」

「……理由なんてないよ」

常にだ。一人でいたって、学校にいたって、家にいたってイライラする。みんな消えてしまえばいいと思うこともある。世界中の奴らに麻酔銃をぶちかまして、一年くらい眠っていてもらいたい。みんなが眠っている間に、おれは時間と場所を自由自在に使うのだ。

「なあ、それって、サッカー部辞めたことと関係あるんか」

「あるわけないだろっ」

無意識に尖った声が出た。ミラクルと光圀が驚いたようにこっちを見る。

「悪い。無神経なこと言うてもうたな。加奈太、ごめんやで」

ミラクルがそんなふうに言って、おれは消え入りたくなった。悪いのはこっちのほうだ。

「おれのほうこそ、ごめん」

「なに、かしこまってんねん」

ミラクルがおれの肩を叩く。

「あ、そうだ。思春期つながりでさ、こないだ保健体育の時間に、性のビデオ見せられたんだよー」

光圀が言い、

「おれも去年見せられたわ。なんや、照れてもうたで」

と、ミラクルが続けた。

おれも見た。意外にもエロくて、目をそむける女子もいた。男子たちはふざけて騒ぐ奴と、興奮する奴と、下を向いたままの奴が三分の一くらいずつだった。おれは、くだらないと思っていた。そう思いつつ、女の身体のことばかり考えているときがある。そんな自分は、生きている価値がないように思ったりする。

「二人とも好きな子いないの？」

光圀が眉を持ち上げて、おれたちにたずねる。

「おらん」

「いない」

ミラクルと二人で首を振ると、光圀は、うっそお？　と甲高い声を出した。

「光圀はおるんか」

「もちだよー。小学校の頃からずっと好きなんだ。かわいくてやさしくて、勉強もできてスポーツも万能なんだよ」

「典型的なモテ系女子やな」

「荒木《あらき》さんとキスしたいなあ」

「キ、キ、キスしたいんかいっ」

わざと大げさにどもって、ミラクルがツッコむ。

「あ、あ、荒木さんていうんかいっ」

と、おれも真似してみたけれど、きれいにスルーされた。

「荒木さんには申し訳ないと思うんだけど、いろいろ妄想しちゃう」

そっち系のことは、クラスメイトの男子たちがよく集まってひそひそと話をしていたり、SNSのグループ内でもよく話題にのぼったりする。はっきり言っておれはついていけない。いや、興味はあるけど、自分のことを話す奴の気が知れない。どうして、そんな個人的なことを他の誰かと共有しなきゃならないんだ。

「まあ、男子ならみんなやってるんちゃうかあ?」

「ぼく、そういうことするとバチが当たるんじゃないかって、ずっと思ってたんだ。地獄に落ちるんじゃないかって」

「中二男子の当たり前の欲求やないか。なあ、加奈太」

おれは目をそらして、小さくうなずいた。

「そろそろ島を回らないか。今日は西側のほう行ってみようぜ」

話題を変えたくて、そう提案してみた。

「あ、また出た。『ぜ』」

ミラクルが揚げ足を取り、

「うっさいわ、ぼけえ」

と、おれも定番になったツッコミを返した。

ミラクルの第一印象は、無愛想なメガネ男子だったけど、運動神経はいいし、しゃべりもおもしろい。見た目で判断してはいけないってよく言うけど、その通りだ。

「まだここで日向《ひなた》ぼっこでいいよう。もっと休もうよう」

さっきからずっと休んでいる光圀が駄々をこねる。見た目通りということもある、とおれはただちに考えを修正した。

「行こうや。おれ、あの墓をもう一度じっくり見てみたいわ。ほら行くで、光圀」

光圀はため息をついて、やれやれ、どっこいしょ、と言って立ち上がった。


おれたちは飛び込みをした宗見港近くから、西側に向かった。昨日とは逆走コースだ。集落のすぐ西側には拝殿が二つ並んでいる。天徳島の神様たちが祀《まつ》ってあって、主祭場として使用しているらしい。内地から来た観光客が、熱心に手を合わせていることもある。小さい頃、家族で何度かお参りに来たことがあった。

拝殿についておれが簡単に説明すると、光圀が、

「じゃあ、ぼくたちもお祈りしなくちゃ」

と、足を止めて手を合わせた。おれとミラクルも光圀にならった。おれは手を合わせて目を閉じたけれど、やっぱりなんの言葉も浮かんでこなくて、ありがとうございますと一回だけ言った。光圀はいつまでもぶつぶつとなにかを唱えている。日本一信心深い十四歳だ。

拝殿をあとにし、おれたちはゆっくりと歩いていった。光圀がでたらめな歌をうたい、ミラクルがさらなるでたらめな歌をうたった。小学生なみの下ネタ満載で、くだらなすぎてウケてしまった。

大きな空に、少し雲が出てきた。強烈な日差しはさえぎってくれるけど、暑さはたいして変わらない。少し行くと海ぶどうの養殖場に出た。おばあちゃんは昔ここで働いていて、今も時々手伝いをしていると聞いた。二人にそう教えると、

「海ぶどうはおいしいよねえ」

と、食べ物の話になって、ひとしきり盛り上がった。

そのままのんびり歩いていって、ユーガンにたどり着いた。大きなお墓が整然と並んでいる。昨日ミラクルが言っていたけれど、本当に遺跡みたいだ。

「この辺りに来ると、空気がちゃうな……」

確かにこんなに暑いのに、どこかひんやりとした空気が漂っている。三つ角にあるガジュマルの木の辺りの雰囲気に似ている。ひと言でいうと不気味なのだ。

「興味深いけどさ、はっきり言って怖いよ、ぼく」

「おれも怖いよ」

光圀のあと、思わず口に出していた。ミラクルは、大きな墓をじっくりと眺めている。

「祟りとか大丈夫かなあ」

光圀が言いながら、また手を合わせる。ここで眠る死者たちに祈っているのだろうか。もう行こうよ、とミラクルに声をかけようとしたとき、墓の奥のほうから話し声が聞こえた。

ハッとして、三人で顔を見合わせる。

「……だよな！」

「……だろ」

「……ぎゃはは」

サッカー部トリオだ！　自転車がないから気付かなかった。あいつらも歩いて来たらしい。

おれたちは、見つからないようにすばやく雑木林のほうに移動して、一段低くなっている場所に身を隠した。

「ほんっとくだらないキャンプだよなあ。自由行動ってただの手抜きじゃね？　帰ったら速攻スレッド立ててディスってやるよ。しかも、あのタカってオヤジ何者なの？　プー太郎なの？　子ども相手に商売してみじめじゃね？」

栗木だ。タカさんの悪口を言うなんて許せない。

「飯もまずいしなー。金、全部渡さなくて正解だったな」

大垣だ。がさがさとスナック菓子の袋の音がする。まさかあいつら、買い食いしてるんじゃないか？　ここからは見えないけれど、そうに違いない。光圀が、ぼくも食べたいと小さな声で言ったので、しっ、と人差し指を口に当てて注意した。

「明日はテントキャンプだろ？　あの三人と一緒に過ごすの、マジたりぃよ。デブ、メガネ、元サッカー部だもんな。ほんとダセえ」

海江田が言い、栗木も大垣もおれたちの悪口を言っては笑っている。なんて奴らだ。今すぐに出て行ってぶん殴りたい。おれはこぶしを握りしめて、唇を噛《か》んだ。

「だいたい、ここは一体なんなんだよ？　これ遺跡か？　エジプトかよ？　わけわっかんねー」

栗木が言い、バスッ、バスッ、バスッ、となにかを蹴るような音がした。

「泳ぎに行こうぜ」

「それしかたのしみないもんな」

サッカー部トリオが歩いていく音が聞こえ、声が徐々に小さくなっていった。

おれたちはあいつらが完全に去るまで、じっと身を潜めていた。誰も顔を上げなかった。ぐっと我慢してこらえた。いい加減もういいだろう、というところで、光圀が真っ先に立ち上がった。

「サッカー部たち、お墓を蹴ったんだよ」

泣きそうな声で言う。光圀がお墓にかけ寄って膝をつき、ごめんなさいと謝る。おれは怒りに震えていたけど、光圀の声を聞いたら妙に悲しい気持ちにもなった。辺りにはあいつらが食べたであろう、スナック菓子の袋が散乱していた。

「最悪や。あいつら、どうしょうもない奴らやな」

ミラクルが怒りを押し殺したような声で言う。おれは、怒りと、なんともいえない悲しみのようなもので、胸がいっぱいだった。

ミラクルが光圀のうしろに立って、おれもその横に立った。死んでしまった人たちに向かって頭を下げ、それから空を見上げて、

「クソヤロー！」

と大声で叫んだ。叫んだあと、少し気分が晴れている自分がいた。いつものもやもやとした得体の知れないものへの苛立《いらだ》ちが影を潜め、怒りの対象がはっきりして、少しほっとしているのだった。ほんの一瞬前までは、サッカー部トリオへの純粋な怒りと悲しみだったのに、それをもう自分の都合のいいようにシフトしている。

雲のすきまから見える水色の空が、おれのことを笑っているような気がした。クソヤローはサッカー部トリオじゃなくて、もしかしたら自分かもしれなかった。

「……明日からのテントキャンプ、ちと面倒やな」

ミラクルの言葉にうなずく。

「でもさ、ちゃんと話せば、もしかしたらいい人たちかもしれないよ」

「おいー、光圀ぃ」

ミラクルがへの字眉で、光圀の肩に手を置く。

「今日はもう、あいつらに会うのは勘弁やな。イマーのほうまで行こか。センターに行って

自転車とってこようや」

おれたちはスナック菓子の袋を片付けて、のろのろと歩き出した。

「おい、お前たち」

降って湧いたような突然の声に、びくっと肩が持ち上がる。光圀が、ひいっ、と息を吸い、その音にビビッてよろけたら、ミラクルにぶつかった。

ふわあっと、白いものが目の前に現れる。

「うわああああ!」

光圀が後ずさって尻餅をついた。

「お前たちっ! ここでなにをしている!」

このとき、おれたちはアホみたいに口を開けていたと思う。だって、目の前にいたのは、昨日の女の子だったから。

「あはは。びっくりした?」

女の子は元気よく笑っている。この状況がつかめない。

「足がある! 幽霊じゃない!」

光圀が言う。

「君、昨日の子だよね」

「あは、バレちゃった?」

女の子が舌をぺろりと出す。

「なあに？　ぼくたちを怖がらせようとしたの？」

「ごめんね。昨日のは、ちょっとしたイタズラだったのよ」

そう言って、くすくすと笑っている。

「どないなってるっちゅうねん……」

ミラクルは放心しているように見えたけど、もしかしたらうれしいのかもしれない。そういうところは、わかりづらい。

「ねえ、そんなことより、さっきのあいつら一体なんなの？　むかつく」

サッカー部トリオが去っていった方向に、女の子があごをしゃくった。

「今回のキャンプ、あいつらと一緒に泊まってるんでしょ？」

おれはぎくしゃくとうなずいた。

「ねえねえ、それより君、どこにいたの、どこから見てたの？」

光圀がたずねる。腰に力が入らないようで、尻餅をついたまま手だけを動かしている。

「あなたたちが隠れてた、その後ろよ」

そう言って、さっきまでおれたちが身を隠していた場所の後方を指差した。

「ぜんぜん気付かなかったな」

ミラクルに向かって言ったけれど、ミラクルの反応はなかった。

「ところで、あなたたち。あの場所が昔の風葬場だって知ってて、隠れてたんでしょうね」

「え？」

おれは言葉をうしなった。風葬のことはお父さんから聞いたことがある。お父さんが生まれる前くらいまでは、死体を火葬にしないで風にさらして風化させていたらしい。

「知らなかった……」

おれは正直に答えた。

「知らないことが許されると思ったら大間違いよ。この島には、この島のしきたりがあるの。もっと下調べして、ちゃんと勉強してから来なさいよ」

カチンときた。なんなんだ、いきなり。

「お前、島の人間かよ」

むきになって、そう言った。サッカー部トリオの一件のせいか、怒りへの導火線が短くなっている。

「違うけど、それがどうかした？　それにわたし、あなたにお前呼ばわりされたくないわ」

女の子が一歩前に踏み出して、強い目でおれをにらむ。

「しかもあなたたち、集落のほうからユーガンに来たでしょ」

「うん」

光図がうなずくと、女の子は深くため息をついた。

「ユーガンに来るときは、北側から回らなくちゃいけないの」

意味がわからなくて三人で黙る。

「そんなことも知らないのね。ユーガンに来るには、集落側から入ってはいけないの。北側のイマーのほうから来なくちゃいけないっていう、決まりがあるのよ」

そんなこと知らなかった。でもそういえば、お父さんたちとユーガンに来るときは必ず遠回りをして、北側からここまで来ていた。

「あなたたち、ドゥヤーギーに呪われるわよ」

また出た、ドゥヤーギー。さーっと、鳥肌が立った。おれの身体は、その妖怪の名前を耳にすると、自然と鳥肌が立つようになっているらしい。

「ていうか、誰だよ」

上から目線の口の利き方に、腹立ちまぎれにおれは聞いた。

「人の名前教えてほしいなら、まずは自分から名乗りなさいよ」

頭にきたけど、女子と言い争うのも嫌だったし、ミラクルの手前もあって、おれは深呼吸をして気持ちを落ち着かせた。

「ぼく、平林光圀です」

おれの気持ちを知ってか知らずか、光圀が明るい声で自己紹介をし、よいしょっ、と、ようやく立ち上がった。

「おれは、川口見楽留」

ミラクルがうつむきながら言う。

「……桐山加奈太」

仕方なくおれも名乗った。

女の子はおれたち一人一人をじっと見つめて、

「わたしは、八木橋エマ。あなたたちと同じ十四歳」

と言って、大きな目をくりくりと動かした。

茶色い瞳に栗色の髪。透き通るような白い肌。白いワンピースは昨日着ていたものとは、ちょっと違って見えた。同じ十四歳といったって、クラスメイトにこんなかわいい子はいない。うちの学校一のアイドルと呼ばれている子の、百倍くらいかわいかった、顔だけは。おれは、生意気な女子は好きじゃない。

「川口くん。ミラクルって、とてもいい名前ね。奇跡。不思議なこと。驚くべきこと。すてきだわ。かっこいい。ご両親に感謝ね」

エマがにっこりと、ミラクルに微笑みかけた。瞬時にミラクルの顔が赤くなり、瞳がうるんだ。

「あ、ありがとう……」

人が恋に落ちる瞬間を、おれは生まれてはじめてこの目で見たのだった。

◆征人

「征人、なにしてる。仕事かー」

挨拶もなく人の家に上がり込んできた孝俊は、冷蔵庫から勝手にさんぴん茶を出して飲んでいる。

「仕事に決まってるさ。お前キャンプはいいんか。こんなとこでサボってて」

ノートパソコンの画面に目を向けたまま征人が言うと、孝俊は豪快に笑い、

「加奈太が心配かー？」

と、征人の背中をバシッと叩いた。キーボードの上で手が滑って、あああああああ、と連打された。征人はため息をついて、Back Spaceキーで削除する。

「おばさんは？」

「照屋《てるや》さんのとこ」

「相変わらず、働き者だなあ」

照屋さんというのは、海ぶどうの養殖場の社長だ。征人が子どもの頃から、母は照屋さんのところに働きに出ていて、今でも人手が足りないとこうして声がかかる。ありがたいねえと、母はさっきも言いながら出て行った。実際、照屋さんにはとても世話になった。

征人から見ると、母はまだまだ元気そうに見える。七十二歳の母の目に、この島はどう映っているのだろうと、ふと思う。

「征人」

孝俊が真面目な顔で、征人を見る。

「なんか、改まって」

「八木橋アンナ。覚えてるか」

唐突な孝俊の問いに、征人は頭をめまぐるしく働かせた。

「……タオのお姉さんか？」

「うん」

「お前の初恋の相手か」

「うん」

「美人だったよな」

「うん」

冗談なんだか本気なんだかわからない返事に、孝俊の顔をじっと見るも、表情はいたって真面目で判断がつきかねた。

三十年前の夏、島で孝俊が見かけた美女がタオのお姉さんとは知らずに、孝俊に頼まれてタオと一緒に姿をさがしたことがあった。懐かしい思い出だ。

「タオのお姉さんがどうかしたんか」

「エマが来てる」

「は？」

「アンナの娘のエマが、今天徳に遊びに来てる」

タオのお姉さんの子ども？　征人は頭のなかを整理するが、よくわからない。

「ここに親戚でもいるんか」

そうたずねておきながら、この島に八木橋家の親類などいないはずだと思い至る。東京からタオが越してきたのは、征人たちが中学二年のときだ。卒業まで一緒に過ごし、高校進学を機に、タオとタオのおやじさんは東京へと戻っていった。

当時、タオのお姉さんであるアンナは東京に住んでいて、都内の高校に通っていた。

「誰もいないさ」

孝俊が肩をすくめる。

「子どもだけか。アンナも一緒な？」

「エマだけ。一人で来た」

「なにしに？　誰か知ってる人いるんか？」

「おれ」

「はあ？」

孝俊は、そっぽを向いている。

「もしかして、お前、アンナとずっと連絡をとってたんか？」

孝俊はなにも答えない。今にも口笛を吹き出しそうな横顔だ。驚いた。征人がアンナに会ったのは、中学二年の夏休みだけだ。翌年の夏休みは、タオとおやじさんが東京に帰省したので、アンナは天徳島には来なかった。

「どういうことだ」

「話せば長くなる」

「話せ。時間はたくさんある」

孝俊が、ふっ、と鼻から息を出し、お前は変わらんなあ、とつぶやいた。

「お前もさ」

孝俊は、ハッ、とひと声笑ってから、もう一度さんぴん茶をごくごくと飲んだ。

「アンナはフランス人と結婚した。そして離婚した。今は東京にいる。娘のエマは夏休み中で、こっちに遊びに来た」

早口で言う孝俊を、征人はじっと見つめた。

「そうとう端折《はしょ》っただろ」

「おおまかなところは話したさ」

まあいい、と征人は思った。詳しい話は、おいおい聞いていけばいいだろう。夏はまだ終わらない。

「じゃあ、戻るかな」

孝俊が手をついて、立ち上がる。

「なんだ、お茶飲みに来ただけか」

「まあね、ごちそうさん」

「孝俊」

サンダルを履こうとしている孝俊の背中に、征人は声をかけた。

「なんね」

こちらを振り向かずに、孝俊が返事をする。

「初恋は実りそうか?」

孝俊の動きが、ほんの一瞬止まったように見えた。

「ばかばかしい」

振り返って孝俊が言い、それからくしゃっと笑った。目が細くなって鼻の頭にしわが寄る、子どもの頃から変わらない笑顔だ。

征人は大きく息を吸って吐き出した。だから結婚しなかったのか、という言葉は飲み込んだ。

「加奈太がエマに会ったみたいだよ」

愉快そうに孝俊が言う。

「そうか。時代はめぐるな」

「なあ」

「あっという間の三十年だな」

明るく言ったつもりが、思いがけず語尾がかすれた。いろんな思い出が一気に押し寄せてきて、ふいに泣き出したいような気持ちになったのだった。

◆征人――三十年前

孝俊のゲンキンぶりには、まったく驚かされる。ひとめぼれの相手が、タオのお姉さんだと判明してからの豹変《ひょうへん》ぶりといったら！　はじめのうちは、タオへのこれまでの態度を反省しての照れ隠しもあるのかと思っていたけれど、違った。孝俊はただただたんに、アンナに恋をしていただけだった。

孝俊はこれまでのタオとの確執なんてなにもなかったように、タオのそばを離れず、親しげに言葉をかけ、隙あらばアンナとの接触を試みた。その必死すぎるアピールぶりは、見ているこっちまではずかしくなるほどだ。

「征人は人を好きになったことがないんか？」

孝俊に真面目な顔で言われ、思い切り首を振った。

「保生は？」

保生は神妙な顔で、好きなアイドルの名前をあげ、すごく好きなんだ、と思いつめたように答えたのでびっくりした。

「恋する気持ちって難儀だなあ」

孝俊が堂々と、それでいて切なそうに言い、保生も小さくうなずいた。

「なんか、それ。具体的に言うとどんな気持ちか？」

おれの質問に、孝俊は遠くを見るような表情で、

「心臓がドキドキーして、口から出てきそうになる。考えるとお腹《なか》の奥のほうが熱くなって、がまんできんくなる」

と答えた。まったくわからない。

「タオわかる？」

ぼけっと突っ立っているタオにたずねると、さあ、と首を傾げた。

「お前たちはほんと気楽でいいよなあ。ああ、恋をする前に戻って、元通り生きたいさー」

孝俊はそんなふうに言うのだった。

タオの姉のアンナは高校二年生で、親戚の家から都内の高校に通っているらしい。今は夏休みを利用して、タオと父親に会いに天徳島にやって来ていた。

孝俊がひとめぼれしたのも、まあうなずける、アンナはとてもきれいな人だ。タオと、タオんちのおじさんにはぜんぜん似ていない。おそらくタオのお母さんに似ているのだろう。

――タオからいろいろと話を聞いてるわ。いつもありがとうね、征人くん。

こないだ、孝俊とれんげストアで買い食いしていたところ、アンナに声をかけられた。おたおたしているおれを押しのけ、

――おれもタオと仲よしです！

などと、孝俊が横から口を出すのには参った。

——孝俊くんのこともよく聞いてるわ。

アンナは目を細めて微笑み、孝俊はまたもや、ぽうっとしたのだった。

孝俊、保生、タオ。おれたちは四人で一緒に遊ぶようになった。おれはそれがうれしくて仕方ない。島の中二男子は、おれたちしかいないのだ。みんなで仲よく過ごしたい。

保生の特訓で、タオは足ひれがなくても泳げるようになり、宗見港の飛び込みポイントでは、頭からの飛び込みができるようになった。すごい進歩だ。タオは慎重派だけど好奇心旺盛で、飲み込みが早かった。

夏休みの宿題を、タオの家でみんなでやろうと言い出したのは孝俊だ。アンナに会いたいという魂胆は見え見えだったけれど、一人でやってもちっとも進まないから、その提案にはおれも保生も大賛成だった。

「いらっしゃい」

と、アンナが出迎えてくれたときの孝俊の顔は、一生忘れないだろう。今にも泣き出しそうな、苦しそうな、それでいてうれしそうな、これまで見たことのない表情だった。

以前タオのお見舞いで訪れたときより、家のなかは片付いていて広々として見えた。積み重なって、今にも倒れそうだった本はちゃんと本棚に収まっていたし、それになんだかいい匂いがした。

「みんなでそろって宿題やってるのね。えらいわ」

アンナがジュースとお菓子を持ってきてくれた。孝俊はひそかに顔を赤くして、そのわりには、

「ありがとうございますっ」

と、一人だけやけに元気よくお礼を言ったりした。それなのに、ジュースのおかわりが欲しくても自分から言い出せず、お前が言ってよーと、おれや保生に頼むのだ。まったくわけがわからない。代わりに、タオがジュースのおかわりを運んでくると、

「あい、タオが持ってくるんかー。なんでわからんかなー。もうちょっと気ぃ利かせればいいのに。アンナさんと話できるようにしないとー。あのよー、恋する人間は繊細なんだよ。そのくらいわからんと。頼むさー」

などと言い、おれたちを閉口させた。繊細さを求められても困る。

「恋してる人って、ばかみたいだね」

タオがぼそっと言い、おれと保生が笑いを嚙み殺していると、

「まったく、無邪気な君たちがうらやましいよ」

と、大人ぶった言い方で頭を振るのだった。

タオは数学が得意で、おれたちはタオが解いた問題の答えを、せっせとノートに写した。タオにとっての数学は、勉強というより遊びのようだった。おもしろそうに、どんどん問題を解いていくさまは、尊敬以外のなにものでもない。タオを見ていると、つくづく人間というのは不公平にできていると思う。頭のなかがどうなっているのか、見てみたいものだ。

自由研究については、おれと孝俊と保生でチームになって、ひとつの研究をすることになった。「十円玉をきれいにしよう！」という題名だ。いくつかの洗剤、調味料などで実験する。小学生レベルの簡単な自由研究だけど、まあいいだろう。

タオも誘ったけれど、タオは他にやりたいことがあると言って参加しなかった。聞けば、ドゥヤーギーのことを調べたいらしい。これにはたまげた。ここで生まれ育ったおれたちには、考えられない自由研究だ。

「読書感想文は、どうする？」

孝俊が言い、まだ本も読んでないや、と保生がつぶやいた。

「おれはもう書いたよ」

「ぼくも終わった」

おれとタオが言うと、孝俊と保生は目を輝かせた。

「征人は作文が得意だからな」

孝俊が言い、

「でも、これは丸写しはできんよな」

と、保生が言った。

「とりあえず本の内容を教えてもらってから、征人とタオの感想文読ませて。あとは適当に写してつなげれば、本読まんくても大丈夫じゃないか？」

感想文を読ませるのはちょっと気が引けたけど、おれのを見せれば、タオの感想文も読めると思ってオーケーした。課題の本は一冊だったから、ざっとあらすじを教えてあげた。タオは話すのが面倒くさいのか、おれの話にところどころうなずいていただけだった。

続いて、孝俊と保生は黙々と人の感想文を読んだ。二人とも真剣だ。これほど集中できるなら、さっさと本を読めばいいのにと思う。おれはタオの感想文を読みはじめたけれど、タオはおれの感想文にはまったく興味を示さずに、おじさんの難しそうな本をめくっていた。

ひと足先にタオの感想文を読み終えたおれは、しばし固まって、それから頭のなかを整理した。タオの感想文には、おれとまるで正反対のことが書いてあった。

「えー、これ。二人ともまったく違うこと書いてあるけど……」

おれとタオの感想文を読み終わった保生が言う。

「ほんとだ、ぜんぜん違うな」

孝俊も首を傾げる。

本のおおまかな内容は、家出をした主人公アキラの二日間の冒険物語だ。アキラとはあまり気の合わない、クラスメイトのユタカもひょんなことから行動を共にすることになる。アキラは自由奔放でやんちゃ、感情的で後先を考えない直感タイプ、ユタカは怖がりで引っ込み思案だけど、やさしくて正義感が強い。最初のうちは、アキラのあとをユタカがついて行き、尻拭《しりぬぐ》いをさせられることが多かったけれど、いつのまにか二人で協力し合うようになる。

アキラは、ユタカのアイデアでさまざまな危機を乗り越えられたし、ユタカも、アキラの行動力に触発されて、物怖《ものお》じしないで自分の意見を言えるようになる。二日間で二人の間には絆ができ友情が芽生え、アキラとユタカは大きく成長した。そういうお話だ。

おれは、主人公のアキラよりもユタカに感情移入した。家出を自分のせいにされてしまったり、アキラの嘘によって、窮地に立たされたりする場面もあったけれど、ユタカはくじけなかった。おどおどしているけど、いつでも正直で思いやりがあった。こんなふうに友達のために振る舞えたら、と憧れた。だからそう書いた。

それなのにタオの感想ときたら、ユタカのことをまるで悪者扱いだった。ユタカのせいで、せっかくの家出は台無しになったと書いてあった。アキラの行きたいところにも行けず、ユタカの余計なおせっかいのせいで、いくつかのチャンスをものにできなかったとあった。

かといってアキラに肩入れしているわけではなく、アキラへの批判もたくさん書いてあった。アキラの行動力はいいけれど、もっと強く意志を持つべきで、一人で家出を遂行するべきだとか、器物破損はやりすぎだとか。

――ユタカのおせっかいにはうんざりしました。ユタカはアキラの個性を尊重すべきだと思いました。今度はアキラだけの、家出の冒険を読みたいです。そしてアキラには少し痛い目にあってもらって、慎重な人間になることを覚えてもらいたいです。次回はもっと計画的な家出を期待します。

最後はそう締めくくってあった。

これを読んだときのおれの気持ちをなんて言ったらいいのだろう。すうっと血の気が引いて、今いる場所からがくんと一段さがったような気がしたのだった。正直、「やられた」と思った。タオが書いたようなことは、ひとつも思わなかったくせに、タオの感想文のほうが正しいような気がしたのだった。

先生たちが好むような書き方を、無意識にしていた自分がはずかしかった。もう一度本を読み直して、感想文を書き直したいと思った。

「これ、どっちを参考にすればいいんか」

孝俊が頭を抱え、おれとタオに質問したけれど、タオはまるで他人事《ひとごと》で、さあ、と言うばかりだ。おれも、タオの感想文を読んだ今となっては、あれほど明確に見えていた登場人物の輪郭がまるでデタラメみたいに思えて、説明などとてもできなかった。

「自分で読むしかないんじゃないか」

「はー⁉」

保生の言葉に、孝俊は食い下がったけれど、おれも読むことを勧めた。勧めたくせに、保生と孝俊が、タオのように感じたらと思うと、とてもあせった気持ちになった。

「本は自分で読まなくちゃね」

ふすまが開いてアンナが出てきた。話が聞こえていたのだろう。

「もちろんです！　読みます読みますっ。これから読もうと思ってたんです！」

孝俊の返答には呆れたけれど、まあいい。自分で読むべきだ。

アンナに、おれとタオの感想文がまったく異なることを聞かれたと思うと、冷や汗が出そうになったけど、アンナは本を読んでいないのだから、どういうところが違うのかわかるはずがないのだと思い直し、胸をなでおろした。

それよりもおれはさっき、孝俊がアンナに恋をしている気持ちについて語っていたことが気になった。もしかして全部アンナに聞こえていたのではないだろうか。

けれど、孝俊はそのことについては、特に気にしていないようだった。次から次へとアンナに話しかけては、うれしそうに目尻を下げている。デレデレしすぎて、見ていられない。

タオの家には、英語で書かれた古い本や、布表紙の難しそうな本がたくさん並んでいた。なかに、自分にも読めそうな小説が何冊かあった。おじさんはいなかったけれど、アンナがどれでも持っていっていいのよと言ってくれたので、おれは読みやすそうな一冊を借りていくことにした。小説なんて、宿題以外でわざわざ読む気はしなかったけれど、タオの感想文を読んだ今、読まずにはいられないような気分だった。


天徳島のお盆は旧暦だ。島を離れた人たちが帰ってくるので、この期間だけはにぎやかになる。正月に帰ってこなくても、お盆にだけは絶対に帰ってこいというくらい、ここではお盆が大事にされている。

父ちゃんのお兄さんである伯父さんと、いとこの二人がやって来た。小さい頃はよく遊んでもらったけれど、聡《さとし》にいにいは大学二年生で、美幸《みゆき》ねえねえは高校二年生なので、もう昔みたいに一緒に転げ回って遊ぶようなことはない。伯母さんは腰痛が悪化したということで、今年は来られなかった。伯父さんは高校を卒業後、鹿児島に出て就職し、そのまま島には戻らずそこで暮らしている。

桐山家が天徳島に渡ってきたのは、おじいの代からだ。おじいは鹿児島の出身だったと聞いている。おれが生まれた頃には、おじいもおばあもすでにいなかったので、会ったことはない。

おじいは三十代の若さで亡くなったらしく、おばあは苦労して父ちゃんと伯父さんを育てたのだと、ずいぶん前に母ちゃんから聞いたことがあった。母ちゃんが嫁に来たときは、まだおばあは健在で、父ちゃんと母ちゃんとおばあの三人暮らしだったそうだ。

仏壇の前には、炊き込みご飯や、果物、菓子、酒などが並んでいる。

お盆は、線香の香りがいつもよりも濃く感じられる。おじいとおばあは今、この家に帰ってきているのだろうか。なんとなく辺りを見渡してみたけれど、見えるわけはなかった。

「なあ、征人。昔はよく、港で飛び込みしたよなあ」

聡にいにいが声をかけてきた。聡にいにいは飛び込みがうまかった。頭からまっすぐに入る飛び込みだ。フォームがきれいで、いつも見とれた。

「今でもやってるよ」

「おお、そうか」

満足そうに聡にいにいがうなずく。

「なに読んでる?」

そうたずねられて、おれは表紙を掲げてみせた。タオの家から借りてきた本だ。難しいからつっかえつっかえだけど、その分、ひとつひとつの文章が頭に残る。

「知らないタイトルに、知らない作者だ」

そんなふうに言って笑う。聡にいにいは、東京の大学で建築の勉強をしている。

「征人は本が好きか」

「うーん、どんなかなー。わからんさー」

おれはタオの感想文のことを話した。聡にいにいにはなんでも話せる。本当の兄貴みたいに頼りがいがあるし信用できるし、どんなことでも相談に乗ってくれる。

「そうか。それでめずらしく小説なんて読んでたのか。でもさ、人によって感想が違うのは当たり前だぞ。それが読書の醍醐《だいごみ》味だ」

「でも、なんだか負けた気がした」

そうかー、と言って、聡にいには笑った。

「負けず嫌いはいいことだな、征人。いつでも前を向いてるってことだし、自分を信じてるってことだからな」

聡にいにいといると、自分が少し上等な人間になれるような気がする。

「東京っておもしろいね?」

「なんだ、いきなり。征人は東京に行きたいのか」

おれは大きくうなずいた。

「東京にはいろんな奴がいるぞ。みんな、なにかになりたくて、なにかを見つけたくて東京に集まってくる。自分を知るためにも、もがきあがくのには最適な場所だ」

「聡にいにいも、もがいてるわけ？」

「その通りだ」

わざと大げさに言って笑う。

「なあ、征人はなんで東京に行きたいんだ？」

「……ここにはない、いろんなものを見たい」

少し考えてから、そう言った。

「征人が行きたいと思ったら、行くのがいいさ。いろんな経験をした分、豊かな人間になれる」

聡にいにいの言葉はいつだって、おれに勇気をくれる。いろんなものを見て、多くの人に出会って、たくさんのことを知りたいと心から思った。

「政直《まさなお》叔父さんはきっと許してくれるよ」

「どんなかね。母ちゃんは大変だよ。東京の話をすると、すぐ怒る」

「あはは。叔母さんかあ。でも叔母さんは偉いよ。この島に嫁に来るのは大変だったんじゃないのかな。うちのおやじは長男なのにここを出て行っただろ。本来だったらここに残るのはおやじのほうだから、本当にありがたいっていつも言ってる」

「伯父さんはなんで出て行ったの？」

聡にいにいは、なんでだろうな、と言って、少し考えるように視線を上げた。

「きっと、将来のレールが決まっているように思えたんじゃないかな。今の征人と同じように、この小さな島から出て行きたかったのかもな。まあ、鹿児島も田舎だけどね」

縁側で、父ちゃんと酒を酌み交わしている伯父さんを見る。父ちゃんと違って話し好きで、いつもにこにこと笑っている。

「またにいにいが東京の話してる」

話が聞こえたらしい由真が口を挟む。

「うるさい」

「美幸ねえねえも高校卒業したら東京行くの？」

美幸ねえねえは、由真のために持ってきたお下がりの服を広げている。由真は上機嫌だ。

「うーん？　わたしはまだなにも決めてないなあ。地元は好きだしね。東京もいいけど、四国や東北もいいよね。鹿児島とはまるで違う生活なんだろうなあ」

「美幸ねえねえ、遠くに行っても、お下がりの服持ってきてね。絶対だよ」

「はいはい。約束ね」

美幸ねえねえは、ずっと鹿児島にいるかもしれないと、なぜか思った。鹿児島県内で嫁いで、家族旅行で四国や東北に遊びに行くのだ。大人になった、そんな美幸ねえねえの姿が目に浮かんだ。

「新しいの持ってきてー」

父ちゃんが大きな声で、台所にいる母ちゃんを呼んでお酒を催促している。お盆の間は漁が禁止されているから、父ちゃんはこの三日間はずっと家にいる。父ちゃんが漁に出ないのはお盆のときだけだ。大晦日《おおみそか》も正月も父ちゃんは船を出す。

伯父さんとたのしそうに話している父ちゃん。父ちゃんは、島から出ていきたいと思わなかったのだろうか。ここを出ていった伯父さんを、うらやましいと思わなかったのだろうか。

いつかそんなことを聞いてみたいと思った。


お盆の三日目は、ご先祖様をあの世に送る日だ。お盆のなかでも、いちばん大事な日だといわれている。ご先祖様があの世で困らないように、黄色い和紙のようなものでできたお金を燃やす。これは、この時期になると西銘商店とれんげストアにたくさん並ぶ。

「おじいとおばあは、あの世で大金持ちだね」

母ちゃんが、毎年お決まりのセリフを、今年も言う。父ちゃんが紙のお金に火をつけると、大量の札束が燃えていった。煙が空に向かっていく。死んだら、煙になるのだろうか。死んだあと、自分はどこに行くのだろうか。

昔から、死というものが怖かった。怖くて怖くてたまらなかった。幼い頃、人はいつか死ぬということを知って以来、死は自分にとって恐怖の対象となった。死ぬことを考えると、夜眠れなくなることが何度もあった。肉体がなくなったあと、自分はどこに行くのだろうと考えると、怖くて悲しくて涙が出るのだった。今でもたまに考えることがある。

この島では、死はとても身近なものだ。常に死者と共存していて、みんな自然と死を受け入れている。生きることの先に死があるのはわかるけれど、生と死は正反対のものだ。一度死んだらもう戻れない。怖い。死にたくないと本気で思う。

「あの世って広いんだろうねえ」

突然、由真が言う。

「今まで死んだ人が全部いるんでしょ。でないとすぐに満杯になるさー」

その言葉にみんなが笑った。

「肉体がないから、満杯になることはないよ」

伯父さんが答える。

あの世というのは、どこにあるのだろうか。天国だろうか、地獄だろうか。肉体がなくなっても気持ちだけは残るのだろうか。魂というのは考えることができるのだろうか。おじいやおばあは肉体がないのに、どうやって家に帰って来て、ごちそうを食べて、紙のお金をあの世に持っていくのだろうか。わからなかった。わからないことだらけだった。

白い煙は、まっすぐに天に吸い込まれていった。

翌日、聡にいにいと美幸ねえねえは帰って行った。伯父さんはもう一泊していくそうだ。

父ちゃんは今日も仕事を休んだ。伯父さんに付き合ってのことだと思うけれど、めずらしいこともあるものだと思う。

「東京の大学に行きたいこと、今晩にでも言ってみたらどうだ。うちのおやじがいるから、きっと加勢してくれるよ。まあ、まだ先のことだけどな」

フェリーに乗り込む前、聡にいにいに耳打ちされた。

「言うチャンスを狙ってみるさー」

と答えつつ、四年後の自分は、今と同じように東京行きに熱意を持っているだろうかと、多少不安にも思う。気が変わることも、もしかしたらあるかもしれない。

でも今は行きたい。ものすごく行きたい。物心ついたときから、この島を出たいと思い続けてきた。誰も自分のことを知らない場所に行きたかった。その他大勢の人間に紛れて、自由に生きたかった。東京に行きたい。東京で勉強したい。東京の大学に行かせてくれるなら、死に物狂いで勉強するだろう。

白いしぶきをあげながら、島から離れてゆくフェリーを見送った。この島ではないどこかに帰ってゆく、フェリーの乗客たちがうらやましかった。いつかおれも、向こう側の人間になりたい。そのほうが、きっとこの島を好きになれる。

夕方から、広場で夏祭りがあった。ところどころ芝の生えている広場はとても広いけれど、夏祭り会場はその三分の一程度で充分だ。

お盆が終わり、みんながそれぞれの場所に帰って行った島は平常に戻り、閑散としていた。夏祭りといっても、にぎやかな夜店が出るわけではなく、島の子どもたちが集まって、小さな仮設舞台で歌をうたったり、青年団の人たちが太鼓を叩いたりするだけだ。子どもたちは一応全員参加となっていて、出し物をすることになっている。参加賞として、お菓子とジュース、ノートが配られる。

おれは人前に出るのが得意じゃない。出番が近づいてくるのが憂鬱《ゆううつ》で仕方ない。

去年は、孝俊と保生とおれの三人で手品をやったが、トランプ手品はみんなから遠すぎて見えなかったし、たたんだ新聞紙に水を入れる手品は、水がもれてびしょびしょになった。

おととしは、三人で縦笛を吹いた。なにがおかしかったのか、孝俊が途中で急に笑いはじめ、ピーッ、ピピーッ、と甲高い音を立てて、それにつられた保生も爆笑して、ピピーッと聞き苦しい音を出し、結局なんの曲かわからずじまいだった。

「次は天徳島小中学校の、中学二年生。孝俊、保生、征人、タオのカルテット！　チェッカーズの『涙のリクエスト』です！」

司会のおばさんの声がマイクで流れる。

「えっ、もう？」

「行くよ」

「おれ、やりたくない……」

「今さらなに言ってる」

「去年もおととしもひどかったさー。二度あることは三度ある、だよ」

「三度目の正直！」

孝俊と保生に、両腕をつかまれて前へ出る。

「……捕らえられた宇宙人みたいだね」

タオがおれの姿を見て、ぼそりとつぶやいた。こないだの水曜スペシャル『宇宙人の謎』に出てきたグレイという奴だ。大きなため息がもれた。

舞台の上に立ってスタンバイする。メインで歌うのは孝俊だけで、残りの三人は木の板をギター代わりに持って、弾く真似をする。なぜギターが三人もいるのか、という疑問は無視だ。みんなでそろって、二回ほど練習した。

孝俊が間をたっぷりとって、出だしのフレーズを歌う。最初の「なーみーだーの」だけはほとんどアカペラだ。孝俊は決して歌がうまいわけではないが、声量があるからなんとなくそれらしく聞こえる。

あれ？　カラオケがずれている。孝俊が慌てて曲についていって早口で歌う。曲のテンポがよくなったところから、振り付けがはじまった。恥をしのんで一生懸命振り付けをするおれの横で、タオがぼけっと突っ立っている。なにしてるー、と目で促しているうちに、おれの振り付けまでわからなくなった。会場から笑いが起こる。かあっと顔が赤くなるのが自分でもわかった。

木の板の上でむやみやたらに指を動かし、サビの部分だけ孝俊と一緒に歌った。はずかしくて死にたくなった。しかもマイクの調子が悪いのか、ときおりキーンと耳を塞ぎたくなるような音がして、ぐだぐだのままおれたちの出番は終了となった。今年もやっぱり、ひどかった。

まばらな拍手に肩を落として、そそくさと芝生に戻る。来年は仮病を使ってでも、絶対に出場しないとおれは心に決めた。

「由真の出番だよー」

保生に肩を叩かれ、見れば舞台に由真が上がっていた。由真はどういうわけか歌がうまく、大ファンのキョンキョンの歌をうたって、会場から大きな拍手をもらっていた。

おれはぼんやりと空を見た。ピンク色の空が紫を帯びて、徐々に群青色になってゆくさまは美しかった。こんなふうにわざわざ、空の色の移り変わりを見るなんてことは、普段ほとんどないことだ。

どんなに絵がうまい奴でもとうてい描けないほどの、繊細な色合いの空を見ていたら、なんだか、切ないようなさみしいような、なんともいえない気分になった。切ないくせに、むしゃくしゃして頭をかきむしりたい気分なのだ。

すっかり出来上がった島のおやじたちが、飛び入りで演歌をうたっている。歌声より、笑い声のほうが大きい。気付けばいつの間にか、空は濃い藍色に染まっていた。

「タオ？　どこ？」

アンナの声がした。

「ここだよ」

ぶっきらぼうにタオが返事をする。

「真っ暗なのね。こんな暗闇はじめて」

広場のうしろのほうに座っていたおれたちの場所は、隣に座っている友達の顔すら、はっきりと見えないぐらいの暗さだ。仮設舞台の上だけの小さな灯《あか》りでは、この島の夜の闇には太刀打ちできない。天徳島に住んでいると、この闇は当たり前のものだけど、都会から来たアンナには驚くべきことなのだろう。

「由真ちゃんは、歌がとても上手ね。みんなの出番は見損ねちゃった。タオ、ちゃんとできた？」

タオはなにも答えない。見るほどのもんじゃなかったですよー、と孝俊が勝手に答えた。

「お父さんが用事があるって言ってたから、呼びに来たんだけど、あれ？　えっ？　なに？　なにか腕に……。きゃっ！」

「どうしたんですかっ」

孝俊が前のめりになってたずねる。

「今なにか腕に……」

タオが懐中電灯をアンナに向けた。アンナの肩にヤモリが這っていた。

「きゃーっ！」

今度こそ、アンナは本気で絶叫した。

「こんなの、どこにでもいるよ」

そう言って、タオがヤモリを払った。アンナは半べそ状態だった。おれも実は爬虫《はちゅう》類は苦手だから、気持ちはよくわかる。東京では、腕をヤモリが這うことはないだろう。

「じゃあ、先に帰る」

タオがそう言って、アンナの手を引くように歩き出したときだった。

「アンナさんっ！」

孝俊が大きな声で呼びとめた。タオとアンナが同時に振り返る。

「お、おれ。アンナさんが好きなんです！」

「はあっ!?」

と、声をあげたのはおれと保生だ。信じられない！　いきなり告白か！

アンナは、「びっくりしたわ」と笑いつつ、どうもありがとう、と言って、そのまま帰っていった。

孝俊は、唖然《あぜん》としているおれと保生に向かって、

「なに今の！　どう思う？　どういうこと？　付き合ってもいいってこと？」

と、興奮気味にたずねてきた。

「いや、ただのお礼でしょ」

保生が言うと、そうなのか？　と孝俊はおれに聞いてきて、おれは、知らんよ、と首を振った。告白現場に立ち会うなんて、はじめてのことでよくわからないし、この急展開についていけない。

「それにしても、孝俊はすごいなあ。いきなり告白か。おれには考えられん。しかもみんなの前で」

保生の言葉に、おれは深くうなずいた。

「だってよ、もーよ、たまらんかったからよ。これ以上、自分のなかだけに置いておけんかったさー」

そんなセリフを照れるわけでもなく、むしろ晴れ晴れとした調子で言う。

「たいしたもんだな……」

「すごい……」

おれと保生は、孝俊のあっけらかんとした態度に感嘆した。絶対に真似できない。いや、真似したくない。

「それにしても、アンナさんの腕にくっつくなんて、なんて図々しいヤモリかあ。おれがやっつける！」

今さらそんなことを言って、孝俊がヤモリをさがそうと四つん這いになる。もちろん見つかるわけはない。

「アンナさん、かわいいよね」

保生がつぶやき、おれもうなずいた。ヤモリに驚いたときのアンナは、確かにかわいかった。

「ダメだからなっ！」

「はいはい」

二人で適当に返事をした。

アンナは、孝俊の告白を本気にしただろうか。冗談だと受け取っただろうか。どうか、少しでも孝俊の想いが届きますようにと、おれはひそかに願った。


祭りから帰ると、伯父さんが花火を用意して待っていてくれた。縁側で父ちゃんと母ちゃんと伯父さんが見ているなか、庭で由真と花火をした。青や黄色や赤の炎がきれいで、次々と新しい花火に火をつけていった。

「征人は中学生になっても、花火が好きだねえ」

母ちゃんが笑いながら言い、そのちょっとばかにしたような言い方に、とたんにつまらない気分になる。

「征人、由真。線香花火で勝負しよう。最後まで火種が残った人が勝ちね」

突然、父ちゃんがそんなことを言い出した。驚いた。明日、島に雪でも降るんじゃないだろうか。それとももしかして父ちゃんは、おれを気遣ってくれたのだろうか。いつもと同じ表情からは、なにも読み取れなかった。

「せっかくだから、家族みんなでやればいいさー。おれが審判ね」

伯父さんが言って、母ちゃんを促し、母ちゃんもその気になって庭に降りた。

みんなで一斉に、ろうそくで火をつける。

チチチ、チチチ、チチチ。

火花のはぜる、小気味よい音がする。こんなに小さく頼りないこよりから、こんなにもいろいろな模様の火花が散るのが不思議だった。消えそうになったと思ったら、ふいに大きくオレンジ色の線を伸ばし、パチパチと四方八方に絡まるように枝を広げてゆく。かと思ったら、情けないほどおとなしく勢いを落とす。

「あっ!」

由真の火種がぽとりと落ちた。

「あーあ」

と言って、由真が急に立ち上がる。そのせいで、今度は母ちゃんの火種も落ちた。

「あら、残念」

母ちゃんがちっとも残念そうじゃなく言う。

「政直と征人の勝負だな」

伯父さんの言葉に、父ちゃんが薄く笑った。父ちゃんの火花は、最初からずっと大きくてとても豪華だった。おれのは、小さくなったり大きくなったりを繰り返していて、不安定この上ない。

ぽとっ。

なんの前触れもなく、父ちゃんの大きな火種が落ちた。

「はい、征人の勝ちー」

伯父さんが言った瞬間、おれの火種もすうっと地面に吸い寄せられるように落下した。みんなの笑い声がした。おれも笑ってしまった。

「一位の征人には、おいしいアイスキャンディーがあります」

「えー、うそー」

由真が伯父さんに抗議する。

「ははは。ビリの由真にもあるさー」

伯父さんがアイスを五本持ってきた。あら、大人も？　と言いながら、母ちゃんが受け取る。父ちゃんもさっそく袋を開けていた。五人で小さな縁側に腰かけながらアイスを食べた。水色のソーダのアイスはとてもつめたくて、歯がキーンとした。


花火のあと、疲れたのか、由真は早々に寝てしまった。父ちゃんと伯父さんは昨日と同じように飲んでいる。父ちゃんは普段飲まないけれど、実は強いほうだと思う。たまに飲んでも、酔ったところを見たことがない。伯父さんは、ほろ酔い加減で少し饒舌《じょうぜつ》になっている。

「征人。お前も少し飲むかあ」

おれの返事を待たずに、伯父さんが小さなグラスに注ぐ。これまでも舐《な》める程度のことはあったけれど、お酒なんてぜんぜんおいしくない。

「うへぇ……」

顔をしかめると、そのうちこれが旨く感じるようになるさー、と伯父さんは笑った。

「征人と酒飲める日が待ち遠しいなあ、政直」

伯父さんが父ちゃんに言い、そうだなあ、と父ちゃんが目を細めた。

「征人が高校生になったら、さみしくなるな」

高校は本島にしかないから、高校生になったら寮生活となる。

「征人は賢いから、医者にでもなるか？　それか、弁護士先生か」

たのしそうに伯父さんが言う。

「そんな頭、あるわけないさー」

母ちゃんが口を出し、おれはまたちょっとムッとした。

「父ちゃん」

「ん？」

「おれ、東京行きたい。東京の大学に行きたいさ」

なんの前ぶれもなく、おれの口から言葉が勝手に出ていた。みんなが一斉にこっちを見る。

言った自分が、今いちばん驚いている。

「おお、そうか。東京の大学か。いいじゃないか。なあ、政直。末は大臣だぞ」

父ちゃんはなにも言わないで、お酒を口に含む。

「また、おだてんでくださいよ。大学なんて行ったたって、たかが知れてる」

母ちゃんがまた口を挟んだ。

「おれ、いっぱい勉強して国立大学を目指す。だからいいでしょ。東京に行っても」

「征人は将来、なんになりたいのか」

伯父さんの問いにすぐには答えられなかった。なにになりたいかなんて、わからない。将来の夢なんてまだなにもない。今のおれの夢は、東京に行くことだ。

黙ってしまったおれに、

「目的もないくせに、東京に行きたいなんて」

と、母ちゃんが不満げに言う。

「……おれ、東京に行きたいさ」

もう一度そう言ったら、なんだか胸がいっぱいになってしまった。これ以上言葉を口にしたら、涙があふれてしまいそうだった。

「征人が行きたいところに行けばいい。先のことは、行ってから考えればいいさ」

これまで黙っていた父ちゃんが口を開いた。おれは父ちゃんの顔を見た。やさしい顔をしていた。うれしいはずなのに、その顔を見たら、どういうわけかもっと泣きたくなってしまった。

「……あ、ありがと」

それだけ言うのが精一杯だった。目の前がふいにぼやける。おれは慌てて立ち上がって、後ろ手にふすまを閉めた。

隣の部屋に入ったとたん、こらえきれずにぶわっと涙が出た。涙はあとからあとからどんどん出てきた。Tシャツの肩部分だけでは足りなくて、お腹の生地をめくって涙をぬぐった。

父ちゃんが、望み通りの言葉を言ってくれたというのに、なにかに負けたような気分だった。父ちゃんを傷つけたと思った。

ごめんなさい、ごめんなさい。おれは心のなかで、何度も何度も謝ったのだった。


次の日の朝いちばんのフェリーで、伯父さんは帰っていった。父ちゃんはおれたちがまだ寝ている明け方前に漁に出て行ったので、今日はまだ顔を見ていない。伯父さんも爆睡していたようで、挨拶はできなかったそうだ。

「政直は本当に働き者だな。あれにはほんと頭が上がらんさ」

朝食の席で伯父さんが言ったとき、母ちゃんがほんの少し眉をひそめたのに気が付いた。もしかしたら母ちゃんは、伯父さんのことが苦手なのかもしれない。

「征人、由真。母ちゃんの手伝いいっぱいして、たくさん勉強しなさいよ」

そう言って、帰り際、おれたちにおこづかいをくれた。母ちゃんは恐縮していたけれど、おれと由真は飛び跳ねて喜んだ。

「伯父さん。美幸ねえねえに、またお下がりの洋服持ってくるように言ってね」

「わかった。必ず言っておくさー」

伯父さんは大きく手を振って、フェリーに乗った。母ちゃんが、ほうっと息を吐き出す。

「これでようやく平常通りだね」

「伯父さんって、なんの仕事してるんか？」

「不動産関係だったかね」

「ふうん」

世界は様々な仕事で成り立っているのだ。自分はまだ、世の中の職業についてなにも知らない。おれが具体的に知っているのは、父ちゃんのサバニ漁と、母ちゃんの海ぶどうの養殖場くらいだ。

「さて、いったん家に戻ったら、仕事に行ってくるさ。あとよろしくね」

母ちゃんは、さっさと歩いて行ってしまった。

「あっ！」

と、由真が声をあげる。

「アンナさんだ。アンナさーん！」

アンナがこちらに向かって歩いてくるところだった。由真がぴょんぴょん跳ねて手を大きく振る。いつの間にか、由真とアンナは知り合いになったらしい。小さい島だから当然かもしれないけど、由真の物怖じしない性格を少し見習いたい。

アンナがこっちに気付いて、手を振り返した。

「アンナさん、きれいだねえ。うちもあんな高校生になりたいさー」

「無理」

「なんで！」

聞いて聞いて、アンナさん！と、由真がアンナにかけ寄って、なにやら耳打ちをしている。

「征人くん」

「はい？」

「由真ちゃんは、とっても素敵な大人になるわよ。もしかしたら歌手になるかもしれないしね」

「ほらね」

由真が得意げに言う。なにが、ほらねだ。おれは、はあ、と生返事をしてひと足先に帰ることにした。

アンナは、孝俊の告白については、特に気にしていないようだった。このまま何事もなかったように葬られるのかと思うと、孝俊が少し気の毒だったけれど、高校生の女の人なんて、おれから見たらまったく次元が違う人に思える。憧れる気持ちはわかるけれど、孝俊のように本気で好きになるという感覚がどうにもわからない。

家に着いて、タオの家から借りてきた本の続きを読んだ。自分と同じ中学生が主人公だけど、おれたちみたいに遊んでばかりいるのではなく、いつも物事について真剣に考えている頭のいい奴だ。

友情について考え、恋について考え、家族について考え、勉強することについて考える。こんな十四歳ありえない、と思いつつも、読み進めるのはおもしろかった。主人公の小さな失敗や新たな気付きを、一緒に共有できる気がした。

標榜《ひょうぼう》、邂逅《かいこう》、欺瞞《ぎまん》、路傍《ろぼう》など、見たこともない言葉が出てきて、しかも、ふりがなさえ振っていないので、漢和辞典で調べながら読んだ。

途中、気分転換に読書感想文の課題図書をめくった。難しい本を読んでいるからなのか、二度目だからなのか、すらすらと読めた。昼になって、母ちゃんが用意してくれたおにぎりを食べながら、続けて読み進めていたら、いつのまにか読み終わっていた。

おれは自分が書いた感想文を読み返してみた。それから、タオの書いた感想文を思い出した。やっぱり自分が書いた感想のほうが、今の気持ちに合っていると思った。主人公のアキラの癖のある性格も、ちょっとした問題行動も微笑ましかったけれど、おとなしいながら責任感が強く、思いやりのあるユタカのほうに好感が持てた。

タオの言いたいことはよくわかったけれど、でもやっぱりそれはタオの感想だった。自分の感想は自分のものでしかないのだ。もちろん、直したほうがいいところはたくさんあったけれど、それでもおおまかなところはこれでいいように思えた。かといって、タオの感想が間違っているというわけではなく、それはもう、人それぞれなのだ。

おれは大きく深呼吸をして、島草履《しまぞうり》を履いた。飛び込みをしたい気分だった。タオの家から借りた本の続きは、またゆっくり読もう。読書感想文も、やっぱり直さなくていいだろう。同じ本を読んでも、人によって感じることが違うというのはすごいことだ。すべては、読む人に委《ゆだ》ねられているのだ。発見だった。その発見をできただけで満足だった。

保生と港で飛び込みをしたあと、家に戻った。

「ただいまー」

「征人、父ちゃん知らない？」

おかえりも言わずに、母ちゃんがたずねる。

「知らんよ」

「あんた、何時まで家にいたね？」

「二時くらいかな」

「……そう」

小さくつぶやいてから、深々と息を吐く。

「まだ帰ってないの？」

時計は五時半を回ったところだ。

「母ちゃんもさっき戻ったばかりだから、わからんけど……」

父ちゃんはいつも四時には帰ってくる。この時間はたいてい、新聞を広げて読んでいる。

「どこかに行ったのかね」

「寄り合いとか？」

「うーん、なにも聞いてないけど。あ、由真は？」

「外にいるよ」

ああ、そう。そう言って、母ちゃんは夕食の準備にとりかかった。

おれはタオの家から借りてきた本の続きを少し読んでから、お笑いのテレビ番組を見た。

夕飯を食べ終わったあと、由真が、宿題教えてよ、と言ってきたけど、自分でやれと断った。

由真は要領がいいので、教えているうちに乗せられて、いつの間にかおれが全部をやることになる。いい加減、おれも学習した。

「父ちゃん、どこ行ったのかね」

夕飯の片付けを終えた母ちゃんの声に、ふと我に返る。時計の針は七時半だ。父ちゃんのこと、すっかり忘れていた。

「ちょっと、大城さんところ行ってくるさ。なにか集まりがあるのかどうか」

孝俊の家だ。おれも行こうかと思ったけれど、ちょうどテレビがおもしろいところだったのでやめた。母ちゃんは身支度をして出かけて行った。


慌ただしく孝俊の父ちゃんが来たのは、それから二十分後のことだ。

「政さん、帰ってないのか」

おれと由真はきょとんとしていた。それから、ぎこちなくうなずいた。孝俊の父ちゃんはおれたちを見たあと、あごを少し上げて、言葉を押し込めるように息をくっと吸い、そして、慌てた様子で出て行った。

ただならぬ雰囲気に、身体の細胞のひとつひとつがざわめく感覚があった。

「にいにい、父ちゃんいなくなったの?」

このとき、おれの頭はやけにクリアだった。視界もさえざえとして、普段は目につかない部屋の隅の埃までもがよく見えた。

「ねえ、にいにい……」

由真の声に、いきなり肌が粟立《あわだ》った。

「にいにいってば！」

立ち上がろうとしたけれど、気持ちだけが急《せ》いて腰が思うように動かなかった。這うようにして玄関に向かう。

「にいにい！　どこに行くの！」

「由真はここで待っとけ！　いいか、ここで待っとけよ！」

「にいにいっ！」

由真の悲鳴のような声を聞きながら、おれは港に向かってかけ出した。途中、足がもつれて転んだ。立ち上がろうとして、また転倒した。

夜の風がなまぬるく吹いていた。早く早く！　と思うけれど、もどかしいくらい足がスムーズに繰り出せない。おれはがむしゃらに走った。途中、また転んだ。見れば左右で違うスニーカーを履いていた。両方とも右足のものだった。

かまわずそのまま走った。港までをこんなに遠いと思ったのは、生まれてはじめてだった。どこまで走っても、永遠にたどり着けない気がした。

港にはすでに大勢の大人が集まっていた。そのなかに孝俊と保生もいた。二人が同時におれを見た。

「大丈夫やさ、征人。心配すんな。なんでもない。これから船を出すから、大丈夫」

保生がかけ寄ってきて言う。

父ちゃんの船は戻っていなかった。他の船はあるのに、父ちゃんの船だけがない。

「すいませんっ！」

漁業組合の顔見知りのおじさんに思わず声をかけた。

「父ちゃんの船、今日見ました？　朝、父ちゃんに会いましたか？　いつもと違わなかったですか？　今どんな状況ですか？」

勢い込んでたずねた。

「朝はいつも通りだったよ。大丈夫、征人。政さんはすぐに見つかるよ。今日はずっと凪《なぎ》だったし、政さんぐらいの腕だったら……ありえんから。心配すんな」

かろうじてうなずく。そんなことわかってる。父ちゃんが腕のいい漁師だということは知っている。今日の海が凪《な》いでいたことも知っている。だから父ちゃんが無事だということもわかっている。全部ちゃんとわかっている。

そう思いつつも、おじさんが遭難という言葉をあえて使わなかったのには、なにか意味があるのだろうかと勘繰《かんぐ》ってしまう。

「大丈夫やさ、征人。なんでもない」

保生はおれと目が合うたびに、大丈夫と言ってくれる。

「え、征人、ケガしてるよ」

保生が言った。肘や膝、他もところどころがすりむけて血が出ていた。ぜんぜん痛くなかった。なにも感じなかった。

大人たちの向こうに母ちゃんの姿が見えた。怒っているような、それでいて泣きそうな顔で、うろうろとあっちに行ったりこっちに来たりしている。まわりの大人たちは慌ただしげに、無線で連絡を取り合い、船の準備をしていた。

にわかに騒がしくなった港のその灯りで、空が紺色に映る。島の大人の男たちがわらわらと動いている。日に焼けた肌。分厚い胸板。隆々とした太い腕。筋肉が張ったふくらはぎ。父ちゃんの身体とおんなじだ。自然を相手にする男たちのたくましい身体。

頭上には満天の星があった。星が今にも降ってきそうな夜空だ。

「あの星の名前知ってるか」

東の空を指さして、おれは保生にたずねた。びっくりしたように、保生が眉を持ち上げる。場違いな質問に戸惑っているようだった。

「あ、あれは、アルタイルじゃないかな。夏の大三角形のわし座」

「そうか」

保生が心配そうにこっちを見る。おれは後ろを振り返って、北の空を見上げた。あれが北極星で、こっちが北斗七星だ。北極星と北斗七星と、冬のオリオン座だけは知っている。

「征人、大丈夫やさ」

「うん、わかってる」

ただ、あの東の空で輝いている、星の名前を聞いてみたかっただけだ。きっと父ちゃんも、海の上で見ているはずだから。

おれに気付いた大人たちが、次々と声をかけて肩を叩いていく。そのたびに、おれは小さな苛立ちを感じた。やさしい言葉なんていらない。同情なんてほしくない。そのくせ、おれに気付いても声をかけてこない人がいると、冷たいじゃないかと、見当違いの憤りを感じた。

みんながいるのに、父ちゃんだけがいないことが、とんでもない間違いに思えた。父ちゃんがここにいれば、いなくなった父ちゃんをすぐに見つけてくれるのに、とありもしないことを思ったりした。

「はい、子どもは、家に帰る！」

どのくらい経った頃だろう。誰かが大きな声で言った。おれたち三人のことだ。

「征人。今日はうちに泊まりなさい。由真と一緒に」

保生の父ちゃんだ。保生も、そうしたほうがいいとうなずく。

「いえ、いいです」

何度か誘ってくれたが断った。父ちゃんが帰ってくるかもしれない。帰ってきたとき、誰もいなかったら、父ちゃんが心配するだろうと思った。

「征人、もう家に戻りなさい」

母ちゃんがそばに来て言う。無理にやさしい顔を作ろうとしているのがわかった。

「由真をお願いね。頼んだよ」

「母ちゃんは？」

「まだもう少しここにいるさ。先に寝てなさい」

そう言って、小さく微笑む。

「送っていくよ。行こう」

保生が言って、おれを促した。

孝俊と保生と一緒に歩き出して、ふと、後ろを振り返った。騒がしく慌ただしい夜の港。まるで映画でも見ているかのような光景だった。

おれは今、目に映るすべてのものを、ひとつ残さずしっかりと頭に焼き付けなければならないと思った。理由はわからないけれど、強く強くそう思った。

「大丈夫やさ。あとは大人に任すさ」

保生が、おれの背中をしずかに押す。

「大丈夫やさ」

保生は港に来てから、何度大丈夫と言ってくれただろうか。

真っ暗闇のなかを三人で歩いた。誰もなにも話さない。ざっ、ざっ、という足音だけが耳に届く。不謹慎かもしれないけれど、今のこの時間がとてもきれいなものに感じられた。孝俊と保生が、こうして一緒に歩いてくれていることが心強かった。隣にいる二人が、頼りがいのある、いっぱしの大人のように思えた。

夜空が星で埋め尽くされている。アルタイル、北斗七星、北極星。父ちゃんも今、同じ夜空を見ているはずだ。

「じゃあな」

家に着いて、保生がおれの腕を叩く。

「うん、ありがとう」

「また、明日な」

ぎこちない笑顔で孝俊が言った。港にいるときからここに来るまで、孝俊はひと言も口を利かなかった。いつもはおしゃべりなくせに、今はじめて口を開いた孝俊の不器用さがおかしくて、それなのに胸がしんとした。

おれは玄関先で大きく深呼吸をして、ただいま！　と元気よく玄関を開けた。

「にいにいっ！」

飛び出して来た由真が、おれの顔を見た瞬間にしゃくりあげる。

「遅くなってごめんな。一人で怖かっただろ。大丈夫。みんなが船を出してくれた。すぐ見つかるさ。心配ないさー」

おれの口からは、ペテン師のような言葉がすらすらと出てきた。妹にこんなふうにやさしく声をかけるなんて、はじめてのことだ。

「母ちゃんは？」

「もう少ししたら戻ってくるさ。先に寝とけって」

「……いやあ」

ひっくひっくと息を吸いながら、由真が涙を拭う。

「由真、お腹空いてないか。焼き飯《めし》でも食べるか」

由真は涙を流しながら、首を振った。それでもおれは台所に立って、記憶をたどりながら焼き飯を作りはじめた。

ゴーヤーを薄切りにして、島らっきょうをみじん切りにする。豚肉が見つからなかったから、ハムで代用した。炊飯ジャーに残っていたご飯をボウルに移して卵を割り入れて混ぜる。フライパンに油を引き、具材を炒める。そこに卵と混ぜたご飯を投入して、パラパラになるまで炒める。塩コショウをしたら出来上がりだ。

「できた。食べよう」

いらないよ、と言いつつ、由真がのろのろと食卓の椅子に座る。

「絶対おいしい、食べてみっ」

「にいにいが作るの、はじめて。食べられるねえ?」

「はじめてにしては上等。いいから食べてみー」

半べそのまま、由真がおそるおそる口に入れた。

「あ、おいしい」

「だろ?」

自分で言うのもなんだけど、本当にうまかった。ゴーヤーの苦味と島らっきょうの酸味が、絶妙に卵ご飯に絡んでいる。

「……こんなの、いつ覚えたの？」

「前に父ちゃんが教えよった。ご飯と卵を先に混ぜておくのが重要って。そしたらご飯がパラパラになる」

父ちゃんが言ったセリフを、そっくりそのまま口にした。あれは、小学六年生のときのことだ。その日、父ちゃんの漁は休みだった。台風が上陸したか近づいているかで、海が荒れて船を出せなかったのだ。家のなかには、どういうわけか父ちゃんとおれしかいなかった。

——お腹すいたなあ。焼き飯でも食べるか。

そう言って、父ちゃんが昼食を作ってくれた。父ちゃんが台所に立つめずらしさから、おれは隣でずっと見ていた。ゴーヤーはこう切る、卵は二個、と、父ちゃんは作り方を丁寧に教えてくれた。手際のよさに驚いたのを覚えている。

父ちゃんの作った焼き飯は、ものすごくおいしかった。ご飯がパラパラで、母ちゃんが作る焼き飯よりも断然うまかった。おれはぺろりと平らげ、おかわりまでした。

——焼き飯だけできれば、なんとかなるさー。

そう言った父ちゃんの笑顔が、鮮明に頭に残っている。そのときは、すぐにおれも作ってみようと思っていたけれど、結局作らずじまいでいた。

「これ、ほんとおいしいよな。おれ、将来、焼き飯の店でもやろうかな」

すっかり食べ終えたあと言うと、

「それは無理」

と、泣き顔の由真にすぐさま却下された。

由真と布団を並べて寝ることにした。中学生になってからは、由真と一緒に寝ることもなかった。真っ暗な夜も目が慣れてくれば、いつもの天井が見える。

「にいにい、もう寝た？」

「寝た」

「起きてるさー」

「お前の声で起こされたさ」

「……ねえ、にいにい。父ちゃん、今どこかね」

すん、と洟《はな》をすする音が聞こえる。

「星空見てるよ。大丈夫、心配すんな」

「……うん。大丈夫だよね。絶対帰ってくるよね」

「絶対に帰ってくるさ」

「父ちゃん、強いよね」

「うん」

しばらくしてから、由真の寝息が聞こえてきた。

おれは天井の木目を見ながら、頭に浮かんでくるさまざまな懸念を振り払った。気を抜くと、悪い想像ばかりが勝手に頭に流れ込んでくる。

おれは、父ちゃんがサバニに寝転んで、夜空を見上げているところを思い浮かべる。太い腕を枕にして口笛を吹きながら、満天の星を見上げているのだ。その姿はたのしげだった。

身体は疲れていて眠いくせに、頭だけがやけに冴えて、浅い眠りと覚醒《かくせい》が交互にやってきた。ふと目が覚めて、父ちゃんと母ちゃんが戻っていないことがわかると、胸をえぐられるような息苦しさに襲われた。そのたびに絶対に大丈夫だと、自分を奮い立たせた。あんなに頑強な身体を持っている父ちゃんには、どんな悪いことも起こらないと。

夢を見た。港にいる夢だ。父ちゃんが帰ってきて、みんなで祝いの酒を飲んでいるのだ。

「征人、心配かけて悪かったなあ」

と、日に焼けた父ちゃんが笑った。やっぱり父ちゃんは帰ってきたのだと、ほっとした。

「由真はどこにいる」

父ちゃんがたずね、おれは由真の姿をさがす。家で寝ているはずだと思って、急いで家に帰る。それなのに、足が思うように動かなくて、家にはちっともたどり着けない。ようやく家に戻ると、由真が起きていて、

「父ちゃんは?」

と、おれにたずねるのだ。そこでおれは、父ちゃんがまだ見つかっていないことを知る。

そんな夢の続きをなんべんも見た。

嫌な汗をかいて目覚めると、もう明け方だった。父ちゃんも母ちゃんも、まだ戻っていなかった。

◇加奈太

「さて、今日はいよいよおたのしみのテントキャンプです。みんな、心の準備はいいかー?」

恒例の日の出を見に行き、ダイエット食のような朝食を食べたあとで、タカさんが陽気な声をあげると、瞬時に場はしずまり返った。

「あれ、元気ないなあ」

タカさんがおどけ顔で眉を下げる。

「すみません。テントって何人用ですか」

海江田が質問した。

「もちろん六人用。六人だからあたり前田のクラッカー」

タカさんの意味不明なダジャレに、場はさらにしんとする。

「ははは、まあまあ。とにかく今日はテントキャンプね。場所は宗見港横の広場。いろいろ準備があるから、三十分後、またここに集まって。今日の当番は掃除を終わらせとくよー」

誰も声を発しないので、タカさんが「返事っ!」と活を入れた。

「……はい」

それぞれが蚊の鳴くような声で返事をする。

「あらら、気合が足らんなあ！」

タカさんがひときわ大きな声で言う。その顔はどことなくたのしそうだった。

サッカー部トリオが掃除をしている間、おれたちはほとんど無言だった。これから明日まであいつらと四六時中一緒にいなければならないなんて嫌すぎる。

「……キビシいなあ」

おれのつぶやきに、ミラクルが深くうなずく。

「問題おきひんかったらええけどな」

「意外とたのしいかもよ！」

光圀の前向きすぎる思考は一体どこからくるのか。

「それにしてもさ、あの子がタカさんの知り合いだったなんて驚きだよねえ！」

気を利かせたつもりか、光圀が話題を変えるも、ミラクルはいっそう不機嫌な顔つきになった。あの子というのは、昨日ユーガンで会った八木橋エマのことだ。恋する中二男子の複雑な心情が、ちょっと笑える。

あのあとセンターに戻って、光圀がエマのことをタカさんに話したところ、

——幽霊じゃなくて残念だったなあ。

と、タカさんは笑った。あきらかに最初から知っている様子だった。おれたちは矢継ぎ早

に質問をしたけれど、タカさんはのらりくらりとかわし、

——エマのことがそんなに気になるか？　かわいいもんなあ。

と笑った。おれと光圀は黙っていたけれど、ミラクルは不自然な硬直ぶりで、どう見てもあやしかった。

——女の子ってのは、するするとどこかに行ってしまう生き物だから、目を離したらだめだよー。

タカさんはそんなふうに言って、ミラクルの肩を叩いた。ミラクルの耳は真っ赤だった。

「ぼくたちのキャンプのあとの、女子キャンプのほうに参加するんだってね。いいなあ。ぼくも交ざりたいなあ」

光圀が言い、ミラクルににらまれる。

「冗談だよう。でもまた会えるといいよね、エマちゃんに」

これについては、ミラクルは無言を通した。わかりやすいミラクルを見るのは、ひそかにおもしろかった。

掃除を終えたサッカー部トリオが戻って来て、テントキャンプについてのミーティングがはじまった。タカさんがスケジュール表を配る。三食作りが主な仕事になりそうだ。

「基本は六人で行動してもらうけど、バディを組むことにします。今から発表する」

うなり声のようなブーイングが起こる。

「海江田竜一と桐山加奈太。大垣至と川口見楽留。栗木裕也と平林光圀。以上、三組です。互いの行動について責任を負うこと。いいねー」

誰も返事をしない。

「いいね！」

「……はい」

みんな、渋い表情で返事をする。さっきまでは楽観的だった光圀も、栗木とのバディは不安な様子だった。おれも、海江田と気持ちよく過ごせる気はまったくしない。海江田のほうをちらりと見ると、海江田は無表情で前を見据えていた。続いて栗木に目をやると、ふいにこっちを見て、目が合うと大げさに顔をしかめた。大垣は顔を天井に向けて、大きなため息をついている。

「食材と調味料は用意してあるから、食事作りは楽勝だよ。なにを作ってもいいです。あ、今日の夕飯だけはバーベキューの予定だから、そのつもりで。自由行動も自分たちで相談して決めてください。ただし、必ずバディと一緒。片時も離れずに行動すること。なにか質問ありますか？　ん？　誰もないみたいだね。じゃあ、荷物を持って広場に行って。向こうで用具の使い方を説明します。はい、さっさと動く！」

タカさんが手を叩いて発破《はっぱ》をかける。おれたち六人はのろのろと腰を上げた。

「冗談じゃねえよ！　おれ、デブとバディなんて死んだほうがマシだぜ」

栗木が聞こえよがしに大きな声を出す。海江田と大垣が失笑する。タカさんにも聞こえているだろうけど、素知らぬ振りだ。おれとミラクルで、今にも泣き出しそうな光圀の背中を押して、広場へ向かった。

テントキャンプをするのは、一昨日サッカー部トリオがサッカーをしていた広場だ。芝が生えている箇所もあるけれど、そのほとんどは剝《は》げていて土肌が見える。一応キャンプ場という看板が立っている。トイレ、シャワー、水道、かまどなどが設置されているが、ここでキャンプをしている人を、おれはこれまで見たことがない。

タカさんが用具の使い方や、注意事項を説明する。おれの隣には、バディの海江田が仏頂面で立っている。

「まずはテントを張ってから、昼食作り。そのあとのことは、みんなで仲よく相談して。バディは離れないよ。ションベンも一緒ね」

笑えない冗談だ。暗澹《あんたん》たる気分になる。青くて広い空と、今の気持ちのなんたる落差だろうか。ここにいる全員が、そう感じているに違いない。

「じゃあ、おれは他にやることがあるから。がんばってね」

タカさんはそっけなく去って行った。

「ったく、無責任なおやじだぜ……」

海江田がぼそりと言う。ムッとしたけれど相手にするのはやめた。先は長い。

タカさんが、無造作に置いていったテントを取り囲む。

「バディなんてくだらねえよ」

栗木が言い、光圀から離れた。大垣もミラクルから離れ、海江田もおれから距離をとった。

この時点ですでに決められたバディはばらばらになり、いつもの三対三に分かれた。

ミラクルがテントの部品に手をやり、おれと光圀もそれにならった。

「なんや、複雑やな」

おれはテントを見るのも触るのもはじめてで、さっぱりわからなかった。

「こんなのもわかんねえのか」

栗木が進み出るも、すぐに顔をしかめ、「ダッセえ！」と叫ぶ。

「これ、いつの時代のテントだよ。こんなの見たことねえよ」

海江田と大垣も、タカさんの用意したテントを見て顔をしかめた。

「うちにあるテントを寄付してやりたいな。ほんと、貧乏くせえ」

大垣が言う。

「こんなことやってらんねえよ。サッカーしようぜ」

海江田が、持ってきたサッカーボールを蹴りはじめた。栗木と大垣もそれに続く。

「おい！　テント張り、手伝えよ！」

思わず呼び止めたが、サッカー部トリオはおれの言葉を完全に無視した。ミラクルと光圀と顔を見合わせ、大きなため息をつく。

「どうする？」

「やるしかないやろ。ほれ、加奈太、光圀。そっち持ってや」

ミラクルが支柱らしきものを立てはじめる。

「前にこういう仕組みのテント、見たことあるわ。とりあえずやってみようや」

そう言って、黙々と作業をはじめる。光圀も手伝うが、おれはまるでやる気がしなかった。

二人とも、お人好しすぎやしないか。

「なんや。加奈太は疲れたか？」

だらしなく手を動かしていたら、ミラクルに声をかけられた。

「少し休んでたら？」

光圀までもが、そんなことを言う。

「……二人とも、ほんとやさしいよな」

「やさしい？」

ミラクルが問い返す。

「そうだよ、やさしいだろ？　そもそも、なんでおれたちがあいつらの分までやらなくちゃいけないんだよ。おれは、はっきり言ってやりたくないね」

「やさしいのとちゃうでえ。せやけど、寝るとこないと困るやろ。あいつらのためやあらへん」

「人が好すぎるよ。おれはごめんだね」

そう言って、おれは作業を中断した。光圀が、おろおろとおれとミラクルを見遣《みや》る。

やさしいという言葉を、こんなふうに揶揄《やゆ》するように使って、友達を傷つけている自分が情けない。その情けなさの原因を作ったのは、サッカー部トリオだ。

おれは無言で、陽気にボールを蹴っているサッカー部トリオのもとへ向かった。ミラクルと光圀が、おれを呼び止めたが無視した。

「おいっ！」

怒鳴るように声をかけた。サッカー部トリオが一斉にこっちを見る。

「おお、これは元サッカー部さんじゃないですか。なにかご用ですかあ？」

栗木が言い、海江田が、「おれのバディさんだあ」と、からかうように言う。

「テント張り、手伝えよ。なんでやらないんだ。みんなの仕事だろ」

なるべく声を荒らげないで言ったけれど、大垣が、「真面目かよ、ダッセえなあ！」と大笑いしたので、一気にむかついた。

「笑ってんじゃねえよ！　遊んでんじゃねえよ！　手伝えよ！　お前らも使うテントだろうが！」

ひさしぶりに出した大声に、喉が熱くなり声が割れる。

「なに、熱くなっちゃってんの？　青春かよ？　まじ、ダセえ」

海江田の挑発的な嘲笑《ちょうしょう》に血がのぼった。

「このっ……！」

思わず海江田につかみかかっていた。ミラクルと光圀が飛んでくる。

「よせっ！　加奈太」

止めに入ろうとしたミラクルを、栗木が羽交い締めにするのが視界の端に見えた。

「おいっ！　なにしてんだよ！」

栗木のほうを向いたところで、頬に衝撃が走った。海江田のパンチだった。思わず地面に倒れる。

「……ってえ」

「やめてよう！」

光圀が叫ぶ。

「うっせえんだよ、デブは黙ってろ」

大垣が光圀の肩を押した。

「やめろっ！」

尻餅をついた光圀を見て、海江田が笑う。

「このやろおっ！」

海江田に突進して、足をすくった。転んだところを押さえ込んで、パンチをお返しする。もう一発食らわそうとしたところ、大垣に首をつかまれた。そのまま倒されて背中を蹴られた。

「なにやってるねん！　やめろやっ！」

ミラクルと光圀が大垣を制す。唇を切った海江田に、今度は腹を蹴られた。ずん、とした痛みが内臓を直撃する。ミラクルが、海江田をおれから引きはがした。

「もうおしまいかよ。かかってこいよ！」

栗木が甲高い声を出しながら、シャドーボクシングの真似をする。大男の大垣は余裕顔でニヤついている。海江田は、切れた唇をしきりに気にしている。お調子者に単細胞にナルシストの三バカトリオだ。

「暴力はやめようよ！」

「おれも、ケンカは好かん！」

光圀とミラクルが叫ぶように言う。

「ほんっと、いくじなしだな」

大垣が、これみよがしに腕をぐるぐると回した。のろのろとおれは立ち上がった。節々が痛い。殴り合いのケンカをしたのなんて、生まれてはじめてのことだった。海江田の頬を殴ったこぶしの感触がまだ残っている。

「……なあ、そんなに勝負したいんやったら、ケンカじゃなくてべつのことでどうや？」

ミラクルが言う。

「べつのことってなんだよ」

栗木が問い返した。

「ほな、まず一人ずつ得意なことを言おうや。それから相談やな」

ミラクルの提案に、サッカー部三人が薄ら笑いを浮かべた。

「バカじゃねえの。おれたちはサッカーに決まってんだろ。そうだ、PKでいいじゃん」

「いや、それやと不公平やろ。そっちは三人サッカー部。おれも光圀もサッカーなんて、ようせえへん」

「メガネは、くだらないことをよく思いつくよな。でもまあ、なんでもいいよ。どうせおれたちが勝つんだからな。そうだな、あとおれは、足の速さだな」

海江田が言って、「おれは腕力かな」と、大垣が腕に力こぶを作ってみせた。

「おれは、シュート」

栗木が言う。

「おれはテニスと将棋やな。加奈太と光圀はどうや」

ミラクルがおれたちを見る。

「ぼくは得意なものなんてないよ……」

光圀が顔を伏せる。

「あるやろ」

「え？」

「光圀は柔道が得意やんか。なあ、加奈太」

「あ、ああ、うん。そうだよ。光圀は柔道が得意だ」

慌てて話を合わせた。ミラクルがとっさに柔道と言ったのはうなずける。光圀の耳は、柔道をやっている人間特有のつぶれ方をしていた。光圀はそんなことひと言も言わなかったけれど、一目瞭然だ。

「加奈太はもちろんサッカーやな。なっ」

「ちょっ……」

ミラクルにやられた感があったけれど、おれの得意なことなんて、実際サッカーくらいしかないのだった。仕方なくうなずいた。

「じゃあ、至とデブで力勝負できるじゃないか。どうだ、至?」

海江田の問いかけに、大垣は唇の端を持ち上げて、なんでもオッケー、といやらしく笑った。

一方の光圀は下を向きっぱなしだ。

「じゃあ、栗木と加奈太はシュート対決でええか」

「元サッカー部との対決かよ!　余裕余裕」

栗木が言い、おれもしぶしぶうなずいた。

「せやな、じゃあ、おれは海江田と走りの勝負でええわ」

おれは驚いてミラクルを見た。目が合うと、ミラクルは片方の眉毛を持ち上げてみせた。

「おれたちのほうが勝ったら、お前らがテントの組み立て全部やれよ」

海江田が言い、

「じゃあ、おれたちが勝ったら、お前たちがやれよ」

おれは、そう返した。たとえ負けたとしたって、最初からおれたちだけがやっていたんだから、あきらめもつく。

「承知しましたあ。元サッカー部さま」

栗木がふざけて、あとの二人が爆笑する。

「よし、決まりや。最初は誰からやる？　主将のジャンケンで、勝ったほうが順番決めることにしよか。ほな、海江田と加奈太」

いつの間にかおれが主将になっている。掃除当番のジャンケンでは海江田に負けたから、今度こそは勝ちたい。

「最初はグー。ジャンケンポイッ！」

海江田はパー。おれはグー。また負けた。

「ジャンケンも勝てないんだな。ほんっと弱いなあ」

海江田のつぶやきに、大垣と栗木がさらに笑う。

「大垣。光圀との力勝負はなんでもええか？」

「ああ、そっちで勝手に決めろ」

各チームに分かれて、相談態勢になる。作戦会議というべきか。

「加奈太、殴られたところ大丈夫？」

光圀が心配そうにおれを見る。

「ありがと。大丈夫」

そこらじゅうが痛かったけれど、顔を洗って出直せば治りそうな気がした。無理やりそう思うことにした。

「光圀は、大垣となんの力勝負がええ？　柔道か？　相撲か？」

ミラクルの問いに、光圀は困ったような顔で考えている。

「ぼく、なにをやったって負けるよ、きっと」

「はじめる前からなに言うとんねん。負けてもええんや。やるだけやってみい」

光圀は頭を抱えている。

「光圀は、柔道やってるんだろ」

光圀の、いかにも強そうな耳を見ながらたずねた。

「……うん。小学二年生のときから、おじいちゃんに無理やり通わされてるんだ」

おれとミラクルで感嘆の声をあげた。すごい。もう六年以上もやっていることになる。

「ぼく、人を倒したりするの嫌なんだ。いつもやられてるよ」

「でも本気出せば強いんだろ」

光圀が首を振る。

「本気ってなに？　倒すのが嫌なのが、本気の自分なんだもの。向いてないんだよ」

うまい励ましの言葉が見つからない。

「じゃあさ、腕相撲はどう？」

とりあえず、いちばん手っ取り早いものを提案した。光圀はため息をひとつついたあと、
あきらめたように小さくうなずいた。

「おーい、へっぽこチーム。もういいかよ。いつまでも相談してたって時間の無駄だぜ」

栗木が手をメガホンにして言う。

「一番目は至とデブ。二番目は裕也と元サッカー部。三番目はおれとメガネ。いいな」

海江田が言う。

「その順番でいいけど、もうひとつ」

「なんだよ」

「おれたちには名前がちゃんとある。デブとかメガネとか元サッカー部じゃない」

おれの言葉に、サッカー部トリオが声をあげて笑う。

「そんなに名前で呼んでほしいなら、この勝負に勝ったら、そうしてやるよ」

海江田が言った。おれはゆっくりとうなずいた。これはもう、絶対に勝つしかない。

「一番目の力勝負は、腕相撲でええか？」

ミラクルがたずねると、大垣は、はあ？　といかにもばかにしたような声を出した。

「腕相撲？　なんだそれ？　柔道じゃないのかよ」

「腕相撲やと、自信ないんか？」

「んなわけねえだろ！　そんなデブ、秒殺だ」

大垣が顔を赤くして言い、おれたちは木のテーブルを囲んだ。

「三回勝負にしよか」

ミラクルの提案に、光圀と大垣がうなずく。光圀はまるで元気がない。気乗りしない様子で準備をはじめている。

「ええか。レディーゴーで手を放すで」

ミラクルが二人のこぶしに手を置いた。

「光圀、がんばれ」

光圀はうつろな目でこぶしを見つめている。応援も耳に入らないらしい。

「至。骨の一本や二本折ってやれよ」

海江田が言う。強くにらんだら、にらみ返された。

「レディー……、ゴー！」

ミラクルが手を放した瞬間だった。あっけなく勝負はついた。光圀の、もちもちとした大きな手は、大垣のごつい手にあっという間にやりこめられていた。

「うそだろっ！　なにこの弱さ！」

栗木が笑いながら叫ぶ。

「大丈夫だ、光圀。あとまだ二回ある」

押さえ込まれた手に、ふうふうと息を吹きかけている光圀に声をかけた。

「二回戦や。準備はええか。いくで、レディー……、ゴー！」

よし、今度は少し耐えている。がんばれ、光圀！　と心のなかで唱えた瞬間、光圀の手は大垣に押しつぶされていた。

「……痛い」

光圀が手首を押さえる。最後、大垣はすでに勝負がついているのに、わざと光圀の手をひねった。

「大丈夫か、光圀」

「うん。あとでちょっと冷やすよ……」

なんて汚い奴なんだ。

「弱すぎて勝負になんねえよ」

大垣が言い、海江田と栗木が笑う。

「一番目はそっちの勝ちやな」

ミラクルの言葉に、全部こっちが勝つんだよ！　と栗木が唾を飛ばす。

「次は、加奈太と栗木のシュート対決や。キーパーどないする？」

大垣が手を挙げた。大垣のサッカー部でのポジションはキーパーだ。

「それはずるいんじゃないか。ミラクルも光圀もサッカーとは無縁だ」

「じゃあ、おれは左手を使わない。これでいいか。お前のちょろいシュートなんて、片手で止められるさ」

大垣が言う。おれたちはその案を呑んだ。こっちのキーパーを誰にするか相談していたら、光圀が手を挙げた。

「さっき負けちゃったから、ぼくが挽回するよ」

「キーパーやったことあるのか？」

「こんな身体だから、体育の授業でサッカーやるときは必ずキーパーだよ」

光圀の言葉に期待が高まる。

「でも、一度も止めたことないんだけどね」

ガクッ、とミラクルがずっこけた。

「大丈夫。ボールに体当たりすればいいんでしょ。ぼく、がんばるよ。加奈太もシュートがんばってね」

「おう」

広場の端には錆びたサッカーゴールがある。天徳島小中学校は生徒数が少ないから、サッカーはあまりやらないのかもしれない。ボロボロのゴールが悲しい。

おれと栗木で三回ずつの勝負になった。先攻をジャンケンで決めた。

「あーあ」

光圀がため息をつく。また負けた。自分のジャンケンの弱さが身に沁《し》みる。

「じゃあ、おれが先攻で」

栗木が言う。PKの先攻と後攻とどっちが有利というわけではない。統計的には先攻のほうが勝率がいいらしいけれど、どっちだって平等にプレッシャーはかかる。

ゴールに光圀がスタンバイする。直立不動だ。

「光圀。両手を広げろ。腰を落とせ」

おれが声をかけて、ようやくなんとなく格好がついた。栗木は余裕でリフティングをしている。途中、足の甲ではずんだボールがとんでもない方向に飛んでいき、たいしたことないと確信した。おれのほうがうまい。

「準備はいいか、デブ」

栗木がボールを定位置に置く。後ろに下がって、光圀を挑発するような動きをしている。光圀は微動だにしないで立っている。栗木がゴールを見据える。助走する。スピードがあがる。足を蹴り出す。シュート！

光圀が右に動いた。ボールの軌道だ。止めろ！　光圀！　いけっ！

栗木が蹴ったボールは、光圀の右脇をすり抜けてネットに吸い込まれていった。

「イエーイ！」

栗木がJリーガーを真似たダンスを踊る。

「止められなかったよう。ごめんねえ」

光圀がとぼとぼと歩いてくる。

「いや、光圀すごいよ。軌道がばっちり見えてただろ」

「うん、ぼく、動体視力はいいってよく言われるよ」

「だろ！　次は絶対止められるよ。今度はその方向にもう少しすばやく移動してみて。きっと身体のどこかに当たって阻止できるから」

おれの言葉に、光圀は少し誇らしげにうなずいた。ゴールされてしまったけれど、光圀の動きは正しかった。次は必ず阻止できると信じた。それになにより、おれが全部シュートを決めればいいだけの話だ。

おれは、ボールを定位置に置いて呼吸を整えた。大垣のキーパー姿はさすがにサマになっている。身体が大きいから威圧感がある。どの方向にしようか迷う。大垣の守りを見たことがないから、どういう癖があるのかわからない。左手を使わないから、そっち側が穴だと思うのは安易な考えだろうか。無だ。無になれ。直感でいくしかない。

助走をつけてボールに向かう。ボールに足が触れた瞬間、ボールと同じ方向に大垣が動く。ボールは鋭く飛んでいき、左のポストにぶつかって、そのままゴールから外れた。

「わあ、惜しい！」

光圀が叫ぶ。サッカー部トリオは大喜びで、はしゃいでいる。

おれは大きく息を吐き出した。大垣の動きは俊敏だった。コースも合っていた。ゴールを外れなくても、おそらく阻止されていただろう。

「へったくそだなあ。ブランクありすぎだろ」

そう言いながら、余裕顔の栗木が定位置につく。ゴールでは光圀が両手を広げている。その姿が、どこかしらたのしそうに見える。

「いいか？　いくぞ」

助走をつけて、栗木がボールに向かう。足を繰り出す前に、栗木が一瞬迷ったのがわかった。ボールは左側の高いところに飛んでいった。光圀がボールとともに左に動いたけれど、ボールはサッカーゴールのかなり上を通っていった。

やった、外した！　おれは、心のなかでガッツポーズをした。

「わりい、わりい」

栗木が手刀を切るようにした。

「裕也、集中しろよ」

海江田が厳しい口調で言い、大垣も不機嫌そうに顔をしかめた。栗木のにやけた顔が、瞬時にひきつる。

これで一対〇。次は絶対に入れる。

「よっしゃあ！」

ひと声発して、おれは気合を入れた。大垣がさっきよりも真剣な顔つきで、ゴールに立っている。おれは天徳島の神様たちに祈った。困ったときの神頼みだ。どうかゴールできますように。

ボールを置いて呼吸を整える。左に決めた。そっちは大垣が手を使えるほうだけど、決められる予感がする。

おれは助走をつけてフェイントをかけた。なのに、大垣は反対方向に動いた。しまった、と思った瞬間だった。おれはまったくの無意識で右側にボールを蹴っていた。

大垣は動いたままの方向に飛んだ。おれの蹴ったボールはなんの妨害も受けずに、素直にゴールネットに吸い込まれていった。

「やったあ！」

ミラクルと光圀が歓喜の声をあげる。大垣が膝をついて、くっそお！　と土をつかむ。

「すごいやん！　加奈太！　かっちょよかったでえ！」

狐《きつね》につままれたような気分だった。身体が勝手に動いていた。

「なんや、おかしい顔して」

ミラクルに言われ、神様のおかげかもしれない、とおれはぼけっとしながら答えた。

「えらい信心ぶかなったなあ、加奈太」

ミラクルが笑う。

「この島に来て、たくさん祈ったからだよ！」

光圀が、当然だというように胸を張る。おれは、あいまいにうなずいた。祈りのおかげもあるかもしれないけれど、もしかしたら集中力だったのかもと思う。

サッカー部時代、おれは適当だった。自分で言うのもなんだけど、おれはサッカーのセンスがあった。小学一年生のときから地区のサッカークラブに入っていた。一応ストライカーだったけれど、どこのポジションもできた。

中学で入部したサッカー部でも、おれよりうまい奴はいなかった。弱小サッカー部にいるのは楽な反面、つまらなかった。

——本気でやれよ。なんで加奈太は、一生懸命やらないんだよ。自分が少しくらいうまいからって、みんなをばかにするような態度はやめろ。

あるとき、部長に言われた。やさしくて、頼りがいのある部長だった。

──ばかになんてしてませんよ。それに本気でやってるし、一生懸命だし。

部長はおれの目を見て、そうか、と言っただけだった。けれど、その話はいつの間にか部内に広まり、おれは先輩たちにあからさまにしごかれるようになった。練習に参加させてもらえず、一人でグラウンド整備や部室の掃除を命じられた。

部長が指示したのでないのはわかっていた。部長はことあるごとに、おれをかばってくれた。黒幕は副部長だった。そのうち、部員たちみんなに無視されるようになった。先輩からの命令に、同級生たちも従わざるを得ない様子だった。

くだらないと思いつつ、おれは傷ついた。なんのためにサッカーをやるのか、わからなくなった。あんなに好きだったのに、おれのなかからサッカーへの情熱はどんどん薄れていった。結局おれはサッカー部を辞めた。

「次も頼むで。加奈太」

ミラクルに肩を叩かれた。

「ああ」

栗木とのPK。こんなにシュートを決めたいと思ったことは、これまでなかったような気がする。おれは、今まで本気でサッカーをしていただろうか。おれががんばったってどうせ負けるからと思って、適当な気持ちで練習や試合に出ていたのではなかっただろうか。

辞めると言ったとき、部長は引き止めてくれた。あのときの部長の顔を思い出して、少し胸が苦しくなる。

「光圀！　任せたでえ！」

ゴールにスタンバイした光圀に、ミラクルが声をかける。光圀が手を振る。

「ぜってえ、外すなよ。わかってるよな、裕也」

「マジ頼むぜ。あんなデブに止められるなよ」

海江田と大垣の言葉に、栗木がうなずく。

栗木が定位置にボールを置いた。栗木の顔はこわばっていた。対照的にキーパーの光圀は、笑顔で両手を広げている。

栗木が助走する。右足を蹴り出した。シュート！　ど真ん中だ。栗木が蹴ったボールは、そのまますっぽりと光圀の腕のなかにおさまった。光圀はほとんど動かないままだった。

「ヒュピーッ！　やったな、光圀！」

ミラクルが指笛を鳴らす。おれは光圀に感心していた。いくらど真ん中に来たとはいえ、かなりスピードが出ているボールは怖かったはずだ。それを、逃げもしないで真っ向からキャッチするなんて、すごい。

「裕也！　お前、ふざけんなよっ！」

海江田が険しい顔で怒鳴りつける。大垣は眉をしかめて、ペッと唾を吐いた。栗木は顔面蒼白《そうはく》だ。

「光圀はキーパーのセンスあるよ！　怖くなかった？」

光圀に声をかけると、

「当たったら痛そうだなあってちょっと思ったけど、怖くないよ。だって、ただのボールじゃない。柔道みたいに人間同士でやるほうがよっぽど怖いよ」

と、光圀は答えた。

「新たな才能の発見やな」

ミラクルが光圀の分厚い肩を叩き、それから「やったれ、加奈太!」と、次は薄っぺらいおれの肩を叩いた。

「おう! やったるでぇ」

なんちゃって関西弁でガッツポーズを作る。

「絶対止めろよ、至! お前にかかってるからな!」

海江田が叫ぶ。大垣は、任せとけ、と低い声でうなずいた。

おれはボールを置いて、深呼吸をした。集中だ、集中。力を出し切れ。真剣勝負だ。

「よしっ!」

両頬を叩いて気合を入れると、さっきやられたところが痛くて、さらに気合が入った。コースは、ボールを蹴り出すときの自分の直感に任せようと決めた。大きく息を吸って、ふと顔を上げると、青空に大きな真っ白い雲が浮かんでいた。天徳島の夏の空だ。

ボールをしっかりと見据えて、走り出した。右足がボールに当たる。いい感触だった。ボールは左高めに飛んでいった。大垣も同じ方向に飛んだ。おれが蹴ったボールは、左端上部のゴールぎりぎりに入った。体格のいい大垣がジャンプして手を伸ばしても、届かなかった。

「すげえ！　ミラクルシュートやん！　加奈太！」

ミラクルがそう言ったので、思わず笑ってしまう。

「加奈太、かっこいいよ！　ぼく泣きそう」

光圀が本当に目をうるませている。

大垣は、すまん、と海江田と栗木に謝ったあと、悔しそうに、何度もサッカーゴールを蹴っていた。

「この勝負、加奈太の勝ちや。これでイーブンやな」

ミラクルの言葉に、サッカー部トリオは誰も言葉を発しなかった。

次はミラクルと海江田の百メートル走だ。

「竜一、頼んだぞ」

大垣の言葉に、海江田は、わかってると無表情で答えた。

「ミラクルは足に自信あるの？」

こっそりとミラクルに聞いてみた。一緒にいた三日間でミラクルの運動神経のよさは充分に伝わってきたけど、海江田との勝負は大丈夫なのだろうか。海江田は自己紹介のときに、足の速さでは誰にも負けないと言っていた。相当な自信があるのだと思う。

「せやな、ほんまは長距離のほうが得意やねんけどな。まあ、大丈夫やろ」

淡々と、ミラクルが答える。

サッカー部の奴らが動こうとしないので、おれたちでスタートラインとゴールラインのしるしを、スニーカーで地面につけた。距離は正確に測れなかったので、目測で百メートルとした。

「光圀と大垣がスタートライン。加奈太と栗木がゴールラインで見ててくれるか」

ミラクルの仕切りに、栗木が「命令すんじゃねえよ」とすごんだが、海江田も大垣も黙っていた。

ミラクルと海江田が、スタートラインに立つ。それぞれ屈伸したり、上体を回したりしている。

「クラウチングスタートでええか」

「当たり前のこと聞くな」

殺気立った海江田が答える。ミラクルが海江田に気付かれないように、肩を持ち上げて手のひらを上に向けた。

スタートの合図は大垣に決まった。おれは、栗木とゴールラインでスタンバイした。自分が走るわけでもないのにやけに緊張して、心臓がおかしな具合にはねあがる。

「位置について」

二人がスタートラインに指をつく。

「よーい」

大垣の声に、二人が腰を上げたのが見えた。

「スタートッ!」

同時にいいスタートを切った。速い。二人とも速い。ほとんど一体だ。あっという間にこっちに向かってくる。

あと十メートル。ミラクルがほんの少し前に出た。めちゃくちゃ速い！　マジ速い！　すごい！　そのままゴール！

「すげえ……」

目の前をかけ抜けていった二人の速さに、思わずぼうっと立ち尽くしてしまった。ミラクルは、ものすごく速かった。驚いた。まったく、ミラクルにはびっくりさせられっぱなしだ。

「今のどっちだよ」

「は？」

栗木の言葉に一瞬呆《ほう》けた。

「あきらかにミラクルだったろ。ちゃんと見てたのか？」

「見てたに決まってんだろ！」

栗木が顔を真っ赤にして怒鳴る。

「うるせえよ、裕也。お前、ちょっとおかしいんじゃねえの？　どう見てもメガネの勝ちだろ。くだらねえ言いがかりつけてんじゃねえよ、ダセえ」

海江田が栗木に言い放った。栗木は、黙って唇を噛んだ。

ゴール地点に、光圀と大垣がやって来た。光圀は満面の笑みだ。

「ぼく、もう心臓がどきどきしちゃったよう。二人ともとっても速いね。オリンピックに出られるんじゃない？」

そんなことを言う。大垣は苦い顔のままだ。

「……おれはメガネに負けた。この勝負、おれたちの負けだ」

海江田が言った。

「ほな、テント作りよろしく頼むわ」

「べつにやらなくていいんじゃねえの……」

栗木が、それでもまだ往生際悪く言い、

「これ以上、恥をかかせんな！」

と、海江田にすごまれた。大垣も忌々《いまいま》しそうに栗木をにらんでいる。

「ちょっと、待てや。あとひとつ約束やろ」

テントのほうに歩いてゆく三人に、ミラクルが声をかける。

「おれ、川口見楽留って名前やねん。メガネじゃないねん。それも頼むわ」

すかさず、おれも「桐山加奈太」と名前を告げた。

「ぼくは平林光圀」

うれしそうに光圀が名乗る。

「……わかった」

海江田が言い、サッカー部三人は背を向けて歩いていった。

「それにしても驚いたよ、ミラクル！　足、めちゃくちゃ速いじゃん！」

「うんうん！　目にもとまらない速さだったよう」

おれたちの賞賛に、ミラクルは「たまたまや」とだけ答え、なんだかかっこよかった。

「せやけど、ちと、やばいなあ」

「なにが」

「あいつらや。あの三人。今の勝負でかなり亀裂入ったでえ」

確かに険悪な雰囲気だった。特に海江田の栗木に対する態度は、あまりにもあからさまで、見ているこっちがひやひやしたくらいだ。

「さて、おれらはなにしょうかあ。昼食作りまでサッカーでもしよか」

そう言って、ミラクルがにやりと笑う。

「ぼく、キーパーやるから二人でシュートしてよ」

光圀もやる気だ。さっきのキーパー体験がかなりたのしかったらしい。

おれとミラクルで順番にシュートをしていった。ミラクルはテニス部だと言っていたけれど、シュートのセンスもよかった。そもそもの運動神経が抜群なのだろう。

光圀も勘がよくて、ボールに触れないまでも、身体の動きはほとんど合っていた。光圀は今からでも遅くないから、サッカーをはじめたほうがいいと思った。キーパーの練習をしたら、めきめきと上達しそうな気がする。

ボールを蹴っていたら、あっという間に汗だくになった。汗を拭ったTシャツもぐっしょりだ。そのうちに、ミラクル対おれの勝負になった。おれはかなり手加減したけれど、ミラクルにドリブルを取られたのには、ちょっとあせった。瞬発力があるから、動きが素早いのだ。

「ミラクル、サッカーはじめろよ」

「サッカーだけはようせん。好かん」

そう言いながらも、足は軽快に動く。光圀は、ど真ん中のシュートをほとんどキャッチした。左右のシュートも身体を持ってゆく方向は大体合っていて、慣れてきたのか、ボールに身体の一部が触れるときも何度かあった。

ミラクルと光圀と一緒にサッカーチームを作れたらたのしいだろうなあと、夢みたいなことを思った。きっと最高のチームになるだろう。

「あっついわあ。ちと休憩しようや」

「喉渇いたあ。死んじゃう」

おれたちは、炊飯場の蛇口からごくごくと水を飲んだ。今、飛び込みをしたら、超気持ちよさそうだったけれど、そろそろ昼食の準備に取りかかる時間だ。サッカー部トリオは、テント作りに手間取っているのか、まるで進んでいないように見える。

「あ、そこは違うで」

テント作りを見ていたミラクルが言って、テントのほうへ歩み寄った。

「先にこれや。こっち組み立てたらできるねん」

そう言いながら、手を動かしている。サッカー部トリオも、さすがに困っていたのか、ミラクルの言う通りに動く。

「そうや。そこ、ちょっと大垣、押さえといてくれへんか。これを差し込むから」

ミラクルに言われた大垣は、その通りに支柱を支えた。それを見た光圀が、大垣に手を貸す。そうなったら、おれもじっとしているわけにはいかなくて、一緒に作業を手伝うことになった。

ミラクルの指示通りに作業をしていったら、瞬く間にテントは完成した。六人でやればこんなに早く完成するのだ。

「さてと、次は昼食や。どないしよか」

ミラクルの言葉に、みんなで顔を見合わせる。誰が作るかが問題だ。

「おい、川口」

海江田がミラクルの名前を呼んだ。はじめてのことだ。海江田は、居心地悪そうな顔をしている。

「なんや」

「もう一回、走りの勝負してくれないか。頼む」

海江田が頭を下げた。驚いた。ミラクルは、腕を組んでなにやら考えている。

「ええで。でも条件がある」

「なんだ」

「タカさんが言っとったやろ。バディ組むってな。おれが勝ったら、バディで行動しようや」

びっくりしてミラクルを見た。バディなんて冗談じゃない。みんなそう思ってるはずだ。

「わかった」

海江田が言った。大垣と栗木が嫌そうにため息をつく。おれも大きく息を吐いた。海江田からの条件はなかった。純粋に、もう一回ミラクルと勝負がしたいのだろう。

ミラクルと海江田がスタンバイする。さっきと同じように、光圀と大垣がスタートラインに、おれと栗木がゴールラインについた。

「位置について」

大垣の声が聞こえる。二人がスタートの姿勢になる。

「よーい……、スタートッ！」

同時に飛び出すのが見えた。速い。やっぱり二人とも速い。一体のまま走ってくる。どっちだ。どっちが先か。

ゴールラインを越えた。おれには二人同時に見えた。栗木の顔を見る。栗木はてっきり、海江田、と言うと思ったけれど、あやふやに首を傾げた。ゴールの先で、二人が膝に手をついて、肩で息をしていた。

「ええ勝負やったなあ……」

ミラクルが言う。光圀と大垣がやって来て、大垣が「どっちだ？」と聞いた。

「同時だったと思う」

と、おれは答えた。

「いや、おれの負けだ」

そうつぶやいたのは海江田だった。

「川口のほうが先だった。そうだよな？」

海江田に振られたミラクルは、わからへん、と首を振った。

「懸命に走ってたから、隣のことまで気ぃ回らんわ」

ふっ、と海江田が鼻から息を吐いた。

「至、裕也、悪い。おれの負けだ。バディ組んでくれ。申し訳ない」

大垣がため息をつき、栗木は神妙な顔をしていた。

「それにしても、本当に二人ともとっても速いね。ぼく、こんなスピード見たことないよ。感動しちゃったなあ」

光圀が顔をほころばせる。

光圀の言葉に、場は肩すかしを食らったような雰囲気となり、なんとなくバディ同士が隣に並ぶ形になった。隣の海江田と目が合うと、険しい目つきでこっちをにらんできたけど、ケンカをしたときのような憎たらしい感情は、もうおれのなかにはなかった。

「お腹減ったよ」

光圀の腹がタイミングよく鳴った。

「昼飯、どうする？」

海江田にたずねると、「カレーでいいだろ」と、仏頂面で返ってきた。

「カレーなら簡単に作れるな」

大垣が言い、そやな、とミラクルが応じた。

「カレーならおれも作ったことある」

栗木もうなずく。

六人でぞろぞろと炊飯場に戻り、昼食の準備をはじめた。カレーのルー、じゃがいも、にんじん、たまねぎ、鶏肉。まさにカレー用の材料がそろっていた。タカさんは、自由に作っていいと言っていたけど、カレーにすることは最初からわかっていたのかもしれない。

「牛肉じゃないのかよ」

栗木の言葉に、みんなが同意するようにため息をついた。おれはちょっとおかしかった。はじめて六人で気が合ったのが、カレーの肉についてだなんて。ちなみにクーラーボックスには、鶏肉しか入っておらず、夜のバーベキュー用の肉は、おそらくタカさんがあとから持ってくるのだろう。

誰からともなく、バディ同士で動きはじめた。光圀と栗木が材料を切り、ミラクルと大垣が飯盒《はんごう》で米を炊く準備をした。ミラクルはキャンプ経験者で、とても詳しかった。米の量や水加減なんて、おれにはさっぱりわからなかったけれど、ミラクルは当たり前みたいに作業していた。大垣も文句を言わずに、ミラクルを手伝っていた。コンロがあるから火熾《おこ》しはしなくてよくて助かった。

おれと海江田は、光圀のリクエストでスープとサラダを作ることになった。スープとサラダなんて思いつきもしなかったが、さすが光圀だ。鍋にお湯を沸かし、コンソメを投入して、最後に溶き卵を入れるだけだ。サラダはレタスをちぎってトマトを切っただけ。

大きな鍋でカレーを煮込む。ルーひと箱で十人分と書いてあるけど、足りるかどうか心配だ。みんな腹を空かせている。ケンカをしたり、腕相撲したりPKしたり走ったりしたあとでは、なおさらだ。

光圀が、にんにくをすったものを、鍋に入れた。

「うちはいつもこうしてるよー。うんとおいしくなるよ。あ、そうだ、牛乳も入れよう。お酒とお砂糖もね」

それで本当においしくなるのか、誰もわからなかったので、みんなどうでもいいようにうなずいた。

いい匂いが漂ってきた。腹がおもしろいようにグーグーと鳴る。あとは、ご飯が炊き上がるのを待つばかりだ。三つの飯盒をひっくり返して十五分後。蓋を開けると、白い湯気が立ちのぼった。

「超絶うまそうじゃん!」

栗木が叫び、みんなも鼻の穴をひくひくとさせた。さっそく盛り付けて、木のテーブルに並べる。カレーライス、サラダ、スープ。レストランで頼んだら、八百八十円くらい取れそうだ。カレーは照りがあって、いかにもうまそうに見えた。

「誰か、なにか言えよ」

席についたところで、海江田が言う。

「なにかって、なんだよ」

おれが問い返すと、「いただきますの挨拶だよ！」と半ギレされた。おれは、笑いそうになるのを堪《こら》えた。

「じゃあ、食事番長の平林が言えよ」

栗木が言う。食事番長という言葉に、またもや笑いを噛み殺した。栗木なりの褒め言葉かもしれない。

「ぼくでいいの？　わあ、うれしいなあ。じゃあ、みなさん、手を合わせてください」

みんな、素直に両の手のひらを合わせる。

「天徳島の神様、どうもありがとうございます。カレーを食べられることに感謝します。ではみなさんで、いただきます！」

「いただきますっ！」

申し合わせたわけでもないのに、みんなの声がそろった。流しこむように、カレーを口に運ぶ。

「うまいっ！」

誰かが叫び、そのあとは、うまい、おいしいの連発だった。ご飯はふっくら炊けていて、カレーも絶品だった。これまで食べたカレーでいちばんうまいかもしれない。あっという間に食べ終わり、鍋に残っているカレーの争奪戦になったので、少しずつ均等に分けることにした。九合炊いたご飯は、先に全部盛り付けたので、なにも残っていない。

おかわりのルーだけを食べたあと、おれたちはようやくサラダとスープに取りかかった。先にサラダやスープを口にするなんていうマナーは、十四歳男子には通用しない。

スープは、まあ、ふつうにおいしかった。海江田と目が合って、互いに少しほっとしたような顔を見せ、瞬時に気まずくなって同じタイミングで目を逸《そ》らした。

なんとなくバディ同士で片付けをして、終わったあと、またなんとなくみんなでテーブルについた。ちょっと憎たらしい感じと、ちょっとうれしい感じが心のなかに同居している。そして、ちょっと照れくさい。

「午後からどないしよかー」

ミラクルが言う。おれは、改めてミラクルの態度に感心していた。なにげなく行動に移したり、言葉に出したりするのが、どれほど難しいことなのかはわかっているつもりだ。ミラクルは、何事も相手に負担をかけずに、あくまでさりげない。おれがやったら、卑屈な笑顔をばらまくだけのわざとらしい態度になってしまうだろう。

そんなことを考えながら、じっとミラクルを見ていたら、

「なんや、加奈太。なんか言えや」

と、矛先《ほこさき》を向けられてしまった。おれは少し考えてから、

「暑いから、泳がないか」

と、提案した。つめたい海に入って汗を流したい。

「それ、いいな」

栗木と大垣が、ぼそりと順繰りに言う。

「ぼくはうきわで浮かんでるよ」

光圀は、にこにこ顔だ。こんなふうに、素直に気持ちを顔に出せる光圀もすごいと思う。いつの間にか、特に中学に入ってからは、おれは本当の気持ちを隠すことに慣れてしまった。サッカー部トリオも同じだと思う。かっこつけて気持ちを隠しているうちに、どれが本当の気持ちかわからなくなって、硬い鎧《よろい》を脱げなくなっていた。光圀を見ていると、その鎧がどれだけかっこ悪くてダサいことなのかが、よくわかる。

「おれは最後にもう一回、川口と勝負したい」

海江田が言った。

「おれもＰＫ、またやりたい」

「おれも止めたい」

栗木と大垣もそう言って、うなずいた。

「ええけど、この炎天下やから、走りとＰＫは夕方にせえへんか？　とりあえず海に行こうや」

さえぎるもののない広場には、夏の熱光線が容赦なく注いでいる。いちばん暑くなる午後に、走り回るのはかなりきつい。

サッカー部トリオたちはなにも返事をしなかったけれど、納得したのか、のろのろと腰を上げて着替えに行った。おれたちも海パンをはいた。

六人で自転車を走らせる。強烈な日差しのこの時間、外に出ている島の人は誰もいなかった。まるで、この島全部がおれたち六人だけのものみたいだ。

いちばん近いのは天浜だけど、毎朝、日の出を見に来てるので、もう少し先まで行くことにした。

「ここにしようぜ。超絶きれいな貝殻もいっぱいあるし」

先頭を走っていた栗木が自転車を止める。長龍浜だ。

「栗木くん、ここは泳げないよ。タカさんも言ってたでしょ。神様が降り立った神聖な浜なんだよ」

光圀が困り顔で言う。

「とりあえず、降りてみようぜ」

そう言って、栗木はどんどん進んでいった。海江田と大垣もあとに続く。おれたちは顔を見合わせて、あきらめたようについていった。

栗木がいきなり海に入った。

「だめだよう!」

光圀が大きな声で制する。さすがバディだ、と思った瞬間、栗木が波に足をすくわれて転倒した。そこに次の波が来た。あっという間に、栗木の姿が見えなくなった。

「はあっ⁉」

大垣が頓狂《とんきょう》な声を出して海に入る。慌てた様子で海江田も続く。えっ、と思う間もなく、今度は大垣と海江田が同時に転倒した。白い波が、いきなり二人に覆いかぶさる。

「なんやっちゅうねん！」

ミラクルがかけ寄る。おれも急いで、波に入った。

「なんやこれ！　どないなってんや、おい！」

大垣と海江田は、忽然《こつぜん》と姿を消していた。今ここで転んだだけだというのに、影も形もない。遠浅の海岸の、決して高くない波だ。さらわれるわけがない。

「どこ行きよった！」

「おいっ！　海江田！　大垣！　栗木！」

膝まで浸かった波打ち際で、ミラクルと呆然と顔を見合わせる。寄せては返す波の音だけが耳に届く。

「ありえへん！　こないにおかしいことあるかいっ！」

足が着かなくなる地点は、浜辺からずっと先だ。透明度の高い海水なのに、いきなり三人の姿が見えなくなるなんて、考えられない。

「行くな、ミラクル！」

おれは、沖に出ようとするミラクルを呼び止めた。

「ミラクルまでさらわれたらどうするんだ！　おれ、タカさん呼んでくる！　ここで待っててくれ！」

走り出した瞬間だった。光圀がなにやら叫んで、右手方向にかけて行った。

「どうしたんだよ！　光圀！」

「来てっ！　加奈太！　ミラクル！　早くっ！」

光圀が走って行く方向に目をやった。岩肌が大きくせり出しているところに、赤いものが見えた。栗木が着ていたTシャツだ。無我夢中でかけ出した。ミラクルも気付いて走ってくる。

「栗木っ！」

栗木が波に押さえつけられるような形で、岩肌にへばりついていた。急いで手を貸して、上に引き上げる。

「大丈夫かっ！」

はあはあ、と息が荒い。

「海江田！　大垣！」

ミラクルが叫ぶ。栗木がいた岩肌の向こう側に二人の姿が見えた。二人とも岩にしがみついている。慌ててミラクルと一緒に、二人を引き上げた。海水を飲んだのか、ごほごほと咳《せ》き込んでいる。

「よかったあ」

光圀が半泣きの声で言いながら、準備よく用意してきていたタオルで、三人の身体を拭きはじめた。

「ほんと、よかった……」

思わずつぶやいたら、へなへなと力が抜けた。今頃になって、心臓がばくばくしはじめた。本当にあせった。人の命が目の前で、ふいに消えるかもしれないという恐怖。本当に怖かった。

「ほんま無事でよかったけど、なんやったんや、今の。なんで、あんなとこまで流されたんや。ありえへんで」

ミラクルの言う通りだ。どうして、ここまで一瞬のうちに流されたのか、まったくわからない。

「バチが当たったんだよ」

光圀がさらりと言う。サッカー部トリオが光圀を見る。

「こないだも、ここでよくないことしたでしょ。ここの海には入っちゃいけないんだよ。神様が怒ったんだ」

光圀が言っているのは、キャンプ二日目のことだ。あのとき、サッカー部トリオはバシャバシャと海に入って、そして浜にいたヤドカリを放り投げたりした。

「でも、きっと許してくれたんだと思うよ。だから助かったんだ」

そう言って、光圀が海に向かって手を合わせて目を閉じる。サッカー部トリオは血の気が引いたような顔で、光圀をぼんやり見ていたけれど、大垣が手を合わせたのを機に、海江田と栗木も海に向かって、しずかに目を閉じた。おれとミラクルもつられて手を合わせた。おれはとりあえず、天徳島の神様に謝まり倒して、サッカー部トリオが無事だったことのお礼を言った。

だってどう考えたって、こんなことありえない。こんな遠浅の浜辺で転んだだけで、なんで三十メートルも南側に、まるで瞬間移動みたいに流されるんだ？

光圀の信心深さには少し呆れていたけれど、もしかしたら本当に神様がこの浜に降り立って、今も天徳島に住んでいるのかもしれないと思った。そうじゃなければ、説明がつかない。

「でもほんと、見つかってよかった。大変なことが起こったかと思った」

おれが言うと、ミラクルも深くうなずいた。

「人間て、簡単に死んでしまうんやと思うたら、なんやこう、切なくなったわ……」

ミラクルの言葉に、おれたちはしんとした。死というのは、自分とはかけ離れた、まったく関係ないものだと思っていたけれど、実はすぐそこにあるのではないだろうか。あのまま、サッカー部トリオが見つからなかったら、もしかしたら死んでいたかもしれないのだ。

「……あっという間だったんだ。足をすくわれたと思ったら、一気に身体を持っていかれて、海のなかだった。泡や小石が見えた。ああ、おれ、おぼれてるんだ、って思った。そしたら身体が痛くなって、気付いたら岩にぶつかってた」

栗木が言い、「おれも」「おれも」と、海江田と大垣がうなずいた。

「ルールは守らなくっちゃね。神様はいつでも見てるよ」

今のこの時点で、光圀だけがしっかりしているようだった。なんというのか、信じるものがある奴は強い、と思ったりした。

サッカー部トリオは、腕やら足やらをすりむいていたけれど、そんな小さな怪我は、もはやどうでもいいようだった。

おれたちはしばし沈黙した。それぞれがきっといろんなことを考えていたと思う。天徳島のことや、神様のことや、死ぬことや生きること、このキャンプのこと、おれたちの出会いのこと。

水平線には入道雲がかかっていた。空の青と海の青。そのそれぞれに、またいろんな種類の青があった。

「この先のマジーラ浜に行こか。そこでちょっと泳ごうや」

しばらく休んだあとで、ミラクルが言った。サッカー部トリオは顔を見合わせてから、情けない顔で首を振った。

「おれ、今はちょっと海は怖いわ。泳ぐのはパスしたい」

海江田が言う。そう感じるのも、もっともかもしれない。今、流されたばかりだ。小さく相槌《あいづち》を打ちながら、素《す》の海江田が垣間《かいま》見えたような気がして、おれはうれしかった。

「ねえ、じゃあ、飛び込みはどう?」

自分はやらないくせに、光圀がそんな提案をした。

「そうだね。港は波もないから、流されることもないよ。それに、とにかくおもしろいし！」

と、おれも乗った。

「せやな。そうしようや」

ミラクルも明るく誘ったけれど、サッカー部トリオは不安げな表情だ。

「……いや、ごめん。やっぱりまだ怖いわ」

海江田が言い、大垣と栗木も小さくうなずいた。意気消沈しているサッカー部トリオを見たミラクルと光圀も、一転真面目な表情になった。

命の危険にさらされたばかりだから、サッカー部トリオの気持ちもわかる。わかるけれど、おれは海を苦手に思ってほしくなかった。キャンプは明日で終わる。海に入れるのも今日が最後だ。せっかく来たんだから、天徳島の海に対して、いいイメージを持って帰ってほしかった。

「大丈夫だよ、海江田！　飛び込みは、ほんとおもしろいんだ。今日は波も穏やかだし、さっきみたいなことはもうないよ。おれたち、昨日たくさん飛び込みをしたんだ。ミラクルなんてもう、前転しながらの飛び込みもできるんだぜ。なっ」

ミラクルに目配せするように、声をかける。

「あ、ああ、そうや。頭から飛び込んだり足から飛び込んだり、後ろ向きで飛び込んだり、宙返りしたりな。そら、おもろいでえ。こんなおもろい遊びせな、もったいないわ。光圀も飛び込んだもんなあ。なあ、光圀」

今度はミラクルが、光圀に振る。

「うん！　ぼくも飛び込んだよっ！　すごくたのしい体験だった。きっとぼく、一生忘れないと思う。海江田くんも大垣くんも栗木くんも、絶対にやったほうがいいと思うよ。ぼくができたんだから、三人なら余裕だよ」

光圀が満面の笑みで言う。

サッカー部トリオは、またそれぞれの顔を見合わせた。まだ少し迷っている様子だった。

「やろうよ！　ほんと、おもしろいから！　だまされたと思って、一回だけやってみてよ」

おれは、これ以上ない元気な声で誘ってみた。

「……どう、やってみるか？」

海江田が、大垣と栗木に目をやる。

「なんだかおもしろそうだな」

大垣が言い、「ちょっとやってみたいかも」と栗木が言った。

「そんなに勧めるなら、やってやるか」

海江田がこっちを見ながら言った。

「うん！　やって損はないよ！」

おれは胸を張って答えた。サッカー部トリオの不安は消えたようだ。

「ほな、戻ろか。飛び込みできるんは宗見港のほうやから」

ミラクルが音頭をとり、おれたちはまた六人で自転車を走らせた。さっき来た白い一本道を戻っているだけなのに、来たときとはまるで違う心持ちになっているのが不思議だった。

おれは力任せに自転車をこいで、先頭に行った。

「世界は広いよなあ！」

こぎながら後ろを振り返って、大きな声でみんなに聞こえるように叫んだ。みんな一瞬呆《あっ》気《け》にとられたような顔になって、それからクスリと笑った。

「突然なに言うてんねん！」

ミラクルが叫び返して、立ちこぎになった。おれを追い越して先頭に立つ。栗木も急にスピードをあげたかと思うと、海江田も大垣も一気にペダルをこぐ足を速めた。いつの間にか五人で競うように、自転車を走らせていた。土埃が舞う。

「ちょっとー、みんな待ってよう！」

光圀の声を背中で聞きながら、夢中になってペダルをこいだ。こいでいるうちに、ものすごくおかしくなって、おれは声をあげて笑っていた。


宗見港の飛び込みポイント。サッカー部トリオは最初こそためらっていたけれど、一度やってしまえば、これほどたのしいものはないようだった。順番に次々と飛び込んでいった。

腹を打ち付けたり、顔面を強打したりしながらも、新しい技のために、おれたちは飛び込みを繰り返した。光圀はうきわで浮かんだり、甲羅《こうら》干しをしたりして、一人気ままに過ごしていた。

ミラクルは昨日からさらに進化して、後方宙返りに挑戦し、その合間にサッカー部トリオに、前方宙返りのコツを教えていた。おれは、見えない敵とはもう戦わなかった。きれいにまっすぐに着水することを目標にがんばった。冗談で空手チョップ飛び込みをしたけれど、特に盛り上がらなかったので早々にやめた。

雲が広がってきて太陽を隠したけれど、暑さは変わらない。おれたちは、次々と飛び込んでは笑って、失敗した誰かをひやかし、うまくできた誰かに拍手を送って、また意味もなく笑った。

さんざん飛び込みをして、いいかげん飽きてきたところで休憩となった。雲間から、ときおり顔を出す太陽がまぶしい。大の字で仰向けになると、コンクリートの熱さが背中や腿に伝わってきて、海水で濡れた身体がじんわりと温まった。

「飛び込み、おもしろいな」

大垣が言い、

「だろ」

「だな」

と、おれと海江田の声がそろった。

「さすがバディや、仲ええやん」

ミラクルが笑う。おれと海江田はなんとも言いようがなくて、互いにそっぽを向いたけれど、そう悪い気もしなかった。

お調子者の栗木は、飛び込みをしないで寝そべっている光圀を見て、「ちょうどいいテーブルがあるなあ」などと言って、光圀の腹に水筒を置いたりしていたけれど、そんな行動のあれこれはべつに不快ではなくて、どちらかというと微笑ましくじゃれ合っているような感じだった。光圀もたのしそうに笑っていた。

大垣は、休んでいるミラクルを起こして、後方宙返りの教えを請い、ミラクルもまんざらでもなさそうに教えていた。

「サッカーしようぜ」

そう言って、海江田が立ち上がったのは、暑さが少し弱まってきた頃だ。

「桐山、一緒にやろうぜ」

おれを見下ろして言う海江田に、おれは考える間もなく大きくうなずいていた。なんだか、胸のあたりが一気に外に向かって大きく開いたような感覚があった。サッカーがしたかった。ボールを蹴りたくて、へその奥がうずうずした。

「百メートル走はええんかい」

ミラクルがたずねる。

「ああ。もういいよ。川口のほうが速いってよくわかったからな。何度やっても同じだろ」

海江田が言った。

「おれ、こう見えても府大会上位組の常連やから」

ミラクルが胸を張って、わははと笑う。海江田はふうっと、ため息だか笑ったのだかわからないような息を吐き、

「川口はサッカー嫌いって言ってたけど、一緒にやろうぜ」

と、ミラクルも誘った。

「ええで。サッカーようやらんけど、人並みにはできるしな」

どこまでも強気なミラクルがおかしい。

「じゃあ、広場に戻ろう。平林もキーパー頼むよ」

海江田の言葉に、光圀の顔がぱあっと明るくなる。

みんなで広場に戻るとき、ミラクルに、

「海江田は、人たらしやな。顔もええし、ありゃずるいわ」

と、耳打ちされた。人たらし。はっきりとした意味はわからなかったけれど、海江田のように気が回って、結局は憎めない人間のことを言うのだろう。おれはおおいにうなずいた。


サッカー部トリオと、おれたち三人とに分かれて、試合形式でサッカーをした。キーパーは、光圀と大垣だ。ボールを追って広場を走り回るのは、文句なしにたのしかった。海江田も栗木も現役サッカー部とあって、かなりうまかった。けれどなにより驚かされたのは、またもやミラクルだ。サッカーは大嫌いだと自己紹介で言っていたくせに、当たり前みたいにドリブルをし、パスを阻止し、俊足を生かしてゴールまでボールを運んだ。

キーパーの大垣には、シュートをたびたび止められた。午前中のPKでは左手を後ろに回していたから、よくわからなかったけれど、大垣はすばらしいキーパーだった。キーパーに目覚めた光圀も、シュートを四回に一回は止めた。みるみる上達するのが手に取るようにわかって、うれしかった。

広場を走り回るおれは自由だった。自分が好きな方向に動いて、ボールを蹴る。そんな単純なことが、ただただ無性にたのしいのだった。息が切れても足がへとへとでも、サッカーボールを追って、好きなように走れるおれは、どこまでも自由なんだと実感できた。結局、勝負は十二対四でおれたちが負けたけど、気分は最高だった。

あっという間に日が傾きかけていた。タカさんが現れる様子はなく、おれたちは腹が空きすぎたので、置いてあったホットケーキミックスで大量にホットケーキを焼いて食べた。それでも足りず、マシュマロの大袋を見つけたので、食べようということになった。

「マシュマロの表面を焼くと、超絶うまい」

と、「超絶」が口癖らしい栗木が言うので、おれたちは各自、そのへんに落ちている枝を見つけてきて、マシュマロに刺して火にかざした。マシュマロに焼き色がついて、中身がとろけて、悶絶《もんぜつ》するほどうまかった。大垣が火であぶり過ぎて、マシュマロの原形がなくなって溶け出すという失態をおかし、みんなで大笑いした。

「遅くなってごめんなー」

マシュマロの甘さで喉が痛くなった頃、ようやくタカさんが登場した。腹はだいぶ満ち足りていたけれど、肉は別腹だ。

「おっ、バディ同士で行動してるじゃないか」

タカさんが言い、まわりを見渡してみると、おれたちは自然とタカさんが決めたバディ同士で隣に並んでいた。

いつの間にか夕暮れだった。かすみがかった青と紫の空を、鮮やかなピンク色が染めている。息を呑むほどの美しさだ。東京で見る夕暮れは、オレンジ色が多い気がするけれど、昔、何度か印象的なピンク色の夕焼けを見たことがあった。

あれは、確か六年生の夏休み明けの頃だ。サッカーの練習試合の帰りだった。中学受験に向けてのラストスパートで、あの日はおれが参加する最後の練習試合だった。

土日に行われる練習試合は、保護者が当番制になっていて、コーチにお茶を出したり、子どもたちにスポーツドリンクや冷やしたタオルを配ったりする。お母さんは朝早くから支度をして、参加してくれた。お母さんが大きな声を出して、応援してくれるのがうれしかった。そんな声を出すのは、サッカーのときだけだったから。

試合の帰り、おれはお母さんと川べりの土手を歩いていて、そのあまりにきれいなピンク色の夕焼けに二人で立ち止まった。きれいねえ、と言ったそばから、お母さんが涙ぐんで、おれはとてもびっくりした。

――あはは。ごめんね、なんでもないのよ。なんだか昔のこと思い出しちゃって……。

昔っていつのことだろう。それは悲しい思い出だろうか、たのしい思い出だろうか。そんなことを考えて、なにも言えなかった。二人でただ、暮れてゆく空を眺めていたのだった。

その頃はまだ、お父さんとお母さんが離婚するなんて思ってもいなかった。狙っていた私立中学は進学校だったけれど、サッカーの強豪校でもあって、おれは自分なりに目標を決めてがんばっていた。

離婚の話を知ったのは、突然のことだった。おれに伝えられたときは、もうすでに離婚することは決定事項で、おれはそれを受け入れるしかなかった。それなのに、お父さんかお母さんかどちらかを選べと、とうてい決めきれないことだけをおれにたずねてきた。

おれは正直、お母さんと住みたいと思った。だから、お父さんを選んだ。お母さんと住みたい気持ちのままお母さんを選んだら、お父さんの存在が消えてなくなるような気がした。お父さんを選べば、おれの両親に対する気持ちは、イーブンになると思った。思ったくせに、おれのなかには、もどかしさが募っていった。

天徳島のピンク色の空が、薄闇に覆われてゆく。親が離婚したことも、受験を取りやめたことも、サッカー部を辞めたことも、すべてが遠い昔の話みたいだった。

「なに、ぼけっとしてんねん。手伝えや」

ミラクルに肩を叩かれた。ミラクルがバーベキューセットをあごでしゃくる。悪い悪い、と謝って、ミラクルと一緒に広場に運んだ。

「なあ、ミラクル。人間て素直がいちばんだよな」

「なんや、急に！　また中二病発症かいな。勘弁してや」

ミラクルは笑ってそう言いつつも、

「でも、せやな。光囫見てると、ほんまそう思うわ」

と、うなずいた。

「おれさ、怒りの感情だけで生きてきた気がする。両親への怒りと、あとサッカー部辞めたことへの怒り」

「なんや、おっきな話になってきたでえ！」

ミラクルが笑う。

「加奈太のおとんとおかん、離婚したって言うてたやんな」

「ああ」

「大人は勝手な生きもんやで。せやかて、子どもかて勝手な生きもんや。世界中のみんな、勝手やでえ」

ミラクルの冗談みたいな言葉に笑おうとしたら、思いがけなく鼻の奥が熱くなった。

「この辺でええかな」

ミラクルが言って、おれもバーベキューセットをおろす。

「なあ、加奈太。おれも勝手な生きもんやで。光囫かてそうや。加奈太も勝手でええんちゃうかー。サッカー、またはじめたらええやん」

紺色に染まった空の下、おれは、ミラクルの言葉に小さくうなずいた。

「ようやく肉にありつけるな！　たらふく肉食おうぜ！」

元気よく言った自分の声が少し鼻声で、おれはちょっとはずかしかった。

バーベキューは、カルビや骨付き肉やウインナーがたくさんあって、野菜も食べろよ、というタカさんの忠告を無視して、おれたちはがむしゃらに肉だけを食べた。なんでこんなに腹が空くのか、本当に不思議だ。

なかでも光圀と大垣の食べっぷりは、気持ちいいを通り越して驚愕だった。ほとんど飲み込むようにして食べている。

「食べ盛りだなー。おれはもう、そんなに食べきれないさー」

タカさんの言葉に、栗木が「年だからしょうがないよ」と言い、なにぃ！　と、タカさんにヘッドロックをかけられていた。

雲の隙間から、輝く星がいくつか見えた。東京で見る星とはまるで違う。ひとつひとつの星がとても明るいのだ。波の音がＢＧＭのように流れている。耳を澄ますと、鳥の鳴き声や虫の声が聞こえる。

光圀と栗木がなにやらたのしそうに話しているのが見える。意外と気の合う組み合わせかもしれない。海江田や大垣のご機嫌を取って行動するよりは、調子っぱずれの光圀をからかっているほうが、性《しょう》に合っているのだろう。

「バーベキュー片付けたら、キャンプファイヤーやるよー」

タカさんが言う。たった六人でキャンプファイヤーをして、はたして盛り上がれるのかわからないけれど、おれは少しだけ胸がわくわくした。

「みんなでフォークダンス踊るよー」

タカさんの言葉に、みんな口々に冗談じゃない！　と言い合って笑った。

タカさんとミラクルが、広場の中央に薪《まき》を組み立てている間に、おれたちはバーベキューの片付けをした。サボる奴は誰もいなかった。

小さな土台に、タカさんが点火する。真っ暗だった広場が明るくなる。おれたちは火を囲んで、つらつらと雑談をした。ハマッてるゲームのことや、好きな音楽のこと、学校のこと、部活のこと。そのどれもがおれたちの日常だった。みんなそれぞれの場所で、同じようなことをしているのだと思うと、なんだかとても安心できた。

タカさんがCDデッキで音楽をかけたけれど、昔の曲ばかりであまり盛り上がらず、今度はギターを取り出してきた。

「もーえろよー、もえろーよー、ほのおよ、もえろー」

タカさんが一人で軽快に歌い出し、おれたちは爆笑したけれど、タカさんはおかまいなしに歌い続けた。そのうち、誰も知らない昔の歌謡曲まで弾きはじめ、おれたちはあきらめの境地で、タカさんに存分に歌わせてあげた。

途中、栗木が、ちょっと弾かせて、とタカさんからギターを借り、聞いたことのない曲を弾きはじめた。そのバンドを知っていたのは海江田だけだったけれど、けっこうメジャーなバンドらしかった。

「裕也、すげえ。かなりうまいよ」

と、海江田がほめていた。今日のＰＫでの栗木の失敗で、少し険悪な雰囲気になったかと思ったけれど、大丈夫そうだった。海江田にほめられて、栗木はうれしそうだったし、海江田も心から、栗木のギターの腕前を称《たた》えているように見えた。海江田は、確かに人たらしだ。

「う、うわあっ！」

突然、大垣が叫んだ。

「なんだよ！　急に」

「びっくりさせんなよ！」

と言ったおれたちも、急に現れた人影に腰を抜かしそうになった。

「やっほー。来ちゃった」

エマだった。エマが登場したのだった。思わずミラクルに目をやると、放心したように立ちすくんでいる。

「誰だよ、びっくりさせんなよ……」

大垣が、大声を出したことを恥じるようにつぶやく。海江田と栗木も驚いた顔をして、突然現れたエマを凝視している。

「おお、来たんか。みんなに紹介する。来週からの女子キャンプに参加する予定の、八木橋エマさん。まあ、おれの親戚みたいなもんです」

サッカー部トリオは、そろって目を丸くしている。

「エマちゃん、こんばんは」

光圀が笑顔で挨拶をする。

「なに、知り合い？」

栗木が興味津々な様子でたずねた。

「すっごくかわいくない？　君、めちゃくちゃかわいいね」

人たらしの海江田がエマに話しかける。あまりにストレートな物言いに、ミラクルがぴくっとしたのがわかった。今日のエマはTシャツに短パン姿だったけど、それもまたかわいかった。

「どうもありがとう。そんなことより、あなたたち、昨日お墓を蹴ってたわよね」

サッカー部トリオが顔を見合わせる。しまった、という顔だ。

「わたし、見てたのよ」

エマが厳しい顔つきで言う。

「ええ？　うそでしょう？　君たちそんなことしたの！　ぼく信じられないよ！」

光圀が芝居がかって言う。自分も見ていたくせに、なんてしらじらしいんだ。

「あっ、わかった！　だから今日、あんな目に遭ったんだよ。お墓を蹴って、神聖な海に入ったら、神様やご先祖さまが怒るはずだよ。流されたのも、当然のことかもしれないよ」

光圀が続ける。昨日ユーガンで、お墓を蹴ったサッカー部トリオを、光圀はとても悲しんでいた。

「は？　なんて？　流されたってどういうことよ？」

タカさんの顔つきが変わる。

「お前たち、墓蹴ったのか？　それに、長龍浜で泳いだってどういうことか！」

おれたちは全員直立不動となった。タカさんが本気で怒っているのがわかったからだ。

「すみませんでしたっ！」

海江田が頭を下げると、大垣と栗木も「すみませんでしたっ！」と頭を下げた。

「おれに謝る必要はないっ！　神様に謝れっ！」

タカさんの剣幕に、おれたちは思わずのけぞった。

「もうとっくに謝りましたぁ」

と、言ったのは光圀だ。天才的な空気の読めなさを尊敬する。タカさんが頭を振って、大きく息を吐き出した。

「ケガはなかったのか？」

サッカー部トリオは、潮に流されて岩肌にぶつかり擦《す》り傷を作ったけれど、

「大丈夫です」

と、口をそろえて答えた。

「あとさ、この子たち、買い食いもしてたわよ」

エマが手柄でも立てたかのように言う。タカさんはエマをにらみ、

「そこまで言わんくていい」

と、ぴしゃりと言った。エマがつまらなそうに口をとがらせる。そんな仕草もかわいかった。ミラクルを見ると、案の定、目尻を下げていた。

「この島は神様の島。人間でないものもたくさんいる。お前たちは、まだそのへんの認識が甘いみたいだな」

そう言って、タカさんは腕を組んで、おれたちをぐるりと見回した。

「よし。夜もふけてきたことだし、せっかくだからドゥヤーギーの話をする」

「ドゥヤーギー？」

サッカー部トリオが聞き返す。おれたち三人は顔を見合わせて、目をきょろきょろとさせた。光圀はすでに、自分の身体を抱くように両腕を交差させていて、おれはおれで、やっぱり鳥肌が立っていた。

「ドゥヤーギーは、天徳島にいる妖怪のこと」

タカさんが低い声で話しはじめ、おれはぶるっと身震いしたのだった。

◆征人――三十年前

父ちゃんの船が見つかったという連絡があったのは、父ちゃんがいなくなって三日目のことだった。やっぱり父ちゃんは帰ってきた！　と、おれは喜んだ。けれど港にあったのは、父ちゃんのサバニの残骸だった。

おれはこのときはじめて、もしかしたら父ちゃんはもう生きていないかもしれないと思った。それは頭のほんの片隅で思ったことで、多くの部分では、きっと大丈夫、いつか帰ってくる、と固く信じていた。けれどどういうわけか、その「もしかしたら」という思いは、その後どんどんどんどん大きくなって、「きっと大丈夫」を少しずつ侵食していった。

身体の中心に、ぽっかりと穴が空いたような喪失感があった。この喪失感をどうしたら埋めることができるのか、どうしたら慣れていけるのか、まるでわからなかった。

由真は日中、率先して友達と遊び、夕方になって帰って来ると、父ちゃんがいないと言って泣いた。悲しい現実に一時的にふたをして遊び、安心できる我が家で泣くという、由真らしいやり方だった。由真なりに、父ちゃんのいない現実を受け入れているのだと感じた。

母ちゃんはじっと耐えているように見えた。なにかあれば連絡がくるからと言って、いつも通りに照屋さんの海ぶどうの養殖場に手伝いに行った。

「母ちゃんは、父ちゃんのこと心配じゃないの！」

由真はそう言って泣いたけれど、母ちゃんは毅然としていた。

「父ちゃん帰ってくる。今はあんたたちにご飯を食べさせることが第一さ」

母ちゃんが言うと、由真は、ご飯なんていらない！　と怒ったけれど、それでも腹は減るし、夜になったら眠くなるのだ。

おれは、孝俊と保生が誘ってくれて一緒に遊んだけれど、てんでだめだった。遊びに夢中になってしまった、その一瞬後に父ちゃんのことを思い出しては、すさまじい自己嫌悪に陥った。父ちゃんの不在そのものよりも、父ちゃんのことを少しの間でも忘れて過ごしていたという罪悪感に、自分自身が耐えられないのだった。

島中が父ちゃんが戻らないことにピリピリしていて、そして、みんなおれたちにやさしかった。四日が過ぎて、五日が過ぎた。父ちゃんについての情報はなにもなかった。父ちゃんの生存は絶望的だろうと、誰もが思いはじめていた。

おれは泣けなかった。父ちゃんが帰ってくるかもしれないのに、泣いてしまうのは違う気がした。そのくせ、頭のどこかでは、父ちゃんのいない生活に慣れなければいけないのだと、すでに父ちゃんの帰宅をあきらめている自分もいるのだった。

六日目。おれは家で一人、タオの家から借りた本を読み終えた。字を追っていたら、いつの間にか終わっていたのだった。感想という感想はなかったけれど、難解だったためか、ささやかな達成感だけが残った。

視線を上げると、すだれ越しに夏の午前中の明るい日差しが見えた。反対に、自分がいる部屋のなかは、ほの暗い。ほんの数メートル歩けば、あの日差しのなかに入れるのに、なぜか今おれがいる場所から、すだれの向こうはとても遠くて、別世界のような気がした。

父ちゃんは今、どこにいるのだろう。どこかの島に漂着して、洞窟のなかから外の日射しを見つめている父ちゃんの姿が、ふと頭に浮かんだ。それは今の自分と同じ状況だった。父ちゃんは船を見つけて急いで洞窟から出て、大きく手を振るのだ。船が気付いて、父ちゃんを無事に救出する。

そこまで想像して、おれは勢いよく立ち上がってすだれをめくった。刺すような夏の光が飛び込んできて、思わず目を伏せる。そうだ、タオの家に行こう。手元の本を返して、新たにべつの本を借りよう。もしタオがいなくても、アンナがいるだろう。

台所で顔を洗って、外に出た。なんだか自分が自分でないような、心と身体が一致しないような感覚だった。それを振り払いたくて、おれはタオの家まで力いっぱい走っていった。

「本貸して」

出てきたタオに、息を切らしたまま玄関先で言うと、タオは無表情で、どうぞ、となかに入るように促した。おじさんもアンナもいないようだった。

汗だくのおれに、タオがさんぴん茶を出してくれたので、一気に二杯飲んだ。

「好きな本を持ってっていいよ」

タオはそう言ったきり、なにやら難しそうな本を読んでいた。おれは、なるべく字が大きくて薄い本をさがした。国語の授業で、名前を聞いたことのある作家の本が何冊かあったので、それを借りることにした。字は小さかったけれど、それほど厚くなかった。

「ありがとう。じゃあな」

「あ、ちょっと待って」

帰ろうとしたところ、タオに呼び止められた。

「おじさんのこと」

「うん、ああ。大丈夫。どうもありがとう」

タオに、父ちゃんのことでなぐさめられるのはぴんとこなかったし、できればその話題には触れてほしくなかった。タオだけは、いつも通りにどこか超然としていてほしかった。

「待ってよ、征人。話があるんだ」

タオに再度、呼び止められた。

「なに」

「ドゥヤーギーのことだ」

ふっ、と鼻から息が漏れた。こんなときにドゥヤーギーの話をするのが、タオなのだ。

「征人。ドゥヤーギーの力って知ってるか?」

「力? なんのことか?」

「死者を生き返らせる力だ」

一瞬の間《ま》のあと、おれは大きな声を出していた。

「父ちゃんのことかっ！　タオは、おれの父ちゃんが死んだと思ってるんか！」

タオはおれの目をじっと見つめ返した。

「もう丸五日経った。海で遭難したときの生存率は……」

「言うなっ！」

そんなことわかってる。ちゃんとわかってる。ぜんぶわかってるんだ。おれだって、父ちゃんはもう生きていないかもしれないと、どこかで思ってる。でもそれを、自分以外の誰かに言われるのは嫌なのだ。

「これを見てくれ」

タオが差し出したのは、古ぼけて茶色っぽくなった紙の束だった。

「お父さんの資料から見つけたんだ。ドゥヤーギーのことが書いてある」

タオんちのおじさんは民俗学者だ。この島の神事や民話について調べている。

「だから、なにって！」

紙の束から目をそむけて、おれは言った。

「ドゥヤーギーの体毛を手に入れることができれば、死者が生き返るんだ」

おれは目をむいて、タオを見た。そしてそのまま、タオの家をあとにした。

島の組頭の大人たちが家にやって来たのは、その日の夜だった。孝俊の父ちゃんもいた。

「政さんがいなくなってから六日になります。海で遭難者が出た場合の、島の儀式についてだけどね……。わたしたちもそんなことやるのはあれだけど、これもしきたりさ。政さんを、神様に返さんといけないんですよ」

母ちゃんは、沈痛な面持ちで話を聞いている。

船が沈没した場合、その後一年、生死がわからないときは、家族などが失踪宣告を家庭裁判所に申し立てると、法律上死亡したものとみなされるらしい。

だから、組頭たちが言っているのは、法律的なことではない。早い話、この島独自の葬儀を済ませろ、ということだった。

「わたしたちも、もちろん、政さんが生きてることを願ってますし、無事だと信じてます。だけどそれはそれ、これはこれ、なんとか了解してもらえませんかね……」

大人たちはそう言って、母ちゃんに向かって手をついて頭を下げた。

冗談じゃないと、おれは思った。儀式だかなんだか知らないが、父ちゃんの葬儀を勝手にやるなんて、絶対に嫌だ。そんなことをしたら、生きている父ちゃんが、本当に死んでしまうかもしれないいじゃないか。

「……はい、わかりました。よろしくお願いします」

母ちゃんが、小さく頭を下げた。

「ちょっと待って！　だめだよ！　それじゃあ、父ちゃんが死んだってことになるだろ！」

おれは大きな声でさえぎった。その剣幕に驚いたのか、由真がべそをかきはじめる。

「なんでみんなで、父ちゃん死なせようとする！　生きてる！　帰ってくる、絶対帰る！」

父ちゃんが生きてることを、百パーセント信じているわけじゃないくせに、おれはむきになってそう言った。

突然、ひゅひーっと、錆びた扉を開けるような音がした。母ちゃんが息を吸ったのだった。母ちゃんの目から、涙がぼとぼとと落ちていた。母ちゃんが泣いているところを、おれはこのときはじめて見たのだった。

「征人、ごめんねえ……」

「なんで母ちゃんがごめんか！　父ちゃん生きてる！　大丈夫やさ！」

母ちゃんは背中を丸めて泣いていた。おれは母ちゃんの背中をさすった。母ちゃんの背中を触るなんてはずかしかったけど、今ここで、気の利いた言葉を言うよりは簡単なことだった。

母ちゃんの背骨が、手のひらにはっきりと感じられた。痩せてしまった、と今頃気付いた。頭を見ると、白髪もたくさんあった。父ちゃんがいなくなってから、一気に年をとってしまったのだろうか。それとも、おれが気付かなかっただけで、徐々に老いていたのだろうか。

「征人」

孝俊の父ちゃんが、おれの名前を呼ぶ。

「ごめんな、征人。ここの決まりさ……。天徳の、海人《うみんちゅ》の決まりさ。政さんもこれは知ってたし、わかってくれる」

「……だめ、いやだ。帰って。帰ってください。お願いだから帰って」

おれの声は、今にも泣いてしまいそうに震えていた。

組頭の人たちは同情するような視線でおれたちを見て、それから母ちゃんに向かって、よろしくお願いします、と再度頭を下げて帰って行った。

組頭の人たちが来る前と今とでは、家のなかの空気がまったく違うように感じられた。おれたち三人だけが、世界から取り残されたような気分だった。

由真が母ちゃんに寄り添って、同じように背中を丸めて泣きはじめた。おれは二人の背中に手をやった。こんなの芝居じみてばかみたいだと思いながら、二人の背中をさすった。

「母ちゃん。父ちゃんの葬式するの？　父ちゃん、死んだわけ？」

由真がたずねる。

母ちゃんが由真の頭をなでた。母ちゃんはもう泣いていなかった。

「葬式とは違う。ここの特別な決まりさ。それやったからって、父ちゃんが帰ってこないわけじゃない。一応の決まりだからやるだけさ。父ちゃんはそのうち帰ってくるよ」

由真は母ちゃんの腕をとって、無理やり腕を組んでしがみついている。六年生にもなって、甘えすぎだろうと、ぼんやりと思う。

「……儀式ってなにをやるの」

海の遭難者が出たときに行う神事があるらしいのは知っていたけれど、実際に見たことはなかった。

「ユーガンの崖で、神がかりのおばあたちが祝詞《のりと》をあげて踊りをおどって、海の神様にお礼をするんだよ」

「お礼？」

母ちゃんは少し言いよどんでから、「大漁の約束」と答えた。

「大漁の約束？　意味がわからない。どういうことね？」

おれは、そう聞き返した。

「供犠《くぎ》の代わりに、大漁が約束されるんだよ」

「くぎ？」

と、問い返したのは由真だ。おれも意味がわからなかった。

「ああ、ごめんごめん。まあ、いいさー。父ちゃんは大丈夫だよ。そのうち、ひょっこり戻ってくるよ。あんたたちはなにも心配しないでいいからね。ただの儀式だから」

母ちゃんはそう言ったけれど、なんだか腑《ふ》に落ちなかった。島のしきたりとはいえ、父ちゃんを勝手に死んだことにしてしまっていいのだろうか。

母ちゃんと由真が寝たあとで、おれは国語辞典を取り出した。「くぎ」という言葉の意味を調べようと思ったのだ。辞書の薄い紙をめくってゆく。

「く……くき、くぎ……、口義、区議、句義、……供犠、あった。これだ」

——【供犠】神にいけにえを捧げること。また、そのいけにえ。神と人との関係を成立させる宗教的儀礼として行われる。

「はあ⁉　なんか、これ⁉」

驚きのあまり、声が出る。いけにえ？　いけにえってなんだ？　父ちゃんがいけにえだということだろうか？　父ちゃんをいけにえとして捧げるから、大漁になるというのか？

これまで感じたことのないような怒りが湧き上がる。そんなの許せるもんか。

「いつの時代かっ！　なんか、この島は！　ふざけるなっ！」

思い切り叫びたかった。島草履を履いて外に出る。

「くそおおおっ！」

悔しくてばかばかしくて悲しくて、おれはわめきながら、めちゃくちゃに走った。夜の空気は生温かくて、まるで島が吐き出す呼気みたいだった。島そのものが、もぞもぞとうごめいているような感覚があった。おれは港まで全速力で走った。

波の音が大きく聞こえる。潮の匂いが強い。空には星が瞬いていた。父ちゃんがいなくなったあの日とおんなじだ。

「おーい！　とーちゃん！　とーちゃーん！」

海に向かって何度も叫んだ。つ、と涙が流れた。泣いたらだめだ。泣いたら、父ちゃんが死んだことになってしまう。そう思いながらも、涙は勝手にあふれてきた。

「とーちゃーん！　どこにいる！　とーちゃーん！」

涙と鼻水が口に入って、しょっぱかった。

「とーちゃーん！　おれも母ちゃんも由真も、みんな待ってるんだよー！　早く帰ってきてー！　とーちゃーん！　お願いやさー！　とーちゃーん！」

見えない水平線に向かって、しゃくりあげながら叫んだ。

「父ちゃん……父ちゃん……」

泣き崩れて膝をつき、おれはうわごとのように、父ちゃん、父ちゃん、と何度も何度も呼んだのだった。


翌日おれは、朝いちばんでタオの家に向かった。出迎えてくれたのはアンナで、アンナはおれの顔を見たとたんに涙ぐんだ。孝俊だったら、アンナの涙を、やさしいとか思いやりがあるとか言うのかもしれないけれど、今のおれは、独りよがりでうっとうしいとさえ感じてしまった。

「タオいますか」

アンナがこれから口にしようとする言葉をさえぎって、おれは言った。アンナはおれの苛立ちに気付かない様子で、いたわるような顔を見せたあと、タオを呼びに行った。起きたばかりなのか、タオはねぼけ眼《まなこ》で出てきた。

「征人か、早いなあ。おはよう」

「タオ。昨日の話、聞かせて。ドゥヤーギーの話」

そう言った瞬間、タオは目を大きく開けて、背筋をすっと伸ばした。

出かけるというアンナの外出を待って、タオの家で話を聞くことになった。おじさんは昨日から本島に渡っているらしかった。

「征人には酷なことかもしれないけど、これは征人のおじさんが亡くなっているという前提での話になる。それでもいいか」

おれはうなずいた。

「死んでから一週間以内に実行しなくてはいけないんだ。これを見てくれ」

昨日の資料だった。目が釘付けになる。そこにはドゥヤーギーとおぼしき、妖怪の絵が描かれてあった。はじめて目にする、不気味で奇っ怪な生き物だった。

「身長はおよそ一メートル二十センチ。緑色の毛で覆われていて、手足だけが細くて長いんだ。指先には長い鉤爪《かぎづめ》。目と舌は真っ赤で、鋭い歯を持っている。この鉤爪で内臓を取り出して、この歯で死体を食べるんだ」

ゾッとした。長く湾曲した爪で、死体を食べる場面が頭に浮かぶ。

「この島は昔、風葬の習慣があったでしょ。死体を野ざらしにするっていう。その頃は、ドゥヤーギーの目撃談もいくつかあったらしい。風葬がなくなってからは、骨だけをバリバリと食べるみたいだね。本当は肉や内臓のほうが好きらしいけど」

そう言って、タオが笑う。おれは、とてもじゃないけれど笑えなかった。

「前にタオが見たっていうドゥヤーギーも、こんな感じだったんか」

「うん。緑色の毛に覆われたものが動いてた。これと同じだと思う」

本当にこんなものがこの島にいるのだろうか。いや、いけにえを捧げて大漁を祈るような島だ。なんでもいるに決まってる。

「こないだは、ほんとに知らないで集落のほうからユーガンに入ったんだけど、この資料にもそう書いてある。死んだ人を生き返らせるには、一週間以内に南側の集落からユーガンに入る。そして、深夜二時半から三時半の間にドゥヤーギーの体毛を手に入れて、それを長浜から、日の出と同時に、浜にある白い小石と一緒に流すんだ」

ごくり、と唾を飲み込む音がした。自分の喉から出た音だった。

「ただし、ドゥヤーギーの体毛を手に入れるには条件がある。自分のいちばん大事なものを、差し出さなければならない。ドゥヤーギーと取引をするんだ」

「いちばん大事なもの……」

「ああ。でも、モノじゃなくてもいいんだ。自分がいちばん大事に思っていることでもいい。例えば征人が、数学のテストで百点を取りたいと願っていたら、それでもいいんだ。百点の代わりにドゥヤーギーの体毛を手に入れる。すると、もう二度と征人は、数学で百点が取れないことになる」

苦手な数学のことを言われてギクッとしたけれど、おれは慎重にうなずいた。

「そうすれば、父ちゃん帰ってくるんだよな」

「うん、そうだ。どうする。やってみる?」

やる、とおれは答えた。

「もう時間がない。やるなら今夜だ。いいか」

「わかった」

「それと、もうひとつ」

タオに見つめられて、おれもタオを見た。

「征人のおじさんのことはもちろん心配だけど、ぼく自身の関心はドゥヤーギーそのものにある。ドゥヤーギーにもう一度会いたい。征人とは、目的が違うことを知っていてほしい」

なんと答えていいかわからなかった。怒ってもいいような、でもありがたいような、正反対の気持ちが同じくらいあった。

ふいに、『インディ・ジョーンズ』を観に行った帰りのフェリーを思い出した。写真家になりたいと言ったタオ。切り取られた写真の、そのまわりを想像できる写真を撮りたいと言っていた。写真の横にドゥヤーギーがいると想像できるような写真を、と。

タオはまっすぐな視線でおれを見つめていた。タオのなかには、ぶれない芯みたいなものがあるように思えた。

「わかった」

おれは大きくうなずいた。タオのことを、信頼している自分がいた。

それからおれたちは、綿密に計画を立てた。自分たちの姿を他の人間に見られたら、ドゥヤーギーには会えないということだった。港には漁師たちがいるかもしれないけれど、そんな時刻にユーガンに行く物好きはいないだろう。

島の儀式の前に、父ちゃんをいけにえとして差し出す前に、ドゥヤーギーの力を借りて、どうしても父ちゃんを取り戻したい。そのためなら、なんでもやってやる。おれは、そう強く決心した。

それからの時間は、まったく落ち着かなかった。家に戻り、必要なものを準備しはじめたけれど、鼓動が高まってどうにも集中できず、水を何杯も飲んだりした。

夜道を歩くための懐中電灯、ドゥヤーギーの体毛を入れて、長龍浜から流すときに使う瓶。あとは、あ、そうだ。ドゥヤーギーをおびき寄せるための生肉も用意したほうがいいだろう。冷凍の豚肉を見つけたので、母ちゃんに見つからないように取り出しておいた。持っていくものは、それくらいだろうか。

あとは、ドゥヤーギーとの取引のための、おれのいちばん大事なものだ。昔、聡にいにいからもらった、札幌オリンピックの記念硬貨と、今年の誕生日に買ってもらったラジカセがいちばんの宝物だけど、そんなんじゃだめな気がした。もっともっと大事なものでなければ、父ちゃんの命は戻ってこないと思った。

おれは自転車を走らせて、長龍浜まで行った。誰もいなかった。波の音だけが、しずかに一定の間隔で聞こえていた。

ぼんやりと海を眺めた。神様が降り立ったという神聖な浜。明日の朝、ここに来ることはできるだろうか。ドゥヤーギーの体毛を手に入れることはできるのだろうか。

腰を下ろして手をついたすぐそばを、小さなヤドカリがちょこちょこと歩いていた。

「おれのいちばん大事なもの……」

声に出して言ったとたん、ぱっと頭に浮かんだことがあった。

そうだ、それしかないじゃないか！　よし、決めたぞ！

勢いよく立ち上がり、海に向かって頭を下げた。どうかどうか、うまくいきますようにと、心から祈った。


深夜一時。ふすまを細く開けて、隣の部屋をのぞく。母ちゃんと由真は眠っている。島の夜は早い。仮眠しようか迷ったけれど、起きられる自信がなかったのでずっと起きていた。家を出る時間まで、ラジカセにイヤホンを挿してラジオを聴いていたけど、内容はまるで頭に入ってこなかった。

暗がりのなか、おれは物音を立てずに玄関に向かい、そうっと家を出た。しばらく外で様子を見ていたけれど、母ちゃんには気付かれなかったようだ。

夏祭りをやった広場の入口でタオと待ち合わせている。資料に徒歩で、と書いてあったわけではなかったけれど、自転車だと暗くて危ないし、ライトを点けていたら誰かに見つかる可能性もあるので、歩きで行くことに決めたのだ。

暗闇に目が慣れても、島の夜は真っ暗だ。

「早かったね」

いきなり声がして振り向くと、青白い生首が暗闇にぼおっと浮かんで、思わず声をあげそうになった。タオが懐中電灯を下から顔に当てているのだった。

「お、驚かせるなよ」

タオが、ふっ、と笑う。

「じゃあ、行こうか」

「うん」

おれたちは、身体を寄せ合って歩きはじめた。怖いのではなく、視界が悪かったからだ。懐中電灯の灯りで、誰かに見つかったらまずい。懐中電灯を点けるのは、どうしてもという緊急時と、ユーガンでドゥヤーギーをさがすときだけにしようと、二人で決めた。

南側から西にあるユーガンに行くのは、これまではじめてのことだった。禁忌を犯しているという後ろめたさに身体が縮こまったけれど、だからこそ信じられた。絶対にドゥヤーギーに会って、取引を成功させる。

「征人、ストップ」

拝殿にさしかかったところで、タオがおれの腕を引いた。

「な、なに」

「あとひとつ、言い忘れたことがある」

タオがおれの腕に手をかけたままで言う。

「拝殿を通り過ぎてからは、ひと言も話しちゃいけないし、後ろを振り返ってもいけない。

これから先、言葉を発するのは、ユーガンに着いてから、ドゥヤーギーと取引をするときだけだ。ドゥヤーギーとの取引が成功した場合も、長龍浜での作業が終わるまではなにも話してはいけないし、振り返ってもいけないいんだ。いいか？」

おれは慎重にうなずいた。

「よし、行こう」

おれたちは、さっきよりもさらに身体を寄せ合って歩きはじめた。今度は、視界云々《うんぬん》ではなく、ただたんに怖かった。真っ暗闇のなか、死者が眠るユーガンに行くのだ。怖いもの知らずのタオも、緊張しているのか、かすかに身体が震えている。

星は見えなかった。夜空は雲に覆われている。月明かりもない夜中に、自分の勘だけを頼りに少しずつ歩を進める。恐怖だった。今にも、得体の知れないなにかに取り込まれそうだったし、後ろから誰かが、ひたひたとついてきているような気がしてならなかった。

風が強い。そういえば台風が近づいていると、テレビで言っていた。

ごおおおおっ　ごおおおおっ。

木々が音を立てる。なんの音だろうか、ときおり、ヒィーッ、という女の悲鳴のような音も聞こえた。いつしか、おれとタオは手をしっかりと握り合っていた。

とんでもないことをしているという罪悪感と、とんでもないことが起こるのだという恐怖。そのなかに漠然とした期待感と、説明できない甘さのようなものがあった。

ごおおおおっ　ごおおおおっ　ヒィーッ。

どこまで歩いても、たどり着けない気がした。今おれたちがいる、この時間が現実なのか夢なのかさえわからなくなった。タオと握っている手のひらが、汗でぬるぬると湿ったけれど、お互い離すことはできなかった。

おれたちは恐怖心と闘いながら、黙々と歩いた。おれたちのまわりを、この世のものではないなにかが取り囲んでじっと見つめている気がして、何度も声をあげたくなった。

どのくらい時間が経った頃だろう。空気の質が変わったことに気が付いた。つめたい空気が頬をなでる。タオが懐中電灯を掲げ、点けるぞ、というジェスチャーをし、おれはうなずいた。

真っ暗闇のなか、懐中電灯の灯りだけでは心許なかったけれど、それでもここがユーガンだということはわかった。灯りの先に、大きな墓石の一部が見える。

タオが腕時計に目をやる。懐中電灯で照らすと、デジタルの文字が2:34となっていた。広場からここまで一時間以上もかかったことになる。ふつうに考えたら二十分あれば可能な距離だ。時間の感覚がおかしかった。もしかしたら途中、次元の異なる時空に足を踏み入れたのかもしれないと、不安になる。

ごおおおっ　ごおおおっ　ヒイィィーッ。

大きな一陣の風が吹く。おれたちはユーガンの崖に近い墓まで行き、六畳ほどもある誰かの墓を通って、中ほどまで進み出た。

タオがリュックをおろし、おれも荷物を地面に置いた。互いに懐中電灯で照らし合いながら、おれはタッパーからドゥヤーギーをおびき寄せるための生肉を出し、タオは一冊の本を取り出した。用意はできた。互いにうなずき合う。

「ドゥヤーギーさま」

タオが大きな声を出した。少しかすれている。

「ドゥヤーギーさま。いらっしゃいましたら、どうかおいでください。お願いがあって参りました。ドゥヤーギーさま、どうかおいでください」

ごおおおっ　ごおおおっ　ごおおおっ。

強い風に、身体を持っていかれそうになる。

「死者を生き返らせるために、やってきました。どうか、お取引をお願いします」

ヒイィイーッ　ヒイィイーッ。

白い着物を着た髪の長い女の幽霊が、耳元で叫んでいるような風の音に身の毛がよだつ。

「ぼくの名前は八木橋タオです。ぼくのいちばん大事なものを差し上げます。ぼくが尊敬しているカメラマンの写真集です。すでに絶版になっているものです」

そう言って、タオが写真集を地面に置く。写真家になりたいと言っていたタオ。きっとこの写真集は、タオにとって、とても大切な宝物なんだろう。

今度は自分の番だ。おれは大きく息を吸い込んでから、思い切り声を出した。

「桐山征人です。ぼくのいちばん大事なものを差し上げます。ぼくの夢は、高校を卒業したら東京に行くことです。その夢を差し上げます。東京に行くことはやめます。この島にずっといます」

声は震えなかった。ちゃんと言えた。

おれは東京へは行かない。父ちゃんがいいと言ってくれた東京行きだけど、その夢をあきらめることなんて、ちっとも惜しくなかった。父ちゃんが帰ってくるなら、なんでもする。

「ドゥヤーギーさま。これらのものと引き換えに、桐山政直の命をお戻しください。ドゥヤーギーさまの、貴重な緑色の体毛を分け与えてください」

二人で声をそろえて言った。このセリフは、資料に書かれてあったものだ。同じセリフを三回繰り返した。桐山政直の命、と声に出すたびに、父ちゃんはすでにこの世にはいないのだという現実が迫ってきて、胸が詰まった。

おれとタオは、自分の大事なものを言葉に出し、セリフを唱えた。それを、何度も何度も繰り返した。

「ドゥヤーギーさま、どうか出てきてください。どうかどうか、お願いします。父ちゃんを取り戻してください。生き返らせてください。おれはもう、なにも望みません。東京なんて絶対行きません。どうかどうか、父ちゃんの命を助けてください」

辺りに目を凝らしながら、おれは繰り返し懇願した。しばらく待って様子を見て、動きがなさそうだと判断すると、場所を移して最初から仕切り直した。ドゥヤーギーの名前をなんべんも呼び、おれは東京行きの夢を何度も差し出した。

「どうかどうか、ドゥヤーギーさま、出てきてください。お願いです。取引してください」

なまぬるい風が大きく吹いていた。荒れた波の音が強く耳に届く。

(あっ!)

息を止めるような気配とともに、タオが突然かけ出した。なにか見つけたのだろうか。おれも、慌ててタオのあとを追った。タオが辺りを懐中電灯で照らす。

タオは、おれの顔を見て、

(な・に・か・い・た)

と、唇だけを動かした。

びっくりして、鼓動がとたんに速まった。近くを動き回って、懐中電灯を照らす。怖かったけれど、それよりも早くドゥヤーギーに会いたかった。会って、取引をしたかった。

周辺をくまなくさがした。ドゥヤーギーらしきものの姿は見当たらない。

ふいに、足元を懐中電灯で照らしていたタオに、腕をつかまれた。タオの懐中電灯の灯りが、いくつかの奇妙な形を照らし出す。

おれは食い入るようにそれを見つめた。そこには、直径十五センチほどの細長い楕円形が左右交互に三ヶ所、計六個ついていた。

これはっ……!

ドゥヤーギーの足跡だ!

絶対にそうだ! それ以外考えられない!

興奮と緊張と恐怖で、パニックになりそうだった。

（これ見て）

タオが口パクとジェスチャーで示したところには、地面が鋭くえぐられた形跡があった。思わず息をのんだ。

爪痕だっ！　ドゥヤーギーの爪痕に違いない！

ドゥヤーギーは現れたのだ！

「ドゥヤーギーさま！　いらっしゃいましたら、どうか姿を見せてください！　お願いがあって参りました。ドゥヤーギーさま、死者を生き返らせるために、やってきました。どうか、出てきてください。お取引をお願いします！」

おれとタオは、それぞれ周辺をかけ回り、何度も大きな声を出した。途中つまずいて二度転んだ。ドゥヤーギーはここに来たのだ！　どうか、どうか！

ふと見ると、タオの懐中電灯の灯りが左右に揺れていた。おれに、合図を送っているのだ。なにかあったのだ！　急いでタオのもとに行く。

タオが地面を照らす。おれは顔を地面に近づけて、目を凝らした。そこには、緑色の毛糸のようなものが数本落ちていた。

（ドゥヤーギーの体毛かっ⁉）

思わずタオの顔を見て、心のなかでたずねた。タオは真剣な表情でおれの目を見ながら、あやふやにうなずいた。

おれは怖々と、それを拾ってみた。五センチくらいの長さで、触るとゴワゴワした感触があった。人間の髪の毛より、かなり太い。全部で六本あった。これは……。

ドゥヤーギーの体毛だっ！

絶対にそうだ！　間違いない！

タオが時計に目をやる。腕時計のデジタルは、３：26となっていた。条件の三時半まで、もう時間がない。

おれたちは顔を見合わせて、うなずき合った。直接姿は見せてくれなかったけれど、ドゥヤーギーは、印を残してくれたのだ。タイムリミットぎりぎりに、ドゥヤーギーは、おれたちと取引をしてくれたのだ！

やったぞ！　おれの胸はうち震えた。喜びが湧き上がって、身体中が満たされる。タオが見守るなか、おれはドゥヤーギーの体毛を慎重に小瓶に収めて、しっかりと蓋を締めた。

うれしくてうれしくて、おれは胸の前で拳を握った。

「ドゥヤーギーさま。どうもありがとうございました！　心から感謝いたします！」

どこかに潜んでいるドゥヤーギーに向かって深々と頭を下げて、おれたちはユーガンをあとにした。

長龍浜へ行くには、集落へ戻ってから北上するほうが早いが、資料の掟《おきて》通りに、西から最北端のイマー岬を通って、東側に行かなければならない。日の出時刻は六時だから、時間的には大丈夫だと思うけれど、不安だった。ユーガンに向かったときのように、通常よりずっと長く時間がかかるかもしれない。おれたちは気が急いていた。ときおりかけ足になっては少し疲れて、歩を緩めることを繰り返した。

時間と道のりのことは気がかりだったけれど、おれは文句なしにうれしかった。ドゥヤーギーの体毛を手に入れたのだ！

長龍浜でドゥヤーギーの体毛を流すまでは、言葉を発してはならないことになっている。ドゥヤーギーに直接会うことが目的だったタオには申し訳なかったが、おれの気持ちは伝わっているようで、目が合うと笑ってくれた。

夜の真っ黒な暗闇がほんの少し薄まってきた。日中とは比べものにならないくらい涼しかったけれど、歩き通している身体はすでに汗ばんで湿っている。

鳥のさえずりが聞こえる。リュックのなかにドゥヤーギーの体毛があるのだと思うと、うれしくて叫び出したい気分だった。ドゥヤーギーは取引をしてくれたのだ！

父ちゃんが帰ってくるかもしれない。いや、絶対帰ってくる。ドゥヤーギーはきっと約束を果たしてくれる。あれほど憧れていた東京行きなんて、どうでもいい。父ちゃんに早く会いたかった。父ちゃんの分厚い胸板や太い腕を、もう一度この目で見たい。

これまで父ちゃんとはあまり話すことがなかったけれど、今のおれは父ちゃんに聞きたいことがたくさんあった。サバニ漁のこと、この島のこと、将棋や囲碁のこと、父ちゃんの子ども時代のこと。バドミントンだって、また一緒にやりたい。早く父ちゃんに会いたい。

途中のイマー岬で時計を見ると、4：25だった。やっぱり通常よりもだいぶ時間がかかっているのが不思議だったけれど、ここから一時間もあれば、長龍浜に着けるだろう。

これからは、東側の道を南下していく。こんなに朝早く、誰かに会う可能性は低かったけれど、おれたちは用心して歩いた。一本道だから、人がいたらすぐにわかる。万が一、人影を見つけたら、すぐに脇の原生林に隠れることになっている。

三つ角のガジュマルのところで、おれたちはなんとなく立ち止まった。朝のガジュマルは、夜の霊気をまとっているようで、いつもよりもいっそう厳《おごそ》かだった。この島のあらゆることを見てきたガジュマル。人が来て人が去ってゆく、その生死をずっと見つめてきたガジュマル。おれは敬礼して、心のなかで感謝した。

マジーラ浜を通り過ぎた。空が藍色になってきた。懐中電灯はもう必要なかった。タオの顔も見えるようになった。今日はまだ誰にも踏まれていない道は、作りたてみたいにきれいだった。夜気がしっとりと地面を湿らせ、すべてのものが、然《しか》るべき場所に収まっているように思えた。

風は相変わらず強かった。波の音も大きい。今日は雨が降るかもしれない。

（ここだね）

タオが口を動かす。長龍浜だ。時刻は5：14。新聞で調べた日の出時刻は6：03だから、まだ余裕がある。おれたちは、浜に降りる小道を抜けた。濃紺色の海が、目に飛び込んできた。夜明け前の美しい時間。空が魔法をかけられたように、一秒ごとにしらじらと目を覚ましてゆく。

ようやくここまで来たのだ。おれたちは、海に向かって一礼した。

父ちゃん、待っといてよ。すぐ助けるから。大丈夫だから、ちゃんと待っといてよ。

心のなかで、父ちゃんに呼びかけた。やさしい笑顔でうなずく父ちゃんが目に浮かぶ。

まだ時間は早かったけれど、おれはリュックを下ろした。ドゥヤーギーの体毛が入った瓶に、白い小石を入れて、日の出の時刻に海に流すのだ。

リュックのチャックを開けて、用心深く小瓶を取り出す。

(えっ⁉)

小瓶を手にした瞬間、思わず叫び出しそうになって、慌てて手で口を押さえた。

ないっ！　ドゥヤーギーの体毛がなくなってるっ！

小瓶を見たタオも、驚愕した表情で、呆然と立ち尽くしている。

ユーガンで緑色の毛らしきものを見つけ、懐中電灯で照らしながら、丁寧に小瓶に入れたのだ。タオと二人で何度も確認したから、そのときに落とすなんて、絶対にないはずだった。

蓋も固く締めた。げんに、今も蓋はしっかりと締まっている。

おれたちは顔を見合わせて、小瓶の蓋を開けた。どこにもなかった。確かに入れたはずの、ドゥヤーギーの緑色の体毛はすっかり消えてなくなっていた。

おれたちは、それぞれの荷物のなかをくまなくさがした。リュックを裏返して、すべてのポケットを確認した。もしかしたら、身体のどこかについているかもしれないと、互いに頭のてっぺんから靴先まで調べた。

どこにもなかった。緑色のドゥヤーギーの体毛は忽然と消えていた。

血の気が引いた。六時には朝日が昇ってしまう。おれは無意識にかけ出していた。ここに来る間に、もしかしたら落としたのかもしれない。今来た道をもう一度戻って、確かめるのだ。

「征人っ！」

タオが声を出した。声を出してはいけない掟だ。おれは慌てて、人差し指を唇に当てた。

「もうだめだよ、征人」

タオが首を振る。

「なんでっ！」

しゃべってはいけないのに、おれも思わず声に出していた。

「征人はもう、振り返っている」

どういうことだ、と聞こうとしたところで、思い当たった。すべてのことが終わるまで、後ろを振り返ってはいけないのだった。おれは、へなへなと膝をついた。

「……なんでよう。さっきまでちゃんとあったさ！　なんでない……」

現実を受け入れられなくて、悔しくて悔しくて涙がにじんだ。

「なんでよ！　なんでよ！」

砂浜をばんばん叩いた。小石や貝殻をつかんではぶん投げた。

「なんでよ！　ちゃんとあったさ！　なんでよ！　なんで消える！」

おれは一人でわめき散らし、大声で叫んだ。

「なんでよ！　ドゥヤーギーなんて信じんからな！　神様なんていないやしぇ！　うそつき！　父ちゃん返せ！　父ちゃんを今すぐ戻せぇ！」

あたりかまわず蹴っ飛ばした。神聖な浜なんてどうでもよかった。神様が降り立った神話なんて、おれには関係なかった。たった一人の命も救えなくて、なにが神の島だ！　ふざけるな！

何度も何度も海に向かって大声で叫んだ。ふざけるな！　父ちゃん返せ！　父ちゃんの命助けてよ！

タオはなにも言わなかった。止めることも、なぐさめることもしなかった。

日の出の時刻が近づいていた。雲に覆われていて太陽は見えなかったけれど、東の水平線が、おそろしく明るい色をまとっていた。

「今がちょうど太陽が昇る時刻だ」

タオが時計を見て、つぶやいた。

本当だったら、今、白い小石とともにドゥヤーギーの体毛が入った瓶を流せば、父ちゃんは帰ってきたはずだった。おれは、空の小瓶を波間に放り投げた。

「なにが神様か！　なにがドゥヤーギーか！　インチキやしぇ！　父ちゃん返せ！　父ちゃんを返してよっ！」

水平線にかかっている雲がオレンジ色に染まる。その上の雲は、ピンク色から紫色の見事なグラデーションを作っている。

途切れた雲の隙間から、まぶしい光がまっすぐに届いた。あまりの輝きに、目がくらみそうになる。

「征人」

タオが隣に並んだ。泣き顔を見られたくなくて、おれは目を逸らした。

「ぼくたちは間違っていなかった。征人は、ものすごくがんばった」

我慢していた嗚咽《おえつ》が漏れた。おれは声をあげて泣いた。朝日が海面に映り、藍色の海をきらきらと照らし出していた。


父ちゃんの供犠の儀式は、組頭の人たちが中心となって準備をし、実際の儀式は神がかりのおばあたちによって執《と》り行われた。

おれたちは、おばあに言われるがままの動きをし、なにやら唱えて、その儀式に加わった。なんの感慨もなかった。くだらない、と心底思った。大漁の約束なんて、どうでもいい。

儀式が終わると、島は徐々にいつもの日常に戻っていった。父ちゃんがいないという現実を思うと、悲しみが圧倒的な勢いで押し寄せてきたけれど、これまでの生活が大きく変わるようなことはなかった。

母ちゃんは仕事の時間を増やした。家計を助けたいと思ったけれど、この島ではアルバイトができるような場所はなく、おれと由真は率先して家事の手伝いをした。

由真は頻繁に、おれに焼き飯をせがんだ。父ちゃん直伝の焼き飯は、父ちゃんが帰ってこなかったあの日を思い出させたけれど、これからもっともっと作って食べれば、その思い出も日常に紛れて、薄まっていくと思った。そうなればいいと思った。だからおれは、頼まればすぐに作った。父ちゃん直伝の焼き飯は、まったく飽きなかった。

夏休みも終わりに近づき、アンナが東京に戻ることになった。おれたちは、フェリー乗り場に集まって見送った。朝方はけっこう強めの雨が降っていたけれど、昼になる前にあがり、波もさほど高くなかった。

孝俊は、アンナへの想いをつづった手紙を渡した。ラブレターだ。さらに驚くことに、孝俊は、自分の住所を書いて六十円切手を貼った封筒を三十枚用意して、アンナに渡したのだった。

「タオに東京の住所を聞いて、アンナさんに手紙を書きます！　たくさん出します！　アンナさんもよかったら、その封筒を使っておれに手紙を書いてください。待ってます！」

フェリー乗り場で、孝俊はそう言った。一部始終を見ていたおじさんは、ほおっ、という顔をして孝俊を見て、実際「ほおっ」と声をあげた。

アンナは愉快そうに手紙を受け取って、手を振ってフェリーに乗り込んでいった。孝俊の恋は結局実らなかったと、おれは結論づけた。東京に住んでいる年上の高校生と、ここに住んでいる中学生とでは、はなから無理な話だ。けれどきっと孝俊はこれから先、アンナからの返事はなくても、何度も何度もアンナに向けて手紙を書くのだろうと思った。そういう奴だ。

タオに会うのは、あの夜以来、その日がはじめてだった。

「よっ」

おれは少し照れて、そんなふうに声をかけた。タオは唇を結んだまま、きゅっと左右に広げた。タオなりの笑顔だろう。

「元気?」

「うん、ふつう」

「征人は、あれからユーガンに行った?」

タオが聞き、おれは首を振った。

「今から行こうと思うんだけど、一緒に行かない?」

少し迷ってから、おれはうなずいた。あの夜の出来事は思い出したくなかったけれど、今日はこれからなんの予定もないし、タオと一緒なら行ってみてもいいかなと思った。

おれたちは自転車で、島を一周して北側からユーガンに向かった。あれから十日が過ぎていた。昼間のユーガンは、怖いところなんてなにもなかった。巨大な墓はただの石にしか見えなかったし、かつての風葬場もただの荒れ地に過ぎなかった。

「あ、あった」

タオが見つけたのは、ドゥヤーギーに差し出した写真集だ。雨に打たれて表紙が波打っていた。

「どうする。持って帰るか」

「いや、もういいや。ドゥヤーギーが見るかもしれないし。置いておく」

おれがたずねると、タオはそう言って、写真集をまた元の場所に戻した。

おれが置いた生肉は見当たらなかった。野良犬や野良猫が食べたのかもしれないし、誰かが片付けたのかもしれない。いや、もしかしたらドゥヤーギーが食べたのかもしれなかった。

あの夜、確かに見つけた奇妙な足跡と爪痕は、とうに消えていた。緑色の毛も見当たらなかった。タオが置いていった写真集だけが、あの日の証拠だった。

空を見上げると、雨あがり特有の明るい水色の空があった。水色の空に、おれがドゥヤーギーとの取引に差し出した「東京に行く」という願いが、ぽっかりと浮いていた。それは、行き場をうしなって所在無げに、ふわふわと漂っていた。おれは見て見ぬ振りをした。今はまだ、なんにも考えたくなかった。


残りの夏休み、孝俊と保生と一緒に、使い込まれた十円玉をピカピカにするという自由研究を超特急でやっつけた。タオはタオなりに、ドゥヤーギーについてのあれこれをまとめたらしかった。

夏の暑さは変わらなかったけれど、それでも朝夕の風は涼しく感じられるようになった。今年の飛び込みも、そろそろおしまいだ。

おれの中学二年の夏は、こうして終わった。

◆征人

「ただいまあ」

母が、照屋さんのところから帰ってきた。征人が腰を上げる前に、さっさと上がってきて、

「はい、海ぶどう」

と、ビニール袋を掲げる。おいしい海ぶどうが食べたいなあと、昨夜、征人が言ったことを覚えていてくれたらしい。

「おかえり。お疲れさん」

征人が言うと、なーんも疲れてないさー、と返ってきた。

「母さんは一人でいるときも、『ただいま』って言うね？」

ふいに、そうたずねてみた。

「言うさ。家に誰もいなくても、仏様がいるし」

「そうか」

自分の場合はどうだろう、と征人は考え、自分は玄関に加奈太のスニーカーがあるときだけ言っているなあと思い当たった。誰もいないのがわかっていたら、「ただいま」とは言わない。無言で入って行くだけだ。

「あんたは昔から、そういうおかしなことを、いちいち人に聞く子だったさー」

「そう?」

母は笑ってうなずいた。三年ぶりの帰郷に、最初のうちは他人行儀な母と息子の会話だったが、同じ屋根の下に数日一緒にいれば、穏やかな流れにいつの間にか呑み込まれ、緊張やら戸惑いやらはどこかに押し流されてしまっていた。

「ビールでも飲むねえ。仕事のしすぎは、身体によくないよ」

そう言って、母が冷蔵庫からビールを取り出し、海ぶどうを皿に出した。征人のために買ったビールだ。日がな一日、外にも出ないで、ノートパソコンに向かってなにやら書いている息子を、不憫《ふびん》に、もしくはつまらなく感じているのかもしれない。

征人はパソコンの電源を落として、ダイニングテーブルについた。出してくれた海ぶどうは、濃い緑色が透けてとてもきれいだった。口に入れると、程よい弾力があって、目をみはるほどおいしい。

「やっぱりここの海ぶどうはおいしいさー。東京でも売ってるけど、全然違う」

「あたりまえさ。その土地で食べるのがいちばん、新鮮なのがいちばん。ここから東京に持っていくまでに、どんどんおいしくなくなっていくからね」

母は、征人が東京の大学に進学するとき、一度だけ東京を訪れた。寮まで一緒に来て、必要なあれこれを買い出しに行き、その日泊まって翌日の朝早くに帰って行った。

狭い部屋で、ひと組しかない布団に母が寝て、征人は座布団を敷いた畳の上で毛布を掛けて寝た。なにを話したのかは覚えていないが、なんとなく気詰まりだったことは確かだ。見慣れない天井を見つめながら、なかなか寝付けなかったことだけをぼんやりと覚えている。

　高校卒業後に東京に行くことを、母は決して賛成したわけではなかった。それでも許してくれたのは、十四歳の夏に、父さんが「征人が行きたいところに行けばいい」と言ってくれたからだと、征人は思っている。あの言葉が、父さんの遺言のようになってしまった。

「ああ、そうだ。宮崎のおばあちゃんの葬式に行けなくてごめんね」

　征人の軽い口調に、母は呆れたように眉を上げ、

「まったく、男の子ってのはのんきだねえ」

　と言ったが、責めているわけではなさそうだった。

「まあ、そもそもわたしが悪かったからねえ。文句は言えないさ」

　母方の祖父母の存在を知ったのは、征人が本島の高校に進学してからだった。それまで一切連絡を取っていなかった。母方の親類たちと連絡を取るようになったのは、母の父親、つまり征人にとっての祖父の死がきっかけだった。

「由真は、宮崎のおばあちゃんと、けっこう行き来があったんだよね」

　征人の問いに、母は小さく何度もうなずいた。

「由真には頭が上がらんさー。あの子は本当にやさしい子さー」

　それではまるで自分が人でなしのようじゃないかと思いつつ、四十四歳にもなって、そんなふうに母の言葉を気にするなんて、と征人はおかしくなった。

妹の由真は宮崎に嫁いでから、祖母の家にちょくちょく顔を出していたらしい。同じ県内とはいっても片道二時間近くかかるが、一人暮らしの年老いた祖母が心配でならなかったのだろう。妹は確かにやさしいし、とてもしっかりしている。

今年の春、祖母の死の連絡を最初にくれたのも由真だった。征人は香典だけを送り、葬式には行かなかった。そもそも、征人が祖母に会ったのは高校生のときに一度きりだ。顔も覚えていない。

「ねえ、母さん」

「なんね」

「今さらだけど、母さんはなんで宮崎と音信不通になったわけ？　父さんとの結婚のときに、もめたとは聞いたけど」

「なんでね、あんたは」

母は頭を軽く振って、ため息をついた。

「言ってもいいさー。母さんが墓場まで持ってくって言うなら聞かんけどさ」

母は大きく息を吐き出してから、そんな大層な話じゃないよ、と前置きした。

「うちの両親は、父ちゃんが漁師だったのが気に入らなかったの。若い頃に亡くなった、このおじいもサバニ乗ってたしね」

「そうなんだ」

「おじいも海で死んだ。行方不明になって帰ってこなかったって。わたしがここに来る前の話だけどね」

はじめて聞く話だった。おじいが乗っていたサバニは、エンジンが付いていない昔ながらのものだろう。小さなサバニに乗り込み、たった一人、櫂だけを頼りに、荒れくるう大海原へ向かっていく頑強な海人《うみんちゅ》。

そういえば昔、浜に打ち捨てられたサバニを何度か見たことがあったのを、征人は思い出していた。

「わたしは一人娘だったから、親は心配だったんだろうねえ。でも、若いもんになにを言っても無駄さー」

若いもんというのは、若かりし頃の父と母のことだろう。

「それに昔は今よりもっと、ここは神事が多かったからね。それをやるのは女でしょ。そういう宗教的なことも、うちの両親は嫌ってたからねえ」

「母さんは、気にならんかったわけ?」

「わたしは外から来た人間だから、そもそも神事をやる資格はないさ。それでもここはしきたりがたくさんあるから大変だったんだけど、おばあがよくしてくれたしね」

父方のおばあは、征人が生まれる前にすでに亡くなっていたので、征人は会ったことがない。

「おばあが亡くなったときは、まだ宮崎とも少しは行き来があったから、葬式に来てくれたんだけど、そのときまたもめてね。風葬って知ってるか、征人」

「ああ、柩《ひつぎ》に遺体を入れてそのまま置いておくんだろ」

　母がゆっくりとうなずく。

「そのあとに洗骨《せんこつ》というのがあってね。骨をきれいに洗うんだよ。なんも知らん人が見たらそりゃあ驚くさー。わたしもあれだけはきつかったねえ」

　言いながら、母は子どもがいやいやするように首を振った。

「まだ髪の毛や肉が残っている骨を、きれいに洗うんだよ。あのときの手の感触は忘れられないよ。いくら世話になったおばあとはいえ、身体が震えたさ」

　母の顔が少しゆがんだように見えた。

「そういう風習のあれこれを知って、うちの両親はびっくりしてねえ。特に父は嫌がったさー。まだ、あんたもお腹にいなかったし、わたしも若かったから、今ならまだやり直しがきくから離婚して帰ってこい、って言い出して、それで結局、勘当《かんどう》同然みたいになってしまったさ」

「そうだったんだ……」

　洗骨について詳しいことは知らなかったけれど、自分には到底無理だと征人は思った。

「風葬の風習は、孝俊のひいおばあの事件でなくなったんでしょ？」

　孝俊のひいおばあの風葬の写真を雑誌に掲載されて、ひいおばあの娘である、孝俊のおばあは気に病んだ末に死んだのだと、昔聞いた。

「そんなふうに言われてるけども、デマも多いよ。神事自体が秘密のもんだし、いろんなことを外には漏らさないようになってるからね、ここは。大昔から、助け合って生きてきたんだから当然のことさ。外の人間は、みんな自分の都合のいいように噂するからね」

天徳島は神の島と呼ばれているが、貧しかったこの島で、島民たちは力を合わせて、互いに守り合って、平等に暮らしてきたのだ。地割制度もその名残だ。

「孝俊のひいおばあの話は、もしかしたら、この島にとっては決して悪くないことだったかもしれないさー。あれで、世間に知れることになったんだからね。観光客も増えた。それに、風葬は今の時代には難しいさー。わたしも、自分の骨を由真に洗ってもらうなんて嫌だもの」

洗骨は女性の役割だったと聞いている。天徳島の伝統的な神事のほとんどは、すでになくなって久しい。そもそも、それを行う島人の絶対数が足りない。

「勘当同然っていうけど、それ以来、宮崎のおじいちゃん、おばあちゃんとはまるっきり連絡を取ってなかったわけ？　うちの父さんが行方不明になったことは、おじいちゃんとおばあちゃんには知らせた？」

母が伏し目がちにうなずく。

「母親はやっぱりわたしのことが心配だったんだよね。縁を切られる形になったその後も、父に内緒でたまに連絡くれてたから。わたしも、あんたたちの写真を送ったりしてね。でも、父ちゃんが亡くなったことは、しばらく言えんかったさ。それ見たことか、って言われるのが怖かったんだよね。結局、母に伝えたのは、父親の葬式のときだったさ」

母がとつとつと話す。母と祖父母の関係を、四十四歳になってはじめて知るとは思いもよらなかったけれど、今だからこそすんなりと聞けるのかもしれない。

「わたしは、ほんと親不孝だったね……」

父親の死の連絡を受け、一人娘だった母は、両親が住んでいた宮崎に向かった。それまで何年間も音信不通だった娘が、父の葬式に顔を出し、遺産相続を辞退しなかったことで、親戚筋からは多くの非難の声があがったらしい。

そのときの母の心情を思うと、征人は申し訳ない気持ちでいっぱいになってしまうが、祖父の遺産がなければ、東京に進学することはできなかっただろう。

「今となっては、悔やんでも悔やみきれないねえ」

「だけど母さんはさ、親に反対されても、それでもここで父さんと暮らしたかったんでしょ。なんでね?」

「あんたはなんね。なんでもかんでも、取り調べみたいに聞くね」

思えば、こんなふうに母と話したことは、これまでなかった。結婚してからの帰省は、加奈太が中心で、母の相手も妻任せだった。なんでももっと早くに、こういうことを聞かなかったのだろうと思った。自分のことだけにかまけていて、母の人生を知ろうとはしなかった。

「父さん、そんなに魅力的だった?」

なあにばかなこと言ってんのお、と母は困ったような笑顔で言いつつ、

「あんたには、父ちゃん、どんなだった?」

と、逆に質問を寄こした。

「……やさしかったさ。寡黙で」

これといって思い出せる、父との思い出はほとんどなかった。いつもしずかに新聞を読んでいたという印象しかない。けれど、父の存在感は家のなかで大きかったように思う。

「あんたのことを、ほんとに大事に思ってたよ。征人には好きなことをさせなさい、ってよく言ってたさー」

「そうだったんだ」

「そうさー。父ちゃんだって、本当はここから出て行きたかったんだと思うよ。でも責任感の強い人だったからね。兄さんが出てってしまって、おばあ一人を残しては出れんかったんだと思うさ。だから、征人には自由にさせたいって、口癖みたいに言ってたさ」

そうか、と答えた声が少しかすれる。

「だから、父ちゃんはきっと喜んでいると思うさ。あんたが、好きな仕事してるの。とても喜んでるよ」

「……うん、だといいね」

三十年という月日。あっという間だったような気もするが、その時々には、それこそいろんなことがあったのだ。東京で生きづらいことがあるたびに、本当に島を出てよかったのかと思うこともあった。

「……聡にいにい」

ふいに口をついて出たのは、従兄《いとこ》の名前だった。母がはっとしたように顔を上げ、細く長く息を吐き出した。

「こないだ鹿児島のお義兄《にい》さんから電話があったさ。聡、来年はもう二十七回忌って」

声を落として母が言い、征人はかすかにうなずいた。

征人が大学に入学した年だった。東京の大学に行き、そのまま東京で就職をした聡にいにいが、列車に撥《は》ねられて死んだのだった。

「ほんとはね、昔はお義兄さんのことを少し恨んだこともあったさ。お義兄さんがここに残っていてくれたら、両親とも仲違いしないで済んだんじゃないかってねえ……」

次の言葉を待ったけれど、母はそれきり黙ってしまった。母の気持ちはよくわかった。鹿児島に渡って、順風満帆に見えた伯父さんたち家族。その代わりに、この島に居続けた父と母。風葬した祖母の骨を洗って見送り、漁に行った父をそのまま喪《うしな》った。母が、もうひとつの、べつの人生を考えることもあっただろう。

聡にいにいの死はショックだった。父の死を経験していた征人だったが、人というのはいつ死んでもおかしくないのだということを、さらに切実に実感したのだった。昨日まで生きていた人が、今日死んでしまうことがあるのだという、その当たり前の事実に打ちのめされた。

「……聡のことを思うと、気の毒でねえ」

母の声がかすれる。母はきっと後悔しているのだろう。伯父さんを少しでも恨んだことを。

そんな母が、征人には切なく思えた。

その死が、事故だったのか自殺だったのかは、結局わからずじまいだった。なにかになりたくて、なにかを見つけたくて東京に行った聡にいにい。東京はもがきあがくのに、最適な場所だと言っていた。

聡にいにいは、なにかになれなかったのだろうか、なにかを見つけられなくて、ずっとずっともがき苦しんでいたのだろうか。あまりにも早すぎる死だった。聡にいにいが死んだ歳を、征人はとうに過ぎてしまった。

征人は唐突に、自分が父の歳を越えていたことに思い当たった。あのとき、父は四十三歳だった。去年の自分と同じ年齢だ。征人は、一年前の自分を思い返した。妻と離婚して、慣れない生活に日々、四苦八苦していた。自分に置き換え、そのあまりの無念さに胸が痛む。

そして、目の前にいる母親を見て、ふいに鼻の奥がつんとした。

「ビールもっと飲むね？」

母が冷蔵庫から、新しい缶ビールとラップがかかったラフテーを取り出した。征人は立ち上がって、ラフテーをレンジに入れた。

「母さん、座っとけ」

「なんね、急に」

「でさ、さっきの続き。なんで父さんと一緒になったわけ」

「またねー」

「いいさー。はい、母さんも飲もう」

征人がビールをコップに注ぐと、母は口をつけて、ああ、つめたい、と声をあげた。それから、

「あんたは、そんなこともわからんで、小説を書いてるねえ」

と、つぶやいた。

「え?」

「父ちゃんと一緒になったのは、好きだったからに決まってるさ。ほかになにがあるね」

まるで怒ったように早口で言う母を、征人はぽかんと見つめた。瞬時に目元が熱くなって、征人はにじんだ視界を拭うように、缶ビールを飲んだ。

天国の父は、きっと母のことをずっと見守っていてくれるだろうと思った。おれや由真や加奈太のことも。

◇加奈太

タカさんのドゥヤーギーの話は怖かった。そもそも、この島で昔行われていた風葬という風習が恐ろしかった。死んだ人は誰もが火葬場に行って、白い骨になって戻ってくるものとばかり思っていたおれは、野ざらしにされる死体を想像して心底震えた。

タカさんが、それはそれはリアルに、朽《く》ちてゆく遺体の描写をしたのも頂けなかった。そこへ持ってきての、ドゥヤーギーだ。腐りかけた死体の臭いを察知して、あの世とこの世の狭間《はざま》から現れるという妖怪。腐敗した内臓が大好物で、赤い目を光らせ、長い鉤爪で目玉をくり抜いては、ペチャペチャと音を立ててしゃぶるらしい。

「ドゥヤーギーは死んだ人だけじゃなく、これから死ぬ人間もわかるんだよ。死の臭いがするってさ。死人が出る家の屋根裏に隠れて、じっと待ってるって言われている。そうすれば食いっぱぐれないだろ。だから、家のなかに緑色の毛が落ちていたら、要注意さ。舌なめずりする音とか、長い鉤爪であっちこっちひっかく音もドゥヤーギーよ。今は風葬じゃなくなったから、ドゥヤーギーたちはいつでもお腹を空かせてる。骨も食べるけど、やっぱり好きなのは内臓さ。たまに我慢しきれんくなって、家庭の生ゴミを漁《あさ》りにくることもある。だから、今日の夜も気を付けんと。お前たちが出した生ゴミが、あそこにあるだろ。敏感に臭いを嗅ぎつけるからな」

みんなで一斉に、調理場のゴミ袋に目をやる。ドゥヤーギーが、どこからともなく這い出てきそうな雰囲気だった。

「それから、ドゥヤーギーの歩き方には特徴がある。緑色のかわいらしい妖怪だなんて思ったら大間違い。ドゥヤーギーは細い手足に、長くて鋭い鉤爪があると言っただろ。足の爪は退化してそれほどの長さはないけど、手の爪はとても長いわけよ。歩くときに邪魔になる。だからドゥヤーギーは、常に両手を前に出して歩いている。亡霊みたいに、こんなやって」

タカさんが両手を前に出したとたん、光圀が悲鳴をあげた。断末魔の叫びのような光圀の声に、おれたちは身体が宙に浮くくらいにビビッた。光圀は悲鳴と同時に、隣の栗木の腕にしがみついたし、栗木も同じように光圀にしがみついた。おれは海江田の腕を思わずつかみ、海江田もおれの腕をつかみ返した。ミラクルと大垣はなぜか一緒に立ち上がった。バディ同士、息の合ったリアクションだった。

一人あぶれたエマは体育座りのまま、白い目でおれたちを見ていた。

「怖いだろう。怖いよなあ。おれもお前たちくらいのときは本当に怖かった。ドゥヤーギーは本当にここにいるからさ。昔から、目撃情報もたくさんある。今夜、あの生ゴミにはよーく注意しれよ」

「よ、妖怪なんて、うそに決まってる」

光圀にしがみつくなどなかったことのように、栗木が言った。

「まあ、今晩たのしみにしとけ。じゃあ、おれはそろそろ帰るから。片付けは明日の朝な。あ、手持ち花火があるから、やりたいならやっていいさー。バケツに水入れて、充分気ぃ付けて」

タカさんは無責任なことを言いながら、帰る準備をはじめた。

「エマはどうする？　帰るか」

タカさんがエマに声をかける。

「おもしろそうだから、もう少しいることにする」

「一人で帰ってこられるか」

「あったりまえ。ドゥヤーギーなんてちっとも怖くないし」

タカさんは笑って、じゃあ、お先ね、と言って、本当にそのまま帰ってしまった。

「後味わりい……」

海江田の言葉の通り、イヤーな雰囲気に包まれた。手を前に突き出して歩くドゥヤーギーが、今にも現れそうだった。

「なあに、みんな。あんな話が怖いわけ？　ばっかみたい」

エマが鼻で笑う。

「エマちゃんは怖くないの？」

海江田がたずねた。エマちゃん、と、さりげなく呼べるところが憎らしい。

「怖くないわよ。そう感じる人間の弱い心のほうが怖いじゃない」

エマの言葉に、男子六人はしばし無言となった。返す言葉がない。

「ト、トランプでもやらへんか」

ミラクルが話題を変えた。エマが「やろうやろう」と、はしゃいだ声を出す。ミラクルの顔がにやけたのを、おれは見逃さなかった。

調理場の木のテーブルでやろうかと考えたけれど、灯りは薄暗いし、その灯りに虫が集まってくるしで、結局テントのなかでやることにした。みんなで肩を寄せ合うと、怖さはあまり感じなかった。エマが一人、女の子ということでちょっと緊張したけれど、エマは顔に似合わず誰よりも男らしかった。

テントのなかは、秘密基地みたいだった。小さい頃、憧れた秘密基地。住んでいる都内ではそんな場所はなかったけれど、昔、夏休みにこの島に来たとき、保生おじさんの子どもたち、一樹くんと佑樹くんと一緒に作ったことがあった。木の枝を組み合わせて時間をかけて作った秘密基地だったけど、翌日の大雨ですべて崩れてしまった。あのときのがっかりした気持ちは、今でもよく覚えている。

みんなであぐらをかいて、まずはババ抜きをした。光圀はババが回ってくるたびに、あー あ、と顔をしかめ、逆にババが手元から離れると満面の笑みになるので、光圀がババを持っているかどうかはバレバレだった。勝負はもちろん、光圀がダントツのビリだった。

そんな光圀は、神経衰弱で驚くべき記憶力を見せて名誉挽回した。ダウトと七並べでは、エマがこずるい技を繰り出して上位に食い込み、51ではミラクルの勘が冴えた。

おれたちは真剣にトランプをして、げらげら笑って、たまにちょっとふてくされたりして、でもまたばかみたいに笑うのだった。とびきりたのしい時間だった。サッカー部トリオもバディも関係なく、フェアに挑んで勝ったり負けたりした。

ひとりひとりの顔を見ていると、ここにいるみんなはおれと同じ十四歳なんだと改めて思えて、なんだかもう、それだけで充分なのだった。

「ところで、エマちゃん。エマちゃんとタカさんは親戚なの？　エマちゃんてハーフっぽいよね」

海江田だ。トランプの間も、エマにいちばん話しかけたのは海江田で、おれはもちろん、たぶん光圀も、心のなかでミラクルに声援を送った。

「ハーフって言い方は好きじゃないけど、そうよ。わたしのパパはフランス人」

ほおっ、という感嘆がそれぞれの口から漏れる。

「フランス語できるの？」

栗木が聞く。

「全然できないの。三歳の頃にパパとママが離婚して、それからはずっと日本だから」

ほおっ、とまたみんなが感嘆する。おれは、エマの両親も離婚してるのか、とちょっとだけ安心したような、同志みたいな心持ちになった。

「で、タカさんとの関係は？」

海江田がたずねる。

「タカさんは、ママの友達。でも今では、わたしのほうがママよりも仲よしかもね。小さいときから、いろいろと面倒をみてくれてるの。この島にも何度も呼んでもらってる」

「へえ、そうなんだ」

それぞれがうなずく。

「タカさんの初恋の人が、うちのママなんだって」

「えっ⁉」

これには男子六人が色めき立った。

「タカさんが中学生のときにママと出会って、昔は、一時期付き合ってたこともあるみたいよ」

「ええっ⁉」

おれたちは、さらに色めき立った。まじかよー！　と盛り上がって、タカさんの秘密を握ったうれしさからか、なぜかみんなでハイタッチをして、イエーイと言い合った。

「わたしはタカさんみたいな人、とってもいいと思うけどなあ。一途《いちず》でかっこいいよね」

「え？　もしかしてタカさんって、中学生のときからずっとエマちゃんのお母さんのことが好きなわけ？」

海江田の問いに、エマが「だと思うよ」と、うなずいた。

おれたちは顔を見合わせた。

「……だって、何年間だよ」

栗木がつぶやく。

「三十年」

と、おれは答えた。お父さんとタカさんは同級生だ。誰もが押し黙って、すぐには言葉をつげなかった。

不思議な気持ちだった。身近にいる大人が恋をしたり、誰かを好きになったりするなんて考えたこともなかったけれど、タカさんにもおれたちと同じ十四歳の頃があったのだ。

そして、その頃からずっとタカさんは、エマのお母さんのことを好きだったというのだろうか。三十年なんて、今のおれには想像できない。一体どのくらいの時間なんだ。これまで生きてきた倍以上の年数だ。

おれはタカさんの長年の恋を思って、気の毒なような、それでいて尊敬するような気持ちになった。恋する気持ちはわからなかったけれど、三十年という、はるか彼方《かなた》まで続くような長い年月の間、ただ一人のことを想い続けるというのは簡単なことではないはずだ。

お父さんとお母さんも、そういう時期があったのだろうか。だから結婚したのだろうか。そしておれが生まれた。けれど、二人の気持ちは永遠ではなかった。

「……なんか、すげえな」

と大垣が言い、

「……ほんま、すごいで」

と、ミラクルがうなずいた。そない映画みたいな話があるんやなあ、と。

「おれは無理だなあ。いろんな子を好きになって、いろんな子と付き合いたい」

さすがの海江田だが、正直な告白だったので嫌な感じはしなかった。

「エマちゃんも一途な人がいいの?」

海江田が質問する。

「わたしは恋愛に興味ないから」

エマがきっぱりと答え、うへえ、と海江田が口をへの字にした。

「ぼくは一途な人がいいなあ」

光圀が言う。おれはすかさず「荒木さんか?」とたずね、「光圀は、荒木さんとキスしたいんだもんなあ」と、冗談半分で続けた。

大垣と栗木は「キスう!?」と素っ頓狂な声を出し、ヤバい! キモい! などと、ひと通り騒いだ。

「じゃあ、わたし、そろそろ帰るね。どうもありがと。たのしかった」

タカさんと光圀の恋バナに、女子のように騒いでいるおれたちを尻目に、エマが立ち上がる。

テントから出ると、さっきまでの雲が流れたのか、満月に近い月が大きく見えた。たくさんの星が瞬いている。

「一人で大丈夫? 送っていこうか」

海江田が名乗り出たので、おれはミラクルに無言のプレッシャーを送った。

「お、おれが送ってくで」

念力が効いたのか、ミラクルが少しどもりながらも立候補した。

「じゃあ、ミラクルくんに送ってもらおうかな」

エマのひと言で海江田は撃沈し、

「あいつには走りでも負けたし、なんだかなあ……」

と、つぶやいた。ひそかに笑えたけれど、栗木と大垣が、ミラクルとエマに、エロいだのデキてるなどとはやし立てるなか、

「ドゥヤーギーには気を付けてな」

と笑顔で言葉をかける海江田は、やっぱりちょっとイカしていた。

「ほ、ほな、な」

挙動不審なまま、ミラクルはエマと歩き出し、おれと光圀は大きく手を振った。

両手をのびのびと広げて深く息を吸い込むと、普段は意識しない肺のありかが、はっきりとわかるような感覚があった。気持ちいい夜風が頬をなでていく。波の音がかすかに聞こえた。風に乗って潮の香りが届く。

「天徳島の夜だあ！」

思わず叫んでかけ出した。

「桐山がコワれたぞっ！」

栗木が言いつつ、走り出す。それにつられて大垣も、うおおお、と雄叫《おたけ》びをあげながら走

った。

「キャンプ、最後の夜だー！」

海江田も走り出した。月が近くて大きくて、広場は月明かりに照らされて、かなり明るかった。

「桐山が鬼な！」

栗木が言い、おれはみんなを追いかけた。いつの間にか鬼ごっこがはじまっているのだった。のろのろと走っている光圀にタッチしようかと思ったけれど、それだと半永久的に光圀が鬼だと思い、大垣に照準を絞った。

自分が狙われていると思った大垣は、でかい図体にもかかわらず、フェイントをかけて何度もおれをかわした。おれはムキになって大垣を追いかけた。そこに、油断したらしい栗木がゆるい歩調で現れたので、隙を見て栗木にタッチした。

「はあっ⁉　なんだよ！　至狙いじゃなかったのかよ！」

「ぼけっとしてるからだ！」

そう言って、全速力で逃げた。栗木は俊敏で小回りが利いた。きゃーきゃー言って、逃げ惑う光圀に触ると見せかけて、大垣にタッチする。

「うわっ、やられた！」

今度は大垣が走る。至近距離になると、大男の大垣は両手を広げて迫ってくるので迫力満点だった。おれたちはがむしゃらに走った。お調子者の栗木が、鬼さんこちら！　と言ったところで、まんまと大垣に捕まった。

かなりな距離を逃げまくって、息があがる。栗木も同じだと見えて、今度は手抜きで光圀にタッチした。光圀が、いやあー、と小さな女の子みたいな声をあげる。これで少し足を休められると、みんなでスピードを緩めたときに、光圀が海江田にタッチした。

「まさかの平林タッチ！」

海江田が自ら笑って言い、俊足でおれたちを追った。広い広場をかけ回る。汗がだらだら流れてきて、Tシャツが背中にへばりついた。おれたちは声が嗄《か》れるほど騒ぎながら、縦横無尽に走り回った。

「自分ら、一体なにしてんねん」

気付けば、ミラクルが呆れたような顔をして立っていた。

「あっ！　おかえり、ミラクル！」

「見ればわかるだろ、鬼ごっこだよ！　はい、タッチ！　川口が鬼な！」

「はあ？」

そのとき鬼だった栗木が、戻って来たばかりのミラクルにタッチして、速攻で逃げてゆく。

「しゃーないなー。ほな、付き合ったるかあっ！」

ミラクルが走り出す。逃げる間もなく、あっという間に背中にタッチされた。

「加奈太、なにやってんねん！　やる気出せやあ！」

そう言ってミラクルが笑う。エマとのつかの間のデートの報告は、あとでゆっくり聞かせてもらおう。

「うおおおお！」

大声で叫びながら、みんなを追いかけた。こんなに走ったのははじめてだ。サッカーよりきついかもしれない。めちゃくちゃに走って走って走りまくる。おれはミラクルを捕まえたくて、懸命に走った。すばしっこいミラクルは、近づいてもするすると逃げていってしまい、ちっともタッチできない。

おれがミラクルだけを追いかけているのを見て、海江田、栗木、大垣のサッカー部トリオも参戦した。全員でミラクルを捕まえるのだ。おれたちは目を合わせて合図を送り、ミラクルを四方から追い込んだ。

「おわっ！　なんやっちゅうねん！」

ミラクルがフェイントをかけながら、おれたち四人の攻撃をかわしてゆく。なんて素早いんだ。ジャンプしたり、くるりと回ったり、しゃがんだりして、一向にタッチさせない。

「ぜってえ、捕まえてやる！」

海江田が叫ぶ。

「タックルしてもいいかっ⁉」

大垣が言い、栗木が、ええんちゃうかあ？　と、なんちゃって関西弁で答える。

「勘弁してえな！」

ミラクルが走りながら言ったとき、

「つーかまえたっ！」

と、大きな声を出したのは光圀だった。

「あ？」

ミラクルが間の抜けた顔で立ち尽くす。ミラクルは光圀にがっちりと捕まえられていたのだった。

一瞬の間のあと、おれたちは腹を抱えて笑った。さすがの光圀だ！

「結局いちばん強いのは、平林だったってわけか」

大垣が言う。平林はすげえなあ、と栗木が笑う。

「鬼ごっこはこれでおしまいにしよう。川口の恋バナ聞かなくちゃな！」

そう言って、海江田がミラクルの背中をバシッと叩いた。ミラクルがおれをにらんだけれど、おれはおどけて肩を持ち上げた。エマへの恋心を、おれがバラしたわけじゃない。ミラクルの様子を見ていれば、誰だってわかる。

おれたちは調理場でバシャバシャと顔を洗い、みんなでテントに戻った。

「さあ、話してもらおうじゃないか。川口くん」

海江田が口火を切った。ミラクルがエマを好きなことは、栗木と大垣にもとっくにバレていた。

「は、話すことなんてなんもあらへん」

ミラクルが顔を赤くして言う。

「どんな話したの？」

「手つないだ？」

「告った？」

「付き合うことになった？」

矢継ぎ早に質問が飛ぶ。

「な、な、な、なに言うてんねんっ！」

ミラクルのあまりのどもり具合に、みんなで爆笑する。

「ほら、ミラクルが話さないと、いつまで経っても終わらないよ」

おれが言うと、光圀も、そうだよー、と追いうちをかけた。

「なんの話をしたの？」

光圀がほっこり笑顔でたずねる。ミラクルが観念したように口を開いた。

「……将来の話。エマちゃん、ジャーナリストになりたいねんて」

ほおっ。みんなの口から感嘆が漏れる。

「充分ありえるな」

海江田が言う。

「で、ミラクルはなんて言ったの？　聞かれたんでしょ、将来の夢を」

「……うん。おれは地元で公務員とかが合ってるんちゃうかってな」

またみんなで笑った。ミラクルらしい。

「平日はしっかり仕事して、土日はテニスサークルとかに入って練習すんねん。そういうのにめっちゃ憧れる」

「堅実だなあ」

大垣が言う。

「エマちゃん、それについてなんて言ったの?」

「へえー、やって」

おれたちはまた爆笑した。

「で、結局、告らなかったの?」

「あ、当たり前や。もう会うこともないやろ」

まあねえ、うーん、などと、あやふやな反応がみんなの口から漏れる。

「ひと夏の恋だな」

海江田が小説のタイトルみたいなセリフをさらっと言ったけど、その言葉に笑う奴は誰もいなかった。エマのこともそうだけど、キャンプで出会ったここにいる連中とも、もう会うことはないかもしれないのだ。この夏限りの友達。

「おれはやっぱりサッカー選手に憧れるなあ」

いきなり切り出したのは、栗木だった。

「将来の夢か?」

「ああ。無理だと思うけど、やっぱ憧れる」

「憧れるよなあ」

大垣もうなずく。

「おれも憧れてた部分あるけど、川口に走りで負けて身の程を知ったわ」

そう言うのは海江田だ。笑っているけど、海江田なりに考えるところがあったのだろう。

「光圀は？」

「ん？　ぼくは床屋さんかな。お母さんとおばあちゃんが美容師で、うちが美容院なんだ。ぼくは美容院ってガラじゃないから床屋さんがいいなあって。加奈太は？」

おれは、ひとつ唾を飲み込んでから、まだなんにもわからないや、と答えた。大人になった自分なんて想像したこともなかった。小学生の頃は、プロのサッカー選手になりたいと思ったこともあったけど、今はそう思っていた自分がちょっとはずかしい。

「シュート、クロス兄弟とか、かっこいいよなあ」

栗木が言う。シュート、クロス兄弟というのは、将来有望なサッカーのジュニア選手だ。兄のシュートはU－15の日本代表選手で、弟のクロスもすでにクラブチームで名が知られている。一度試合を見たことがあるけれど、おれと歳が近い人間が、こんな動きができるのかと尊敬して憧れると同時に、自分の下手さ、未熟さを思い知らされた。

「それ、うちの兄貴と弟やわ」

ミラクルの発言に、その場が突如しずまった。

「川口蹴都《しゅうと》、玖呂寿《くろす》、やろ？　おれの兄弟や」

「はあっ⁉」

全員で声がそろう。

「うそだろっ！」

「マジかっ！」

「なんだよ、それっ！」

おれたちは身を乗り出して、ミラクルに詰め寄った。

「ほんまやで。おれが真ん中やねん」

それからのおれたちの興奮といったら、すさまじかった。飽きることなく、ミラクルに次々と質問を繰り出した。だって信じられない！　シュートとクロスが、ミラクルの兄弟だなんて！　それこそ奇跡だ！　ミラクルだ！

「なんでもっと早くに言わないんだよ！」

栗木の言葉にミラクルは、

「はよ言っとったら、おれらと仲違いせえへんかったか？」

と、聞き返した。サッカー部トリオはバツが悪そうに目を伏せた。

「兄貴と弟のことは尊敬しとるけど、おれとはちゃう人間や」

ミラクルが言う。

もし最初の自己紹介のときに、ミラクルがシュートとクロスは兄弟だと告げていたら、おれはミラクルに対してどういう態度をとっていただろう。ミラクルにへつらうような気もしたし、逆におもしろくない気持ちになって、ミラクルを遠巻きにしていたかもしれない。

「シュートくんとクロスくん。ぼくはじめて聞いたよ。かっこいい名前だね。でもミラクルって名前がいちばんかっこいいよ。だって奇跡だもん」

光圀だった。

「だよな！」

おれは大きくうなずいた。にこにこ顔の光圀を見ながら、今回のキャンプでは、何度光圀に助けられただろうと思った。

「そろそろ花火しようぜ」

海江田が立ち上がって、みんなでテントを出た。

外は深い藍色で、さっきまで大きく見えていた月は高くのぼっていた。それでも、明るい光で広場を照らしている。

ろうそくを立てて火を灯し、それぞれが花火に火を点けた。青や黄色やオレンジの火花がまっすぐに噴き出して、とてもきれいだ。

花火をやったのなんて、何年ぶりだろう。火薬の匂いで、小さい頃の記憶が瞬く間に蘇ってくる。夏になると近所の小さな公園で、お父さんとお母さんと三人でよく花火をした。

「意外とたのしいな」

大垣が言う。こんなの子ども騙《だま》しだと思ってたけど、と。

「急に消えちゃうのが、さみしいよねえ」

光圀がしんみりとつぶやく。確かに勢いよく火花が噴き出したあと、ふいに終わってしまう。

「だからいいんじゃね？」

海江田だった。

「いさぎよく消えるからきれいなんだよ、きっと」

まったく、なんて絵になる男なんだ。キザなセリフを言っても海江田なら許される。最後に線香花火をみんなでやって、あっという間に花火はなくなった。もっとやりたかったけど、名残惜しくなるくらいの、このくらいの量がちょうどいいのだろう。

それからおれたちは申し合わせたかのように、みんなでそろってトイレに行った。誰も言わなかったけど、ドゥヤーギーのことが頭にあったのは同じだと思う。調理場のゴミ袋の口がきちっと縛ってあるのを確認して、うなずき合った。

テントに寝袋を敷いて、その上に横になる。暑いから誰も寝袋のなかには入らなかった。小さな灯りを消すと真っ暗になったけれど、六人いるという安心感で、まったく怖くなかった。むしろ気持ちはわくわくしていた。

栗木が学校のクラスでの出来事をおもしろおかしく話したかと思うと、大垣がサッカーのクラブチームに入ろうか迷っていると話し、海江田は気に入らない教師の話をした。海江田が有名な中高一貫の私立校に通っていることがわかって、みんなどよめいた。

光圀は荒木さんのかわいさについて話し、ミラクルはみんなに質問されて、シュートとクロスのことを話した。末の妹の名前が「陽子《ようこ》」ということで、兄たちとの名前のギャップに笑った。

みんなで雑談をして、そのつど笑ったりひやかしたり、たまにアドバイスしたりして、とりとめもなく夜の話は続いた。

栗木は夏休み前の大会でスタメンに選ばれなかったことを悔しがり、大垣は成績が下がったことを理由にサッカーを辞めろと親に迫られていると嘆き、海江田は両親の仲の悪さに文句を言って、光圀はイジメについて触れた。

そういうことを、みんな深刻にではなく軽い冗談みたいにしゃべって、話は次々に流れていったけれど、それらはきっと、日々の生活を揺るがす大きな問題に違いなかった。ここでは言えない、おもしろくないことや悩みももっとたくさんあるはずだった。ミラクルはなんの愚痴も言わなかったけれど、有名な兄と弟を持った苦悩はきっとあるだろう。

みんなそれぞれの生活があって、このキャンプが終われば、自分の居場所に戻っていくのだ。

「おれ、夏休みとかはキャンプに参加することが多いんや。親は、妹や、特にシュートやクロスのことで忙しいからな。キャンプで知り合う友達って、なんや、もちっとこう、品行方正な奴が多いねん。力を合わせてがんばろう、みたいな。でも今回は違《ちご》うたわ。アホな奴ばっかりで、めっちゃおもろかったわ」

そう言ったミラクルに、どういう意味だよっ！　と、みんなでタオルを投げつけた。

「ほめてるんやないか」

「どこがほめてるんだ！」

ミラクル集中攻撃のタオル投げがはじまって、テント内はぐじゃぐじゃになった。みんなでたくさん笑って、狭いテント内をさんざん転げ回った。たいしておかしくないのに笑いが止まらなくて、ちびりそうになったくらいだ。

おれは夜風に当たろうと外に出て、腕を伸ばして大きく深呼吸をした。月がさっきよりもさらに遠くに見える。満天の星がきらめいている。夏なのに、こんなにたくさんの星が見えるなんて驚きだ。

「よっ」

ミラクルだ。

「たそがれてるんか」

「いや、暑くってさ」

「せやな」

「おれ、もういっぺんトイレ行ってくるわ」

「一人で大丈夫かいな。ドゥヤーギー出るで」

「や、やめてくれよ」

「あはは。付き合《お》うたるで」

ミラクルが愉快そうに言い、おれたちは二人で連れションした。トイレの薄ぼんやりとした灯りに、虫がばちばちと当たっていた。

「あれ？　なんや、調理場のほうから音せえへんか？」

「だまされないぞ」

ドゥヤーギーは怖かったけど、ミラクルと一緒なら大丈夫な気がした。たとえドゥヤーギーが現れたとしても、ミラクルとならうまくかわせるように思えた。おれはミラクルを信用している。いや、ミラクルだけじゃなくて、もちろん光圀のことも信用している。海江田のことも、栗木のことも、大垣のことも、おれはもう信じてしまっている。

「みんながいるから、ドゥヤーギーなんてちっとも怖くないよ」

そう言うと、せやな、とミラクルもうなずいた。あいつらがおったら怖ないわな、と。

「めっちゃ星がきれいやなあ。おっとろしいくらいやわ」

トイレから出て、二人で大きな天徳島の夜空を見上げた。

「明日で終わりやなあ」

「うん」

もっともっとキャンプが続けばいいと思った。せっかくサッカー部トリオとも仲よくなれたのに、明日にはお別れだなんて残念だ。ミラクルと光圀とも、もっと一緒に過ごしたい。飛び込みをして、サッカーをして、みんなでトランプしたい。

でも、それを口に出して言うのは、なんだか反則のような気がして言えなかった。きっとミラクルも同じ思いだろう。

「エマちゃんのことはいいのか?」

だからおれは、エマのことをたずねた。ミラクルが恋に落ちた瞬間をこの目で見たのだから、できれば応援したい。

ミラクルは、ふっ、と笑って、「ええんや」と言った。それから、もう一回「ええんや」と言った。

「そっか」

「そうや」

「天徳島の夜だなあ」

「天徳島の夜や」

おれたちはテントに戻って、すでに横になっているみんなの間に無理やり入り込んだ。光圀だけは、もう高いびきをかいていた。

残りの五人で、またくだらないおしゃべりを繰り広げては笑った。時間が過ぎてゆくのがもったいなかった。いつまでも、このたのしい夜が続けばいいと思った。

栗木が今流行《はや》りのお笑い芸人のギャグ歌をうたったところまでは覚えているけれど、その先はもう夢のなかだった。光圀のいびきもまったく気にならないくらい、おれは朝までぐっすりと眠った。

翌朝、タカさんの声で目が覚めた。

「朝だ、朝だよー！　起きてー！　はい、日の出の時間だよ！」

ご丁寧に中華鍋を持参して、頑丈そうなお玉で底をガンガン叩いている。

「起きてる起きてる！　起きてますっ！　だからそれやめて……！」

背を起こしたおれたちは、目をこする前に耳をふさいだ。この音で起きなかったのは光圀だけだ。

「はい、とっとと顔洗ってくる！　日の出に間に合うように行けよー」

タカさんはそう言い残して、自分は帰ってしまった。浜にはおれたちだけで行くらしい。おれたちを起こすためだけに、タカさんはわざわざ来たのだった。

「ほら、光圀。起きろ！　行くぞ！」

ミラクルと二人で、光圀の腕をつかんで起き上がらせた。

「なんなのお？　もっと寝ていたいよう。せっかく、ドゥヤーギーと友達になった夢見てたのにぃ」

光圀の夢は、すぐに現実に影響されるようだ。

「ほら、行くぞ」

六人で自転車に乗って、天浜へ急いだ。空気がとても澄んでいて、自分の身体が新しく生まれ変わるような、そんな清々《すがすが》しさだった。

天浜に着いて、六人で並んで体育座りになって、東の水平線を眺めた。空が輝き出し、世界が徐々に明るくなってゆくさまは、何度見ても飽きない。

「おっ、出てくるぞ」

栗木の声と同時に、強烈なオレンジ色が現れた。思わず六人で立ち上がる。太陽が見る間に顔を出し、力強い光線を四方八方に伸ばしてゆく。

太陽は生命力そのものに思えた。輝く光を、地球に届けてくれる。

「本当にきれいだねえ。あー、生きててよかった」

光圀が手を合わせる。

「今日も暑くなりそうだな」

海江田が空を見上げて言った。


朝いちばんの太陽を存分に浴びたあと、おれたちは広場に戻って朝食を作った。メニューは飯盒ご飯と焼肉、味噌汁、サラダに決めた。ミラクルと大垣はまた飯盒係で、光圀と栗木は味噌汁。おれと海江田は焼肉とサラダ担当だ。昨夜もバーベキューで肉をたくさん食べたけど、まだまだ食べたい。

サラダは昨日と同様、レタスをちぎってトマトを切るだけの簡単なものだ。焼肉は、薄切りの豚肉があったので、昨夜のバーベキューで使ったタレの残りにつけたものを焼いた。

すっかり慣れたバディ同士で、段取りよく調《ととの》えることができた。いただきます、と声をそろえて猛烈な勢いで食べた。いくらでも食べられそうだった。仲間と一緒に外で食べるご飯はものすごくうまい。

それからみんなで後片付けをして、テントを解体した。センターに戻るまでにはまだ時間があったので、広場でまたサッカーをした。

誰の失敗も責めずに笑いに変えて、ナイスプレイは大げさにほめ称えた。出来過ぎのチームみたいでなんだか気はずかしくて、でもそれでも、おれたちはみんなで一生懸命に出来過ぎのチームを盛り上げた。

昨日までの険悪だった雰囲気を全部消し去ろうと、無駄にしてしまった時間を取り戻そうと、やっきになった。思いやりの大盤振る舞いをするみんながおかしくて、そのくせなんだか泣きたいような気持ちにもなった。

今日でキャンプは終わる。今日で、みんなとお別れだ。


「四泊五日ミステリーツアー！　みんなどうだった？　たのしく過ごせたかあ」

センターに、タカさんの陽気な声が響く。

キャンプ場から戻って、すでに掃除も終わらせた。今日はおれたちの当番だったけれど、海江田も栗木も大垣も手伝ってくれた。そのあと各自荷物をまとめて、今は最終ミーティングの時間だ。

「残念だけどそろそろお別れの時間です。竜一と至は、本島のフェリー乗り場に親御さんが来ることになっていて、見楽留と裕也は空港だな。光圀はお母さんがセンターまで迎えにくることになっている。加奈太は、ばあちゃんとこだな」

真面目な面持ちで、それぞれがうなずく。

「さあ。じゃあ、発表してもらおうかな」

タカさんがパンッと手を叩く。

「なんのこと？」

栗木が問い返した。

「各自、このキャンプでなにかを見つけることって、最初に言ったよね。最終日に発表してもらうって。覚えてないね？」

覚えてなかった。すっかり忘れてた。みんなも忘れていたようで、目を合わせて「しまった」という表情をしていた。

「じゃあ、三分待つからその間に考えてちょーだい」

タカさんはそう言って、トイレに行った。ただたんに、用を足したかっただけのような気がしないでもない。

「三分経過ね」

首に巻いたタオルで手を拭きながら、タカさんが戻ってきた。

「じゃあ、最初は誰からにしようかなっと。はい、目が合った裕也」

まじかー、と栗木が言いながら、立ち上がる。

「ええっと。見つけたものでしょ、見つけたもの……」

下を向いたまま、ぶつぶつ唱えて、それからパッと顔を上げて、

「やっぱ、友達でしょ！」

と、大きな声で言った。

おおっ！　と、一斉に声があがる。

「友達って誰よ？」

タカさんがたずねる。

「ここにいるみんなだよ。竜一、至、平林、川口、桐山！」

「そうか。そりゃよかったなあ」

タカさんが拍手をして、みんなもそれに倣《なら》う。

「はい。じゃあ、次は……。目を逸らした至！」

あちゃー、と言いながら、大垣が立つ。

「えーっと、おれが見つけたもの……。そうだな、おれもやっぱり友達かな。いろんなタイプの友達ができてたのしかったです。あとは、平林のゴールキーパーのセンス。平林は柔道よりキーパー向きかも」

「おおっ」

どよめきが走って、拍手が起こる。栗木が、光圀の背中をバンバン叩いて喜んでいる。

「ほお。じゃあ次は、キーパーのセンスのある光圀。どうぞ」

「やだなあ、照れるなあ」

と言いながら、すでにその気になっている光圀が、頭をかきながら立ち上がる。

「えっと、ぼくが見つけたものも、友達です。このキャンプで出会った五人の仲間がぼくは大好きです！」

拍手が湧き起こる。

「それと、天徳島の大きなクモとヘビを見つけました。クモとヘビは苦手です！」

オオジョロウグモを見つけたときの光圀の悲鳴を思い出して、おかしくなった。

「あ、あとは神様はいるってこと！　ちゃんと見てるんだなあと、思いました。以上です」

大きな拍手。

「光圀はたくさん見つけたなあ」

タカさんがうれしそうに言う。

「じゃあ次は、そうだな。加奈太」

トリじゃなくてよかった、と思いながら、立ち上がった。

「おれが見つけたものも、みんなと同じ友達です。でも友達というより、友情のほうが合ってるかもしれません。これまで、友達のことを本気で『思う』ってことがなかったけど、今回のキャンプでは、友達のことを『思う』自分を発見しました。今までいつも、自分だけが貧乏くじ引いているような気がしてたけど、そんなのはただのわがままだったんだって思いました。みんなひとりひとりに別々の生活があって、学校に行って、友達がいて、家族がいて……、そのひとつひとつが大変なことなんだけど、大変なのはおれだけだと思ってたところがありました。自分のことだけしか考えてなくて、世界におれだけみたいな感覚があって……、だけどそういうのって違うんだと思った。みんな言わないけど、きっと大変なことや悩みがあって、きっとおれだけじゃなくて……」

なにを言っているんだか、自分でもわからなくなってきた。

「ええよ、加奈太。続けてや」

ミラクルが言い、

「うん、桐山の言いたいこと、わかるわかる」

と、海江田がうなずいた。

おれは、コホッと空咳《からせき》をした。二人の励ましがうれしくて、話を続けようとしたけれど、なんだか胸がいっぱいになってしまった。おれは大きく息を吸って、一気に声を出した。

「だからあ！　このキャンプに参加できて、みんなと仲間になれて、すっごくよかったですっ！　以上！」

思いっきり声を張り上げて、おれは言った。

一瞬しんとしたあとで、大きな拍手が起こった。やべえ、泣きそうだ、と思いつつ、無理やり笑って、どすんと座った。

「いいねぇ、加奈太」

タカさんが言って親指を突き出し、おれも負けじと同じように返した。

「じゃあ、次は竜一」

はい、と返事をして、海江田がすっと立つ。

「おれは、自分より足の速い奴を見つけました」

いきなりそう言って、ふっと鼻から息を漏らした。

「はっきり言ってショックだったけど、まあ、自分の実力なんてそんなもんなんだなあって改めて思いました。学校でも、常に成績がトップ10に入ってる人たちは、当たり前に勉強ができてしまう秀才たちです。そいつらと肩を並べるのはキツいけど、走りはもう少しがんばればタイムが伸びそうな気がしました。今度は負けないからな」

海江田がミラクルを指差す。

「それと、友達っていろんな奴がいていいんだと思いました。これまでは、自分が決めた基準でしか友達を作ってこなかった気がします。いい経験でした。どうもありがとう。かけがえのない仲間ができました」

そう締めくくって、頭を下げた。かけがえのない仲間。海江田ならではの、優等生でキザなセリフだったけど、やっぱり海江田だから許されるのだった。みんなで大きな拍手をした。

「じゃあ、最後は見楽留」

ミラクルが立ち上がる。

「このキャンプで見つけたものはたくさんあります。あんなに大きなヤドカリやオオジョロウグモを見たのははじめてでした。幻想的なガジュマルの木や、大きなお墓もはじめて見ました。あとは天徳島の星空。明るい月。きれいな海。くっきりとした水平線。飛び込みのたのしさも発見でした」

標準語で話すミラクルの言葉のひとつひとつに、おれはうんうんとうなずいていた。つい昨日までの出来事なのに、遠い昔の思い出みたいに頭に浮かんでくる。

「具体的だな。それだけでいいか」

タカさんが言葉を挟む。ミラクルは首を小さく横に振って、今度は聞き慣れた大阪弁で一気に続けた。

「海江田竜一は素直で憎めん。栗木裕也は話しやすくておもろい。大垣至は強くてたくましい。平林光圀は、えらいやさしゅうて信心深い。桐山加奈太は感性豊かで賢い。以上、五人の友達の尊敬できるところを見つけました」

少しの沈黙があった。

「川口見楽留は、リーダーシップがあって足が速い」

突然、海江田が言った。

「思いやりがある」

と、おれは続けた。

「笑いのセンスがある」

と大垣が言って、

「兄貴と弟が有名人」

と、栗木が笑った。

「それとね、ミラクルはなんでも知ってるよ。ものすごい物知りなんだ。生き物や植物にとっても詳しいよ。それに、うんとやさしい。いつでもみんなのことをちゃんと見てるんだ」

光圀がうれしそうに言った。

おれは、また胸がいっぱいになってしまった。ミラクルのいいところを、みんながちゃんと知っていることが、とてつもなくうれしかったのだ。

ミラクルのことだけじゃなくて、ここにいる六人のいいところを、きっとみんなが互いに知っている。

みんなの言葉を聞いて、ミラクルは唇をきゅっと結んで直立していた。

「以上でいいか、見楽留」

「あ、あともうひとつあります」

「まだあるんか」

タカさんの言葉にミラクルがうなずき、みんなが注目する。

「恋を見つけました！　初恋です！」

ミラクルが言った瞬間、やんややんやの大騒ぎになった。びっくりした。まさかみんなの前で自分から発表するなんて。エマへの恋はみんなにバレていたけれど、それでもミラクルにとって、とても大切なものだったはずだ。

みんなと一緒に騒いでいるミラクルを見る。ああ、そうか。最後、湿っぽくならないように、ミラクルはわざとおどけて言ったのだ。今度こそおれは胸が熱くなって、まぶたがじんとした。天井を向いて目をしばたたかせる。かっこよすぎるじゃないか、ミラクル。

「やだ、どうしたの、加奈太。泣いてるの？」

光圀がこんなときばかり目ざとくおれの様子に気付いて、一気に注目が集まった。

「な、なに言ってんだよ、泣いてないよ！　目にゴミが入っただけだ」

栗木にイジられ、結局おれは、みんなとの別れが辛くて泣いているということになってしまった。不本意だったけれど、まあいい。あながち間違いでもなかったから。

そのあとタカさんが総括をして、預かっていた携帯や財布を返却した。みんなで連絡先を交換し合ってから、解散となった。

また会いたいな、とは誰も言わなかった。全員が心のなかで思っていたことだと思うけれど、誰も言えなかった。おそらく、連絡を取り合うこともないだろう。受け取った連絡先は、お守りとしてとっておこう。

これから、それぞれが自分の場所に帰ってゆくのだ。みんなちゃんとわかっていた。暑い夏に出会った、ひと夏の友達。

じゃあな、と言って、おれたちは別れた。まるで明日また会えるみたいに。

◆征人

「ただいまっ！」

加奈太の声に、征人は慌てて玄関に向かった。

「おかえり！　加奈太」

「おばあちゃんは？」

「照屋さんのところ。もうじき帰ってくるよ。加奈太が戻ってくるのをたのしみにしてたから」

「ふうん」

大きなリュックを下ろして、冷蔵庫からさんぴん茶を出してごくごくと飲んでいる。すっかり日に焼けて、ひと回り大きくなったように感じる。

「どうだった？　キャンプはたのしかったか」

「まあまあ」

そう言いつつも、顔つきは晴れやかだ。

「昼飯まだだよな。お腹空いたろ。チャーハン食うか？」

「うん」

征人はひさしぶりに、実家の台所を使った。島らっきょうにゴーヤー、卵に豚肉、材料はそろっている。

加奈太は、ぬるい風を運ぶ扇風機に顔をつけて「あー」と声を震わせている。都内の家では、扇風機は使っていなかった。年代物の扇風機。よくもっているなあ、と征人は感心してしまう。

材料を切って、溶き卵を残りご飯に混ぜて、フライパンで炒めた。塩コショウで味を調える。

「出来たぞ。食おう」

征人は、加奈太と向かい合わせに座った。すだれ越しに、夏の日差しが届く。

「あ、おいしい」

加奈太が顔を上げる。

「これは、お父さんの父さん、加奈太のじいちゃん直伝のチャーハンなんだ。こっちでは焼き飯っていうんだよ」

「へえ」

あっという間に平らげる。おかわりあるぞ、と征人が声をかけると、そそくさと台所に行って、自分でよそってきた。

「全部食べていいの？　おばあちゃんの分ある？」

「また作るからいいよ」

征人はそう答えながら、おや、と思っていた。こんな当たり前の会話をしなくなってから、もうずいぶん経つ。

「タカさん、じゃなくて孝俊おじさんって、八木橋エマのお母さんが初恋の人だったって、知ってた？」

いきなりの息子の言葉に、征人は驚いた。

「なんだよ、すごいなあ。そんなことまで知っているのか？」

「エマが話してくれた」

エマというのは、アンナの娘だなと、頭のなかを整理した。

「そう。孝俊の初恋の相手は、八木橋アンナ。もう、かれこれ三十年前の話だな。その瞬間に立ち会っていたから、よく覚えてるよ」

「へえ」

と、おもしろそうに加奈太は言って、くすっと笑った。加奈太が自分に笑顔を向けるのも、ひさしぶりのことだと征人は思った。

「なあ、おやじ」

「え？」

思わず加奈太を見る。おやじなんて、はじめて呼ばれた。一方の加奈太は、涼しい顔をしてスプーンを動かしている。

「な、なんだ」

「なんでお母さんと離婚したの。理由教えてよ」

くっ、と喉が詰まったようになった。急にそんな質問をされて戸惑った。加奈太はじっと征人を見つめている。

征人は、加奈太の瞳がきらきらと輝いていることを、今この瞬間に発見した。毎日顔を合わせていても、これまで気付いていなかった。青みがかった白目の、そのあまりのきれいさに、征人は新鮮な感動を覚えた。

征人は大きく息を吸って、細く長く吐き出した。

「お母さんがおれに愛想が尽きたんだ」

「なんで」

「自分のことばかりで、お母さんや加奈太にちゃんと目を向けてなかったからだろうな。結局甘えてたんだ」

「おやじは離婚してもよかったの？」

「あ、いや。もちろん考え直してくれと頼んださ。でもお母さんの意志は固かった」

「ふうん。おやじは結局フラれたってわけか」

「あ、ああ。そういうことになるな」

加奈太は表情を変えずに、どちらかというと、屈託なさそうに質問を寄こしたけれど、征人は内心、ひどく反省していた。子どもにとって親の離婚は一大事なのに、その理由をこれまでちゃんと加奈太に話したことはなかった。

「おれたちの勝手を通して悪かった。加奈太は、お父さんとお母さんが離婚しないほうがよかったよな」

征人の言葉に、加奈太は考えるような素振りを見せて、腕を組んだ。

「うーん、そりゃ離婚しないほうがよかったけど、お母さん、今のほうがたのしそうだよ。一緒に住んでるときは無理してるような気がしてたし」

「そ、そうか」

複雑な心境だったけれど、すべては自分が蒔《ま》いた種だと思った。当たり前だと思っていた生活は、誰かの努力によって成り立っていることにすら気付かなかった。小説では調子のいいことをいくらでも書けるけれど、実際の生活にはまったく反映させていなかった。

「今度はお母さんにも聞いてみよっと。なんで離婚したのか。二人に聞かないとフェアじゃないからね。いいでしょ?」

「あ、ああ。もちろん」

「あと、おれさ、サッカーまたはじめようかと思うんだけど」

「おっ! いいじゃないか」

加奈太がはにかんだ表情で、さんぴん茶を飲み干す。

征人はまぶしいものを見るような気持ちで、十四歳の息子を眺めた。いつの間にこんなに大きくなったのだろう。ついこの間まで小さな赤ん坊だったような気がするのに。

――加奈太と住むなら、なによりもまず加奈太のことを優先させて。それがわたしからのお願いです。

出てゆく妻が言ったのは、それだけだった。当たり前じゃないか、と返事をしたが、まるで守れていなかったのだと思い至った。サッカー部を辞めたことすら、知らなかったのだから。

『息子の成長ぶりをこの目で見られる幸せ。そうだ、少しずつ歩み寄っていこう』

なにかの作品で書いたセリフだった。自分で書いておきながら感動し、そのくせ、それとは程遠い父子二人暮らしだった。

「加奈太、戻ってきたねぇ？」

母が帰ってきた。

「あらー、日に焼けてぇ！」

そう言って、加奈太の頭をぐりぐりとなでる。

「キャンプたのしかったねぇ？」

「うん！」

さっきおれには、「まあまあ」と言ったくせに、と征人は思いつつ、たのしかったならよかったと、心から思った。

「ご飯、食べたねぇ？　甘いもん買ってきたから食べなさい」

母が満面の笑みで、テーブルの上に菓子を広げる。加奈太がキャンプから帰ってきて、本当にうれしそうだ。

夕暮れを過ぎた頃、元気のいい声が玄関から聞こえた。孝俊だ。

「よお、加奈太！　お疲れ様だったなあ」

「孝ちゃん、お世話になって。どうもありがとうね」

母が頭を下げる。

「おれはなんもしてないさー」

「うん。孝俊おじさんは、本当になにもしてないよ」

加奈太に言われて、孝俊はわははと笑ってごまかした。

「いいキャンプだったなあ、加奈太」

「うん！　ねえ、それより、エマのお母さんの話してよ」

「は？」

孝俊が目を丸くしたあと、征人をぎろりとにらんだ。征人は慌てて手を振った。

「エマが教えてくれたんだよ」

したり顔で、加奈太が言う。

「あいつは！」

孝俊が握りこぶしを作る。

「付き合ってたんでしょ？　別れちゃったの？」

加奈太の言葉に母が笑い、征人も笑ってしまった。

「そうだなあ。アンナと孝俊の話、まだちゃんと聞いてなかったなあ」

今日こそは聞き出してやろうと征人は思った。

「うるさい。そんなもん、シラフで話せるかー」

「お酒飲めばいいじゃん」

「子どもが言うか」

孝俊のあせった顔を見て笑っていると、保生がやって来た。

「おみやげ」

そう言って、泡盛の瓶を掲げる。

「保生おじさん、ナイスタイミング！」

「おう、加奈太。おかえりい。キャンプたのしかったかあ」

「うん！　最高だったよ」

なにか作るねえ、と母が台所に立つ。

「あさってには一樹と佑樹も帰ってくるから、一緒に遊んでねー」

「うんっ。ねえ、保生おじさん、八木橋アンナって知ってる？　孝俊おじさんの初恋の人」

保生が、ぶっ、と噴き出した。

「知ってる知ってる。よーく知ってるさー」

保生はこの島でずっと孝俊と一緒だったから、いろんなことを知っているのだろう。

「教えて教えて」

加奈太がはしゃぐ。

「じゃあまずは、孝俊のこれまでの歴史から話そうねぇ」

「えー、保生ー」

孝俊がうらめしそうな声をあげる。征人は二人に酒を注いだ。今日は、とことん飲もうと思った。さんぴん茶の加奈太も、大人の仲間入りだ。

「まずは高校卒業のときからの話ね」

「うん、お願い」

目を輝かせて、加奈太が言う。孝俊はあきらめたのか、むすっとしてグラスに口をつけている。

「孝俊は高校出たあと、自動車整備の専門学校に行ったさー。そこ卒業すると、本島の整備会社に三年、そのあと食品加工会社、また自動車屋、次は電気工事だったか？　職を転々として、それからウガンダだよな」

「ウガンダ⁉」

「アフリカのウガンダ共和国さ」

保生の話に、加奈太は興味津々の様子だ。

「なにしに行ったの？」

「青年海外協力隊って知ってるか、加奈太」

「聞いたことある」

孝俊がウガンダに行ったことは知っていた。手紙をもらった記憶もある。自動車整備の職業訓練校で、専門知識を教えているということだった。

「で、帰ってきたその足で、アンナにプロポーズだったたか?」

「違うっ」

と孝俊は答えつつ、どうやら図星らしかった。うそをつけない孝俊の耳たぶは、まだろくに飲んでいないのに真っ赤に染まっている。

保生の話によると、ウガンダに行く前の少しの期間、孝俊とアンナは付き合っていたらしかった。でも結局フラれる形になって、孝俊は傷心のままウガンダへと向かったそうだ。孝俊がウガンダに行ったのと同時期に、アンナはフランスへ語学留学した。

ウガンダから帰国しようとした孝俊はなにを思ったか、その足でフランスへ赴き、いきなりアンナにプロポーズしたということだった。当時、アンナには付き合っているフランス人がいたけれど、それを承知の上でプロポーズしたらしい。

「ありえねえ……」

加奈太がぼそっとつぶやいた。

「うるさい、うるさい」

孝俊は泡盛をぐいぐいとあおっている。

「プロポーズを断られた孝俊は、天徳島に帰ってきてさ。その後アンナは、そのフランス人と結婚してエマちゃんを産んで、でも、孝俊はずっとアンナが好きで、忘れられないってわけよ」

保生の言葉に、孝俊がフンッと鼻を鳴らす。

「決まってるさー。そうホイホイ変われるかっ。一生待ってるって言ったんだから、待たんと！」

保生と加奈太はおかしそうに笑っていたが、征人は笑えなかった。なんだかやけに胸を衝かれたのだった。

征人は三十年前の孝俊とアンナのことしか知らないが、その後おそらく、アンナとの得がたい関係性ができたのだろう。

三十年という長い歳月の間、アンナがどこにいても、なにをしていても、いつでも連絡がつくようにしてきただろう孝俊。誰にでもできることじゃない。

「それからはずっとここ。孝俊のおかげで、ここも少しは活気づいてきてるよ」

保生が言う。

中学生のときの孝俊は、この島に外部の人間を入れることを嫌っていた。昔のままの天徳島を守ることをよしとしていた。それが今では、外からの人間を受け容れる態勢作りに懸命になっている。当たり前だけど、三十年という年月のうちに人は変わるのだ。

「変わらんのは、アンナへの恋心だけか……」

思わず口に出た言葉に、加奈太が「おやじ、なに言ってんのさ」と笑う。

「征人」

孝俊が、征人の目を見て名前を呼んだ。

「ん?」

「タオが日本に戻ってきてるの、知ってるか」

手元が狂って、口に運んだ酒があごに垂れた。

「タオに会ったのかっ⁉」

勢い込んで顔を寄せた征人を、孝俊と保生が笑う。

タオには、中学卒業以来会っていなかった。タオは東京の高校を出て、北海道の大学に行き、途中でアメリカの大学に編入したと聞いていた。

「いや、会ってはないさ。タオはずっと海外だったさー」

そう、タオは考古学者になって、世界中を飛び回っているのだ。写真家になる夢は、いつしか考古学者に変わった。三十年前、保生のおやじさんに連れていってもらった『インディ・ジョーンズ』。主人公のハリソン・フォードのジョーンズ博士も考古学者だった。

こうしている今も、タオは遠い昔の人類の痕跡を研究しているのだろう。征人は、「八木橋タオ」でたまに検索しては、その活躍に目を細めている。

「秋からは、東京の大学で客員教授になるって」

「そうか!」

胸の内が、なんともいえない喜びで満たされる。

「タオって誰?」

「アンナの弟。征人の親友さ」

保生が加奈太に説明してくれる。

「あとで連絡先教えるよ」

「ありがとう、孝俊！　孝俊がアンナとずっと連絡取っていてくれて、ほんとよかったさー」

「あんたはまた、自分のことばっかりだねえ」

刺身とゴーヤーの天ぷらを持ってきた母が、口を挟む。

「ほんと征人は昔っからそうだよねえ。おばさん、苦労したねえ」

孝俊が、母の肩に手を回して言い、

「お前も変わらんだろ」

と、保生が孝俊の脇腹を突《つっ》いた。そんな大人たちを見て、加奈太はニヤニヤと笑っている。

「あ、そうだ！　おやじ！」

「なんだ」

おやじという言い方に、征人はまだ慣れなかったけれど、それを悟られないよう装って返事をした。

「今度、中学生が主人公の話を書くんだろ？　おれ、いいアイデアがあるよ」

加奈太の言葉に、征人は驚いていた。自分がさらりと話した仕事の内容を、覚えていてくれたのだ。

「天徳島には、ドゥヤーギーっていう妖怪がいるんでしょ？」

加奈太の口から出た妖怪の名前に、孝俊が笑う。

「この島にキャンプに来た中学生たちが、ドゥヤーギーをさがす冒険に出るんだ。どう？おもしろそうでしょ？　なかなかいいアイデアじゃない？」

「それ、児童文学ではけっこうありがちなストーリーじゃないか？　どっかの島で、そこに棲む異生物をさがすみたいな？」

保生が言い、加奈太がそうかなあ、と頰を膨らませた。その瞬間、征人の脳裏に三十年前の光景がフラッシュバックのように蘇った。タオと二人で、夜のユーガンへ行ったあの日。父さんの命を取り戻しに行ったあの夜。

「……いや、それいいよ！　うん、いいアイデアだ！　加奈太、使わせてもらうぞ」

征人が目を大きくして言うと、加奈太はたちまちうれしそうな顔になった。

「売れたら、印税少しこっちに分けてよ」

「な、なんだよ、調子いいなあ」

みんなが笑う。

ふいに、これまで見てきた島のまぶしい情景が目の前に浮かぶ。書いてみたい、と征人は思った。

この島に棲むドゥヤーギーの話を。

中学生がドゥヤーギーに会いに行く話を。
夏の少年たちの友情の話を。
三十年前の自分と、今の加奈太の物話を――。

解説

澤田康彦（「暮しの手帖」編集長）

「地下鉄のなかでも小突き合いをするアホ男児らに無言でげんこつを食らわす」

「あたしおかあさんだからちょっとあんたたち背中に乾燥用のクリーム塗って届かないのよ…」

「近所にラーメンを食べに行ったのですがケンカをおっぱじめる子らとスマホをいじりまくる夫に怒り沸騰してガミガミとキレていたところ20万人に1人という貴重なわたくしのファンの人が隣の席に座っており、いつでもどこでも襟を正して穏やかにいようと肝に銘じました…」

「担任の先生が離任するのでぺペジがお別れの手紙を書いたんだけど『他人で本当によかったです』と書いてあってぎょっとしたけど『担任』の間違いだったよ。気付いてよかったよ」

「ぺペジに将来なにになりたいの？　って聞いたら『やさしい人』と返ってきて泣いている…」

椰月さんのSNSでの最近のつぶやきです。愛らしい。笑える。とても癒されます。なんといっても前後左右上下ナナメ〝普通〟のおかあさんだ！　この極めて家庭的な感覚、目線、そして（読み手への）たっぷりのサービス精神が、作家、椰月美智子なんだと思います。〈口で言うこと聞かなきゃ殴るまで！〉、おちゃらけた夫スーダラ男と、生まれてきたポポジ、ペペジ、二人の息子との日々が綴られた『ガミガミ女とスーダラ男』はその最たるものでしょう。

痛快ガミガミエッセイからもう約十年。ご子息もすくすくと成長されているもようです。

「長男との会話で『うんうん、そっかあ。そうなんだね』とめずらしくやさしい口調で答えたところ『うるせー！　気持ち悪りいんだよ！　ムカつくっ！』とぶちギレされ、ものすごく理不尽な扱いに理由をたずねたら『女みたいだからだよ！』と言われ長男のタイプがよくわかった。ていうかわたし女なんだけど…」

リアル・エピソードです。

こういうのもありました。

「スーダラが実家から昔の写真を持ってきたけど恐ろしいほどペペジにそっくり！　こ

んなにかわいいペジが35年後にスーダラ男の顔になるなんてえぇぇ…！　ショックで寝込みそうなほど瓜二つ…」

わあ、これってまるで『14歳の水平線』の征人と加奈太、三十歳違いの父子のようではありませんか。小説の方はとてもしっとりとした美しい佇まいで、テイストはずいぶん違うけれど、根本は同じでしょう。

主人公は二人。父四十四歳は、中二の息子の三者面談に呼び出されます。学校の描写にまず心奪われる。

セミの声が響く。征人は辺りを見渡す。リノリウムの廊下。掃除用具入れ。三十年前とほとんど変わらない風景だ。中学校の匂い。窮屈な箱に押し込められた、思春期の少年少女たちの匂いだ。

加奈太は成績急降下中。〈「そうっすよ、先生。十四歳ですよ、反抗期真っ只中の中二病っすよ」〉。面談でも態度悪いです。父はこのときに息子がサッカー部を辞めていたことを知る。驚く先生に加奈太、〈「おれたち、父子関係、薄れてますから」〉。

十四歳。子どもと大人、少年と青年の通過地点。中途半端なこの状態を、作者は二つの立場でそれぞれこう描きます。

一人でいたって、学校にいたって、家にいたってイライラする。みんな消えてしまえばいいと思うこともある。世界中の奴らに麻酔銃をぶちかまして、一年くらい眠っていてもらいたい。みんなが眠っている間に、おれは時間と場所を自由自在に使うのだ。［加奈太］

征人は、今ここにいる息子が、「十四歳の少年」だということに改めて気付く。愚かで純粋で不器用で、常に怒りに満ちていて、自分だけの小さな正義のなかだけで生き、傷つけられることに敏感で、世の中の何者をも味方につけられない、矛盾だらけの十四歳なのだ。［征人］

征人は〈児童文学作家で、（中略）まれに中高生向きのヤングアダルトと呼ばれるものを書くこともある〉、著者の分身と見てよいでしょう。〈小説となると、少年の心情も一歩引いて冷静に見られ、たのしく書けるが、自分の息子のこととなるとまるで距離感がつかめない〉なんて書かれていて、可笑《おか》しい。

ひとつちがうのが、征人が男であること。征人は、加奈太の中学入学後に離婚をしていて、加奈太との二人暮らし。つまり母は不在で、徹底して男子目線で捉えられた小説なのです。

夏休み、この二人が向かうのが、天徳島。沖縄本島からフェリーで行く小さなこの島は、父の生まれ故郷であり、豊かな自然と昔ながらの風習・因習に彩られた〈神様の島〉です。

加奈太たちが到着するや、孝俊（タカさん）、保生という征人の幼なじみ、元少年たち＝現おじさんたちが現れ、〈人懐っこい笑み〉とともにすぐに酒盛りがはじまる、そんな開放的な魅惑の土地です。加奈太は、タカさんの招きで夏休みの山村キャンプ「4泊5日ミステリーツアー　中学2年生男子限定6名」に参加することになります。タカさんはこう言う。

「なにも決まってないところが、ミステリーってこと」「すべて自由行動。天国みたいでしょ」「なにもしないことをたのしむのが、このキャンプの目的ね。都会に住んでいるみんなは普段からなにかと忙しい毎日を送ってるでしょ。たまにはなんにもない時間をたのしむことも大事だよ。というわけで、携帯電話、ゲーム、財布はこっちで預かります」

課題がひとつあって、〈「最終日までに、各自なにかを見つけること」〉。

わあ、なんという魅力的な設定でしょうか。

と、読む方のぼくらはわくわくでよいのですが、登場人物の中二諸君にとってみれば、互いに未知の存在、どきどきもイライラもあり、かんに障るやつもいるし、どんくさいのも、さぼりや、いじわるも。しかもこの島にはドゥヤーギー、〈緑色の毛むくじゃらの、小さい人間みたいな妖怪〉もいるらしい……。

父は息子の頼りない後ろ姿を久方ぶりに見つめます。

薄っぺらでひょろっとしていて心もとない。三十年前、自分が十四歳のときも、こんなだったのだろうか。ふいに、遠い昔の景色が目の前に蘇る。暑い夏。透明な青い海と水色の空。

あの夏。自分は確かに十四歳だった。父が亡くなった、あの暑い夏。

この小説は、加奈太の現在とともに、もうひとつ、父の三十年前の夏が、こちらも現在形で語られるのです。二つの時間が交互にやってきて、一つの物語に撚《よ》られていく巧みな構成。椰月さんのジュブナイルが、若者が読んでも大人が読んでも面白く、それぞれに身につまされ、惹き込まれるのは、こんな技術、発想にもあるのでしょうね。

父がその昔飛び込んだ波に、今度は息子がジャンプします。父が友だちともめた土地で、今度は息子たちがけんかを始めます。征人が父を亡くした海で、今度は加奈太の仲間が溺れます。

ここでいきなり解説者自身の話をして恐縮ですが、去年の夏、郷里の小川で魚を網で獲ろうとする息子四歳を見て、まるでかつての自分を見るようで目まいを覚えたものです。すばしこい魚を追って右往左往、必死です。でもお魚さんのほうがまだまだ賢いんだよね。がんばれえ。小学生になったらいっぱい獲れるからな。

時は繰り返す。ぼくの息子もやがて父になるかもしれません。そんなときに自分の子どもをここの川に連れてきてやってほしい。とてもちっぽけな川だけど、この川も変わらずにいつまでもあって、流れていてほしい。そんな単純なことを願う者ですが、それってまさにこの小説の世界そのものです。

だから、ぼくはこのひと夏の海のお話を読みつつ、うんうんと何度もうなずいて、ずっと涙腺を刺激され続けていたことを白状せねばなりません。

それにしても男子はおもしろいなあ。自分の過去を思い出してもそうだけど、全員が一様にまず「バカ」であります（椰月SNSに現れるポポジとペペジ、スーダラ男のみんな同類）。そしてなんだか妙に真面目で一生懸命で、すっとんきょうだ。たとえば本書でも父をなんと呼ぶかなんて言い合うシーンがあって。

「よし、これから『おやじ』って呼ぶことにする！」

半身起き上がって言うと、二人は寝転んだまま横目でおれを見て、ぱらぱらと拍手をしてくれた。おれはなんだかおかしくなって、その場で側転をして、また二人にどうでもいいような拍手をもらったのだった。

こういうリアルは、男子というものをちゃんと観察している椰月さんならではでしょう。

あるいは。

遠くに見える水平線が、ゆるやかな弧を描いている。ああ、今、おれは自由なんだなあ

あの人も、
読んでるらしい。

と思った。小さな水槽から大海原に飛び出した魚の気分だ。

身体を反転させて仰向けになった。太陽がまぶしくて、目を開けていられない。光の残像が、まぶたにちらちらと不明瞭な模様を残しては消えてゆく。自由。おれはこれからなにをしてもいいし、どんなものにでもなれる。そんな根拠のない自信のようなものが湧いてくる。


なんという夏の少年の美しい心情描写でしょうか。

あるいは。


「恋する気持ちって難儀だなあ」

孝俊が堂々と、それでいて切なそうに言い、保生も小さくうなずいた。

(中略)

「心臓がドキドキーして、口から出てきそうになる。考えるとお腹の奥のほうが熱くなって、がまんできんくなる」


こちらは、三十年前の夏の恋のお話。わかる！　恋……そう、難儀なんだよねー。

この本には、美少女がそれぞれのエピソードに登場するうれしいサービスもある。その在り方は、樹木に住む伝説の精霊キジムナーさながらでありますね。

などなど、本書にはいろいろな仕掛けがあって、ネタバレにもなりかねないので注意しないと……。

将来写真家になりたいと言う友人タオのセリフが印象的でした。

「切り取られた写真の、そのまわりを想像できる写真を撮りたいんだ」

これは椰月さんの小説の理想そのものだと思います。いくつものシンプルなエピソードが描きだした鮮やかな輪郭の、さらにそのまわりに拡がる豊かな世界。読後、それがあなたを包み込んでいるはずです。

この島のひと夏は、加奈太と征人をどう変えたでしょうか？

父子の関係はどんなふうに変わったでしょうか？

「最終日までに、各自なにかを見つけること」

加奈太は何を見つけたでしょうか？

中二であろうと、中年であろうと、男子は永遠の少年のように思います（そして、女子は永遠の少女ですよね）。

〈みなさんの子どものころをけっして忘れないように！〉と、かつてエーリヒ・ケストナーは少年小説『飛ぶ教室』（高橋健二訳）の「第2のまえがき」でそう書きました。

『14歳の水平線』には、忘れてはいけない、あのかけがえのない日々がくっきりと灼きつけられています。

本作品は二〇一五年七月、小社より単行本刊行されました。

双葉文庫

や-22-03

14歳《さい》の水平線《すいへいせん》

2018年5月13日　第1刷発行

【著者】
椰月美智子《やづきみちこ》

【発行者】
稲垣潔

【発行所】
株式会社双葉社
〒162-8540 東京都新宿区東五軒町3番28号
［電話］03-5261-4818(営業)　03-5261-4831(編集)
www.futabasha.co.jp
（双葉社の書籍・コミックが買えます）

【印刷所】
大日本印刷株式会社

【製本所】
大日本印刷株式会社

【CTP】
株式会社ビーワークス

【表紙・扉絵】南伸坊
【フォーマット・デザイン】日下潤一
【フォーマットデジタル印字】恒和プロセス

ISBN978-4-575-52110-8 C0193
Printed in Japan

JASRAC 出1802339-801